長沢樹

クラックアウト

角川春樹事務所

クラックアウト

目次

主な登場人物

三砂瑛太　『News Cargo』ライター
須賀　『News Cargo』編集長
香椎希美　『News Cargo』記者
阿久根功武　ノンフィクション作家。元警視庁捜査官

二瓶睦美　三砂瑛太の姉
二瓶心美　三砂瑛太の姪

佐古聖　抗争事件の被害者遺族
辻先弦　『明華商店』社長。玄武（シェンウー）会長顧問
明石頼子　辻先の内縁の妻。『明華食堂』総料理長
金城一也　シェンウー準構成員

櫻木凜奈　女優　元アイドル

●反社サイド

孟武雄　シェンウー二代目会長
鄭正興　シェンウー財務局長。ナンバー2
常田和将　鄭正興の側近
周郷治　鄭正興の元側近

高岡良介　シエンウー総務局長。ナンバー3
東方清彦　高岡の側近
黄皓然　緑水幇幹部
豊中明夫　元久和組若頭補佐
鳥谷正二郎　久和組若頭

甲斐達彦　麻薬の売人
尾瀬稔　薬物の仲介人。鴻上匡を射殺
宗田恭介　元麻薬の売人
宮木涼成　宗田の知人　ドルオタ

●警視庁サイド

鴻上綾　警視庁組織犯罪対策部　特別捜査隊　遊撃班　警部補
鍵山勇司　警視庁組織犯罪対策部　特別捜査隊　管理官　副隊長　警視
毒島二郎　池袋警察署刑事課強行犯捜査一係長　警部補
蛎崎清吾　警視庁組織犯罪対策部長　警視長

鴻上匡　元警視庁組織犯罪対策部　組織犯罪対策第五課　綾の父　故人

装幀　米谷テツヤ
装画　宮坂猛

OPENING

七月八日　火曜　――三砂瑛太

細く猥雑《わいざつ》な路地が交差する池袋三丁目の一角、『第二イケガミビル』を警視庁組対《そたい》と池袋署の合同捜査チームが音もなく包囲したのは、午後十一時過ぎだった。

光溢《あふ》れる中心街の外縁。密集する低層建築と、申し訳程度の街灯と最小限の生活光が、影の領域を際立たせている。

三砂瑛太《みさごえいた》はビルの裏手に身を潜ませ、時を待った。築四十七年の四階建て。一階には旅行代理店と古書店が入っていた。

その三階の一室がＭＤＭＡ、覚醒剤、脱法ハーブ等違法薬物のハブステーションになっているという情報をもとに、警察が内偵を始めたのは二ヶ月前だった。

そして、ハブと小売を中継する〝配送人〟四名を特定。行確のすえ、小売店舗三軒、保管所二カ所を炙《あぶ》り出した。

静かにその時を待つ。滞留する蒸し暑い空気、カラカラと異音を発するエアコンの室外機が、神経を削る。三砂は何度も深呼吸を繰り返した。

闇《やみ》に紛れ配置された捜査員たちから立ち上る緊張感が、鋭利さを増しつつあった。

配送人の一人が、ビルに入ったのは十五分前。

正面から踏み込むのは本部組対五課のベテラン、鴻上匡《こうがみただし》警部補以下精鋭四人。非常階段と通路にバックアップの四人。裏の路地に四人。事前情報によれば、全員が拳銃《けんじゅう》を携帯し、防弾ベストを着用していた。

『正面、鴻上班がビルに入った』

イヤフォンから副編の須賀《すが》の声が聞こえてきた。

「裏側も配置完了です」

三砂は応《こた》えた。同時に摘発される小売三店舗には他社も張っているだろうが、この拠点を押さえているのは『News Cargo《うち》』だけだ。

『ドジ踏むなよ』

須賀は冷静を装っているが、声はわずかに裏返っている。目に見える実績と、酒の席で披露できる武勇伝が欲しいのだろう、珍しく手を挙げてこの現場に臨み、子飼いのカメラマンとともにビル正面に陣取っていた。

だが、ＭＤＭＡの流通経路を摑《つか》み、同行取材を条件に、警察に情報を提供したのは三砂だった。須賀に対して含みはなかった。自分を裏口に配置したことも。自分が価値を持つ情報を摑み、警察を動かした事実は変わらない。

裏口を固める捜査員の一人が、三砂に向け小さくうなずいた。突入の時間だ。直後にビルの正面側から怒号が聞こえてきた。

三砂は動画撮影モードのスマホをビルに向けた。三階のベランダ。その奥にある窓の中で、人影が動いた。物陰から捜査員が出てきて、窓の下に陣取り、身構えた。

窓が開き、男が二人怒声を上げながらベランダに躍り出てくると、非常用のハシゴを下ろし、転げ落ちるように降り始めた。

──逃げるなゴルァ！

──確保だ！

ものすごい銅鑼声《どらごえ》とともに、下で待ち構えていた捜査員がハシゴに群がってゆく。

──ポケットの中のもん出せ！

三砂も接近して撮影しようと思ったが、視界の端でなにかが動いた。

瞬時に視線を向ける。ビルとビルの間、それも地上十メートル付近だった。非常階段もベランダもない、のっぺりとしたビルの側面が向かい合った空間だったが──そこを横切った影は、人型に見えた。

三砂は路地に出ると、隣接するオフィスビルを見上げた。第二イケガミビルと同規模で、三階は灯《ひ》が消えていて、窓のひとつが開いていた。

まさか、窓から窓へ誰《だれ》かが飛び移った？　第二イケガミビルとの間隔は二メートル半ほど。一歩間違えば落下してしまうが……。

──現物《ブツ》確認、シャブだ。

──覚醒剤《かくせいざい》取締法違反、現行犯だ。

背中で聞いた。しかし、三砂の嗅覚《きゆうかく》は人影を探し、追えと喚《わめ》いていた。

やがて眼前を、捜査員に引っ立てられた男二人が通り過ぎてゆく。逮捕の瞬間は撮れていないが、焦燥はなかった。

『正面から容疑者が二人。一人は通路で暴れとった。ばっちり撮ったぞ！』

興奮した須賀の声もただのノイズだった。

派手な摘発劇に野次馬がわいてきて、狭い通りを混沌《こんとん》と喧噪《けんそう》で埋めてゆく。通りがかり、立ち止まる者、隣接するマンションから見下ろす者。

下がってください！

制服警官たちがやって来て、現場を背に狛犬《こまいぬ》のように立ちふさがった。

だが、繁華街からわずか数十メートル。現場で乱舞する赤色灯が、まるで誘蛾灯《ゆうがとう》であるかのように、次々と野次馬たちを引き寄せている。

その濁流に紛れ、隣接ビル一階の裏口——飲食店の勝手口が開き、中から男が出てきた。

中肉中背で、二十代後半か三十代に見えた。野球帽に黒いリュック、青いポロシャツに七分丈のパンツ姿で、体形が影とよく似ていた。

男は野次馬に混じり、ひとしきり現場をのぞき込んだあと、そっとその場を離れた。

追った。

ちょうど正面側から制服の女性警官が回り込んできた。三砂はすれ違いざまに「現場から不審者。野球帽青のポロ、リュック」と告げた。これで最低限、義理は果たした。

男は三業通りに出ると左折、山手通り方向へ進んだ。かつては料亭や置屋が建ち並ぶ花街だったが、点在する古めかしい小料理屋がわずかに面影を残すだけで、生活感溢れる住宅街に様変わりしていた。

人通りは数えるほど。追い始めてすぐに三砂の存在に気づいたのか、男の足が速まった。三砂も速度を合わせた。それで尾行を確信したのだろう、男が走り出した。

三砂も走った。同時に取材用ベストの胸ポケットに、録画状態のスマホを入れ、固定した。ポケットはレンズ部分が開くようになっていて、ボディカメラに早変わりする。

逃げる足音。追う足音。

低層ビル群の黒い谷間の向こうに、首都高中央環状線の高架が見えてきた。もうすぐ山手通りだが、男はその手前で右折した。並行する緑道だ。歩行者専用で街灯も少なく、植え込み、観葉植物の鉢など障害物、遮蔽物《しゃへいぶつ》が多い。

三砂も緑道に入った。二十メートル前方を右に左に障害物を避《よ》けながら逃げる男の背中。走り慣れているのか、速度は落ちていない。

三砂は速度を上げた。障害物は迂回《うかい》せず、乗り越え、飛び越えた。距離が詰まってゆく。男が迫る三砂に気づき、緑道から枝のように延びる路地に進路を変えた。

路地が複雑に絡み合う一帯。だがこの辺りの地理、立地は頭に入っていた。男が入った路地は、五十メートルほど先で九十度折れ、川越《かわごえ》街道へと抜ける。

三砂は緑道と路地を隔てる塀を飛び越えると、隣接するマンションの敷地に侵入、中庭を走り抜けた。反対側の塀に到達すると、それを飛び越え、さらに隣接する倉庫の敷地に入り、フォークリフトの屋根を利用して、プレハブの事務所の屋根、隣接する倉庫の屋根に跳び乗り、勢いのまま駆け抜け、地上五メートル、幅三メートルの空間を跳躍、小さな路地を越え、向かいのアパートの二階通路に降り立った。

そこから路地を見下ろすと、計算通り、眼下を男が走ってきた。

三砂は鉄柵に足を掛け、地上に向け身を躍らせた。

急速に近づく地面と男の背中。着地と同時に、前方に回転して受け身を取り、素早く立ち上がった。

男は驚いたように一瞬棒立ちになったが、すぐに脇道《わきみち》にそれた。しかし、そこは私道で、その先にあるのは、オフィスビルとマンションに囲まれた、どん詰まりの駐車場だった。

男は駐車場に入ったところで逃げ場を失ったことを悟り、振り返った。

三砂はスマホをポケットから取り出した。

「不要开枪《撃つな》！」

男は怯《おび》えたように両手を挙げた。「你是警察吗《お前警官か？》」

「Not a gun《銃じゃない》」

三砂はスマホを振りながら応えた。そして「One of them?《連中の仲間か？》」

聞いた途端、男の視線が剣呑《けんのん》なものに変化していった。そして、リュックを下ろし、中から黒い塊を取りだした。

拳銃だった。

銃口を向けられ、今度は三砂が両手を挙げた。問答無用で恐怖が降ってわいた。

「Press, Press...」

声を絞り出した。シリアの政府軍兵士にはそれで通じた。「Relax!」

「ソレ、ステル」

目を血走らせ、男は日本語を発した。その視線は三砂が持つスマホに向けられていた。「ハヤクステル！」

「OK、OK、今捨てる！」

返事を絞り出すと、三砂はアンダーハンドでスマホを男の足もとへ投げた。

男は銃口を向けたまま、スマホを執拗《しつよう》に踏みつけ、持ち上げては固い地面に叩《たた》きつけた。

しかし、なかなか壊れず、業を煮やしたように地面のスマホに銃口を向けた。

三砂が呆然《ぼうぜん》とそれを目で追っていると、不意に銃口が向けられた。

恐怖は吹き飛び、諦観《ていかん》が三砂を支配した。最期とは唐突で呆気《あっけ》ないもの、と妙に冷静に考えた。

しかし、引鉄《ひきがね》に掛かった指は微動だにしない。男の視線も三砂ではなく、その背後に向けられていた。

「放下枪《銃を下ろしなさい》！」

すぐ背後で、女の声が響いた。「伏せて！」

三砂は反射的に地面に転がった。同時に頭上で乾いた銃声が交錯した。

信じられない――そんな表情を浮かべ、男は銃を落とすと、膝《ひざ》から崩れた。

「救急車を、至急」

制服警官が無線に現在位置を告げながら、三砂をまたぐように通り過ぎ、倒れた男の脇に膝をついた。無駄のない所作と、引き締まった後ろ姿。

撃たれた男は右肩を押さえながら、発情期の猫のような声を上げ、地面を転がった。

「你不会死的《死にはしない》」

制服警官は、冷徹に声を掛けると振り返った。あの時すれ違った女性警官だった。

「ケガは?」

まだ二十代に見えたが、躊躇《ちゅうちょ》なく引鉄を絞る判断力と度胸は、幾度も修羅場をくぐり抜けたかのような威風があった。

「大丈夫……」

膝が笑っていた。顔と腋《わき》に、粘ついた汗が張り付いていた。「……だと思う」

「中国の悪党は、日本の警察を舐《な》めてる。撃たないと高をくくってる。だからたまに撃って、思い知らせてやるの」

やがて、複数の足音が近づいてきた。

――どこだアヤ!

「ご協力感謝します。今言ったことはオフレコで」

女性警官は小声で告げると、「ここです!」と凜《りん》とした姿勢で応えた。

その日、警視庁組対五課と池袋署は、池袋三丁目の拠点と小売の三店舗、保管庫二カ所を急襲。合わせて十二人を検挙、大量のＭＤＭＡ、覚醒剤、脱法ハーブ、そして拳銃三丁を押収した。それは、違法薬物の流通ルートが、ひとつ壊滅したことを意味していた。

《中国系マフィアに大打撃》

《内偵二ヶ月　執念の捜査》

《資金源壊滅　組織の弱体化必至》

翌日、マスコミも大々的に報じた。

しかし、その陰で捜査官一名が殉職していた。

『空白領域と呼ばれた中国系マフィアの支配地域に、法と秩序を取り戻しました』

テレビに映る男は、芝居がかった身振りで訴えていた。警視庁組対五課長の会見を伝えるニュースだ。『現場捜査官の尊い犠牲を、我々は胸に刻み今後も……』

男は胸に手を当て、沈痛な表情を作ったが、芝居臭さは抜けていなかった。

尊い犠牲――先陣を切って突入した捜査官だったという。そして、第二イケガミビル三階の捜索中、クローゼットに隠れていた男が発砲、その捜査官は被弾しながらも男を取り押さえたが、その後、搬送先の病院で死亡した。

そしてこの時、三砂も自身が運命の裂け目《クラック》に落ち込んでいることに気づいていなかった。

第一章　空白領域

1　七月八日　月曜　――三砂瑛太

「副編就任の話、どうして蹴《け》ったんですか」

香椎希美《かしいのぞみ》は口許《くちもと》に手を添え、周囲に気を遣うように聞いてきた。

「蹴ったわけじゃなくて、僕じゃ務まらないと思ったから辞退しただけで……」

三砂も口許に手を当て、希美の耳に向けて応《こた》えた。

エビス通り沿いにある、四川《しせん》料理専門店だった。名は『明華《めいか》食堂』。ブラウンの木目を基調として、梵字《ぼんじ》の意匠があしらわれた壁、赤い格子の天井が特徴の、池袋北口ではそこそこ知られた店だ。六階建ての雑居ビルの地下一階にあり、午後二時になろうかという時間帯だったが、テーブルのほぼすべてが埋まっていた。飛び交うのは日本語四割、北京《ペキン》語三割、広東《カントン》語、英語その他三割といったところだ。

「須賀さん、三砂さんのことすごく買っているんですけど」

希美は小さく首を傾《かし》げた。黒髪のショート。胸元が開いたノースリーブと動きやすいスリムパンツ姿。

「本音を言えば、人に指図するのが苦手でさ」

三砂は乾いた笑みで応える。「外で動き回っている方が性に合ってて」

三砂はニュース情報サイト『News Cargo』のライターで、芸能ゴシップや犯罪ドキュメント、ポップカルチャーを中心とした動画ルポを担当していた。

「でもこのご時世、フリーはつらくないですか?」

希美は取材用バッグから封筒を取りだし、三砂の前に置いた。「先月分の精算です。今月は二十九日締めでお願いします」

三砂は「どうも」と必要経費が入った封筒を手に取ると、取材用ベストの内ポケットに突っ込んだ。「悪いね、わざわざ来てもらって」

「精算もあったし、三砂さんと同行なんて、滅多にあることじゃないし」

希美は在京キー局、東都放送に五年勤めたあと退社、中堅通信社『イースト・メディア・システム』に入社し、同社が運営する『News Cargo』に配属されてきた。

『局では制作でA　P《アシスタント・プロデューサー》と広報パブリシティを少々。記者はあこがれでした』

最初の挨拶《あいさつ》で彼女は言った。

「はい、お持ちどおね!」

女将《おかみ》の威勢のいい声とともに、彼女の前に殻付海老《えび》の山椒《さんしょう》と唐辛子《とうがらし》炒《いた》め定食が置かれた。三砂の前には、いつもの麻婆豆腐《マーボーどうふ》定食、唐辛子少なめ。

「殻ごといけるよ、それ」

「いただきます」

希美は表情をほころばせ、真っ赤な海老を丸かじりした。

「すごく美味《おい》しいです！」

唐辛子をものともしない希美は、鼻頭に汗の玉を乗せ、唇を赤く染めていた。「……三砂さんは、ここで毎日食べているんですか？」

懇意にしている店ではあるが――

「時々、義理を果たす程度に」

食後、レジの前で財布を出した三砂に、希美が立ちふさがった。

「打ち合わせ費で落とせます！」

「だったら、ランチセット以外のものを食べとけばよかった」

地上に出ると、白い陽光が降り注ぎ、熱せられた空気が肌にまとわりついた。

通りには朱色、黄色、唐風フォントがちりばめられ、アジア系無国籍感が漂っている。道行く人も、アジア系外国人が目立った。

「異国情緒がカオス気味に日常に溶け込んだ感じですね」

希美は肩にかけたトートバッグからキャップを取り出し、被《かぶ》った。「そんなところに、こんなに正統的で美味しいお店があるなんて！」

「喜んでもらえて嬉《うれ》しいよ」

「それで、なんの取材か聞いてませんけど」

そう、三砂が編集部に応援を求め、やって来たのが彼女だったのだ。

「取材というより下調べみたいなの。現場まで歩くけどいい?」

「一時間以内なら」

「十分くらいだけど」

トキワ通りに出たところで、コンビニから男が出てきて、三砂に気づいた。

「よう瑛太君」

イタリア高級ブランドのジャージ上下に、耳ピアス。後ろで結んだ金色の長髪。「ちゃんと働いてるか」

名は金城一也《かねしろかずや》。三砂とは同世代で、目尻《めじり》に小さな傷痕《きずあと》がある。邪気のない笑顔が、希美に向けられた。

「なんだ昼間からお楽しみか」

この先にはラブホテル街があるが——

「仕事だよ」

三砂も苦笑いを浮かべつつ応えた。「取材」

「紹介しろよ、瑛太君」

「急いでてさ」

名刺を出そうとしている希美を手で制した。「また今度飲もうよ」

「お前の奢《おご》りならな!」

笑みの中に、一瞬だけ見せる獰猛《どうもう》な眼光。交わし合う視線。

「わかったから。じゃ」

強引に金城の前を通り過ぎ、ラブホ街の手前を左折、平和通りに入った。

「どなたですか」

希美が肩を並べてきた。

「近くの金券ショップの店長で……」

それは表向きで、実際は北口一帯を仕切る反社組織の準構成員だ。「呑《の》み仲間兼情報提供者の一人」

大枠で、嘘《うそ》ではない。

「楽しそうな人ですね」

「人生を楽しんでいるのは確かだけど」

楽しみ方は、常識と大きくかけ離れているが。

「それで、行き先は？」

「取材対象者が住むマンション」

「三砂さんが標的と決めたからには、有名人でワケありですね」

「まあ、そうなるよね」

「話は変わりますけど……」

希美は興味深げに周囲を見渡す。「あのレストランから何十メートルも離れていないのに、急にお洒落《しゃれ》な感じになるんすね、意外」

道路はブラウンの煉瓦敷《れんがじき》。通りに面したマンションやオフィスビルのデザインは機能的で、ブラウンからモノトーンで、落ち着いた配色だった。

池袋は様々な貌《かお》を持つが――

「北口をどんな魔界だと思っているんだい？」

希美は世田谷で生まれ育ち、池袋には縁が遠かったという。

およそ十分で、国道二五四号＝川越街道に出た。その上を走る首都高の高架越しに見える高層マンションが、目的地だった。

マンションとオフィスビルがひしめく一帯。通りを渡り、正面エントランス前で十九階建ての偉容を見上げる。名称は『トライデント2池袋本町』。複合型マンション――いわゆる〝下駄履《げたば》き〟で、四階まではオフィスや商業施設が入り、五階から十九階までが居住部分となっていた。地下には入居者専用の駐車場がある。

「ここが目的地」

「誰《だれ》が住んでいるんですか？」

「サクラギ・リンナ」

「元〝涼風檸檬《りょうふうれもん》18〟の櫻木凜奈《さくらぎりんな》ですか」

同世代の希美は瞬時に反応した。

「そう。ここの十七階に住んでいる」

「確かに、ワケありですね」

櫻木凜奈は、十四歳でデビューした元アイドルだ。

人気絶頂の十六歳の時、喫煙写真が流出しグループを脱退。一年間の謹慎のあと芸能活動を再開、女優に転身した。しかしその翌年、十八歳で麻薬及び向精神薬取締法違反で最初の逮捕。MDMAの所持、使用を認めた。

櫻木凜奈は執行猶予判決を受け、一年半芸能活動を停止後、二十歳で女優に復帰。

しかし五年前、二十四歳で再びMDMAの所持と使用で逮捕。懲役一年六ヶ月の実刑判決を受けた。

服役後、二十七歳で芸能活動に復帰。

以後、薬物乱用防止の啓発活動の傍ら主に舞台で活動、徐々に評価を高め、主演した映画はマイナーながら海外の映画祭で主演女優賞を獲得した。

現在二十九歳。元来の美しさに加え、演技に深みと妖艶《ようえん》さが増していると評価されていた。

「彼女がまた薬物に手を出しているって情報があってね」

希美は「ワオ」と驚いて見せたあと、「信憑性《しんぴょうせい》は？」

「それも含めて取材。五年前も彼女を取材していてね。それなりに伝《つて》もあるんだ」

「確かに、確認できれば大きいですね。警察は動いているんですか？」

「今のところその気配はないけど、探りは入れるよ」

「警察に？」

「池袋署にも突っ込んだ話ができる人がいる」

「やっぱり大事なのは、人脈なんですね。さっきの金髪さんといい」

「まずは四階まで見学してみようか。一人だと目立つんで」

それが応援を頼んだ理由だ。

マンションは商業施設部分が前部と左右に張り出していて、その上に居住棟が乗っているような構造で、正面から見ると、『凸』の字のようになっていた。

客を装い一階から見て回った。エントランスホールには案内カウンターと警備員の詰め所があった。ホールには円形の広場があり、三階まで吹き抜けになっていた。その広場を囲うように衣料、雑貨、食料品などのショップが並び、三階まで同じ構造になっていた。

二階はメディカルモールと薬局、フィットネスクラブ。三階にはカフェやレストラン、レストスペース。四階にはイベントスペースと会議室、学習塾があった。

商業施設部分の屋上は庭園と休憩スペースがあり、オープンカフェが営業していた。

一時間以上かけてすべてを見回ると、一階エントランスに戻った。

「これだけ便利だと外に出なくてもいいですね。でも、中で張り込むにしても男性一人だと少しきついですね」

「思った以上にセキュリティが厳しめだったね」

各階チェックしたが、防犯カメラの巣であり、レンズは外通路にも向けられていた。各階には警備員が常駐し、見回りも行われていた。さらに、広場のベンチに長時間一人で座っていた中年男性に、警備員が声を掛けている場面も見かけた。

入居者用のエントランスは別にあり、オートロックであることは事前に調べがついていた。そこにも警備員が常駐して、デリバリーは必ず警備員が取り次いだ。

「敷地内の長時間の張り込みは無理だね」

それが三砂の結論だった。

「外にいる分には構わないんじゃ」

「敷地の外だろうと、目立てば警備員は警戒するよ」

「じゃあ、仕事の現場で直撃したり？」

「それも難しいだろうね。最近はスタッフ、事務所ともにガードを固めているからね」

「なかなか難しい問題ですね」

「それに、これだけ不特定多数の人が利用するとなると、たぶん櫻木凛奈自身は、ここの店や施設を利用していない可能性が高いね。入居者専用のエントランスか地下駐車場から変装して外に出たほうが気づかれにくい」

「だったらなぜここに住んでいるんですか」

「父親が遺《のこ》してくれた物件のひとつだから。これはあまり外に出回っていない情報だよ」

三砂は口の前で人差し指を立てた。希美は「あ」と納得したようにうなずいた。父親は中堅居酒屋チェーンの社長だったが、櫻木凛奈が服役中に大動脈解離で急逝した。

「さて、どうするかな」

三砂は吹き抜けを見上げながら呟《つぶや》いた。『トライデント2池袋本町』は周りを中層、低層マンション、オフィスビル、住宅街に囲まれていた。

「パートナーの存在は確認されていない。生活もあるし、彼女自身が外出しなければならない」

外出の頻度が高ければ、その姿を見た誰かがＳＮＳで発信、住居を特定される危険がある。外出は変装が必須だろう。

「麻薬はデリバリーできませんものね」

希美は勘所を衝《つ》いてきた。

「彼女は服役中に運転免許を失効している。仕事以外で外に出るとしたら、行動範囲は徒歩圏内。しかも池袋の中心街には行かないだろう」

「この周辺のコンビニ、食料品店、飲食店ですね。でも少し離れたところ」

察しがいい。三砂はカバンから櫻木凛奈の写真を取りだした。素顔と、画像加工で帽子やサングラス、マスクを着用させたパターンを用意していた。

「現れる頻度が高い店が見つかれば、待ち伏せできる」

「やっぱり基本は足なんですね」

希美は目を輝かせた。もう用は済んでいたが――

「今からもうひと仕事してみる？」

希美の背中を見送ると、三砂は『トライデント２』があるブロックを周回するように、じっくりと歩いた。

居住部分の正面と東西の壁面にはベランダが設《しつら》えてあり、裏手は窓のみだ。だが、窓枠に沿って縦に幅五センチほどの溝〝クラック〟が刻まれていた。使える。

『トライデント2』の裏手には、二棟の中層マンションが隣接していた。中層マンションには、それぞれ露天駐車場があり、さらにその周囲を低層マンションとアパート、住宅が裾野《すその》のように取り巻いている。遮蔽物《しゃへいぶつ》が多く、夜になれば潜むに適した場所も見つかるだろう。

櫻木凛奈の居室は一七一一号室。北西の角部屋、つまり裏手の中層マンション側。

希美には伝えていないが、仕事以外で外出するのは二日に一度程度。行動は夜半がほとんどで、目的は食料と日用品の買い出しであることはすでに摑《つか》んでいた。そのどこかでMDMAを購入していることになるが、取引の場所、売人の素性、薬物の流通経路はまだわかっていなかった。

極秘接触のポイントは、やはり隣接する中層マンションになるだろう。どちらも六階建てで、築年数は五十年前後。通り側と駐車場側の面にベランダがあり、それ以外の壁面は、モルタルの吹きつけ仕様だ。

今度は中層マンションの周辺の路地をじっくりと見て回る。そして、古い住宅とアパートの間に、幅一メートルほどの小径《こみち》を見つけた。両脇《りょうわき》はブロック塀と住宅の背中。私道に見えたが、進入禁止の表示はなかった。

三砂は迷わず足を踏み入れた。何軒かこの路地に玄関や勝手口が面した住宅やアパートがあった。迷路のようではあったが、身を寄せ合う住宅の隙間《すきま》から二棟の中層マンション、と、その奥の『トライデント2』が見えた。距離は四十メートルほどか。ここを通れば、外付けの防犯カメラの目を盗んで接近することは可能だろう。

通りに戻ると、『トライデント2』とマンション群を撮影した。いくつかのポイントを選び、複数の角度から、周囲の立地、距離がわかるように入念に枚数を重ねる。

「あんた何してる」

声を掛けられ、振り返ると、六十がらみの男性が不審そうに見ていた。

「この辺、最近落書きの被害が出ていまして、防犯上どうなのか調べているんです」

三砂はよどみなく応え、『ラジオネット TOSHIMA』と地元のFMラジオ局の名が入った名刺を渡した。土曜夜の情報番組で、実際に月に何度か構成作家として入っている。

「落書き？　そこら中にあるだろう」

男性は名刺に目を落としながら言った。この周辺も、塀や高架の橋脚など、スプレーの落書きは珍しくない。

「新手と言いますか、区が貸し出している洗浄剤でも落ちない塗料で描《か》く輩《やから》が出始めているようなんです。ご近所さんから、そんなお話は聞いていませんか？」

「聞いとらんが、消えないのは困るな……」

「もしそんな噂《うわさ》や苦情を聞いたらご連絡頂けますか」

男性と別れた後、取材を装い数人に落書きの話を吹き込んだ。あとはネット掲示板やSNSを使って、情報をある程度拡散させる。

この炎天下で希美に聞き込みをさせたのは多少気が咎《とが》めたが、これも必要な手順だ。

その後、適当に時間を潰《つぶ》し、川越街道沿いのカフェで落ちあった。冷房が心地よかった。希美は何度も汗を拭《ふ》いたのか、メイクを直した痕跡《こんせき》があった。

「二軒のコンビニで櫻木凜奈の目撃情報がありました。下板橋駅前のスリーエムと、踏切の手前にあるデイリーセブン北池袋店です。どちらも、マンションから徒歩十分はかかります」

ラージサイズのアイスコーヒーを前に、希美は張りのある口調で報告した。東武線の二駅先まで足を延ばし、独力で櫻木凜奈の影を摑むとは、意外な収穫だった。

「でも、変装しているはずだけどな」

「店員にファンがいて、何人かは気づいていたみたいです」

両店とも店長と交渉し、シフトに入っていない店員にも連絡を取り、確認したという。単なる幸運ではなく、得るべくして得た情報のようだ。

「思った以上の成果だね。僕の方は全く……」

困った顔を作って見せた。

「運が良かったんです。どっちの店長も優しくて」

彼女に頼まれれば、嫌とは言えないだろう。

「櫻木凜奈の件は、編集長に上げておきますか?」

「確かな情報が摑めるまで、記事化は待ってもらえるかな」

「事情はわかります。でも、締め切りは待ってくれません」

「ほかにネタはあるよ。それで時間稼ぎするよ」

「ちなみにどんなネタですか?」

「五反田の高級SMクラブに出入りする有名芸能人と、円満そのものに見えるけど実は泥沼W不倫で離婚寸前の芸能人カップルがひと組。あと若手俳優喰《ぐ》いのAV女優ネタ。これは複数いて、喰った人数とか喰った俳優のランクで、女王決定戦ができるくらいのネタは揃《そろ》って……」

言い終えぬうちに、希美が口許を押さえ噴き出した。

「相変わらずゲスいですね、三砂さん。これはいい意味でです」

「なんか、申し訳ない」

希美がわずかに顔を寄せてきた。

「実は須賀さんが出版前提のルポを企画しています」

『News Cargo』現編集長だ。

「正式なアナウンスはもう少し後なんですけど、三砂さんにサブについてもらいたいと言ってました」

出版前提なら、名のあるノンフィクション作家かジャーナリストがメインだろう。

「ネタ次第だね」

「メインは中国系マフィアです、池袋の」

池袋で、中国系と言えば——

「シェンウー?」

「そう聞いています」

『シェンウー』は〝玄武〟と表記する、池袋に本拠を置く反社組織だ。ルーツは横浜で、一九七〇年代に結成された自警団だ。福建省系の移民二世が中心の集団で、八〇年代、神奈川県内の暴走族と抗争を繰り返し次々と吸収、九〇年代以降はマフィア化し、強固な組織力と容赦のない暴力で東京に進出。六本木、新宿に足場を築き、幾つもの組織を壊滅させ、吸収、構成員五百人を超える大所帯となった。

さらに準構成員、国内外の協力者を加えると、二千人を超える動員力を持っているといわれている。

「阿久根《あくね》さんが持ち込んだ企画です。詳しくは知りませんが、内部で動きがあるみたいで」

元警視庁捜査官のノンフィクション作家だ。警察内部と反社組織の情報に精通し、現役時代はシェンウーとは浅からぬ因縁《いんねん》があった。

「僕みたいなので役に立てるかな」

正直、しばらく面倒は避けておきたかった。

「でも三砂さん、昔は危険を顧みずに、ハードなネタをいくつもモノにしたって須賀さんが……」

「思い出補正ってヤツだよ、きっと」

条件反射のように、笑みで返した。

希美と別れ、『明華食堂』に戻った。

厨房《ちゆうぼう》脇の二人掛けに、アロハに半ズボンの〝社長〟が待っていた。テーブルには、紹興酒《しようこうしゆ》の瓶《びん》。

「生ひとつくれないか」

社長が奥に声を掛けると、はーいと返事が返ってきた。午後の休憩時間で、店内は夜営業の仕込みをする従業員と社長だけだった。フロアの灯《あか》りも半分ほどが落とされていた。

三砂は社長の向かいに腰掛けた。

「まず飲んでからだ」

テーブルに中ジョッキが置かれ、三砂は遠慮なく飲み干した。

「暑かっただろう、日本の夏は狂ってしまったな」

社長こと辻先弦《つじさきげん》は、渋いバリトンボイスで聞いてきた。

「異常気象も、何年も続けば平年並みになります」

「そうか。お前の生活も、平年並みになったか」

「ならないように心がけています」

辻先はこの『明華食堂』と三階にある中華食材・雑貨店『明華商店』を運営する会社の社長であり、この『明華商店ビル』のオーナーでもあった。

出自は福建省厦門《アモイ》で、幼少時に家族とともに来日した。今年六十二歳。南方系の彫りの深い顔で、肌は浅黒く、髪は半ばが白かった。ここ数年でいくらか痩《や》せたが、手脚にはまだ機能的な筋肉が張り付いていた。

「行けそうか?」

「編集部が寄こした相棒が、割と使えそうな人物だと確認できました」

「昼間連れてきた美人か」

「マダムに聞いたんですか」

「大騒ぎしてたぞ」

普段料理など運ばないのに、わざわざ三砂と希美の給仕をした。

「僕のことなんだと思っているんでしょうね」

容姿に特徴がなく、印象に残らず、人に溶け込み、街に紛れることができる——辻先は三砂をそう評していた。お陰で女性に警戒されることはなかったが、興味を持たれることもなかった。

「とにかく、新人記者にでも摑める程度に、櫻木凜奈は足跡を残しています」

麻薬への渇望が、警戒心を疎《おろそ》かにさせていたのかもしれない。「目撃されたのは、北池袋から下板橋にかけて」

「空白領域だな」

辻先は皮肉めいた口調で言った。

「……ええ」

三砂は声を絞り出した。重く、苦く、忌々しい記憶が胸の内側をぶん殴り、過ぎてゆく。

「それで、何が必要だ」

ここからはビジネスの話だ。

「彼女のマンションの周辺で落書き事件が必要です。少し噂を撒《ま》いておきましたが、区の洗浄剤で消えないタイプの塗料でお願いします。例のキュビズム風の立体型で」

「落書きを増やしてどうする」

「清掃業者と組み合わせます」

「サイトウのところか。堅実ではあるな、金はかかるが」

辻先は手酌で紹興酒を口に運ぶ。「手配しておく」

「売人の線は金城が調べているのか？」

「そうなります」

「シェンウーは動いていない。ＭＤＭＡの販売元は〝フェロー〟だろう」

この三年ほどで台頭してきた若い半グレ集団だが、背後には指定暴力団、久和《くわ》組がいる。

「金城に伝えます」

「きちんと手綱を締めて、相棒を上手《うま》くコントロールしろ。今は余計なトラブルは起こさないことだ」

「肝に銘じておきます」

三砂はテーブルに両手をついて、頭を下げた。


池袋はこの数年、『空白領域』を巡り、特殊な緊張状態が続いていた。

立地的には池袋北口一帯から、池袋本町周辺を指す。

この地域は以前、新宿歌舞伎町同様、大小様々な反社組織の縄張りが複雑に入り組んでいたが、シェンウーの侵攻とともに、全《すべ》てが駆逐、整地された。巨大な繁華街の利権も、その大半をシェンウーが手中にした。

無論、抗争は激しかった。警察も厳重な取り締まりを実施した。

しかし、シェンウーが次々と大陸から送り込んでくる名もなきヒットマンの、ヒット・アンド・アウェイ戦術により、警察の包囲網はいとも簡単に突破され、池袋の反社組織は構成員と経済基盤を削られていった。観光客を装って入国してきたヒットマンたちは、仕事を終えると、その足で国外へ脱出した。

そしてシェンウー本体は、ほぼ無傷のまま池袋北口に乗り込んできた。

元々チャイナタウンとして知られ、新華僑《しんかきょう》が強い力を持っているが、シェンウーは以前から彼らと裏で協力関係にあり、本拠を池袋に移し、新たな盟主として収まったのだ。

そして北口一帯は表、裏ともに、日本の反社組織の影響力が一切及ばない領域となった。それで、『空白領域』と呼ばれるようになったのだ。

無論、版図を削り取られた日本の反社組織も、『空白領域』の奪還を虎視《こし》眈々《たんたん》と狙《ねら》っていた。

その急先鋒《きゅうせんぽう》が、東日本最大の反社組織、冬月会《とうげつ》の二次団体で、池袋の西と南を地盤とする久和組だった。

結論を言えば、シェンウーが築き上げた『空白領域』はわずか数年で瓦解《がかい》した。

そのきっかけを作ったのが、三砂だった。

五年前の話だ。

櫻木凜奈の薬物入手ルートを追い、その中で違法薬物のハブステーションを発見、警察との連携で小売店舗、保管庫の一斉摘発に繋《つな》がったのだ。

これで流通ルートは壊滅、シェンウーは幹部を含む二十四人の構成員を検挙され、資金源の何割かを失った。

シェンウーが撤退した地域は、再び係争地となった。

誰もが久和組の攻勢と、池袋北口一帯の奪還を予想した。おそらく警察もそれを期待していた。少なくとも、久和組とは意思の疎通が可能だったからだ。

しかし、五年が経《た》った今でも、大きな抗争が起こらぬまま、係争地は係争地のままだった。その理由については、様々な憶測があった。シェンウーと久和組が牽制《けんせい》し合って奇妙な均衡が生まれている——シェンウーの攻撃能力に、久和組が過度に敏感になっている——いや、警察の厳重な警戒と取り締まりが功を奏している——

三砂からすれば、そのどれもが真実を衝いていなかった。

そして今、『空白領域』は本来の〝日本の反社組織の影響力が及ばない地域〟という意味から、シェンウーが撤退後に生じた〝支配者なき地〟を指す言葉に変容していた。

具体的には池袋二丁目と三丁目の北半分と、池袋四丁目、そして池袋本町の全域だ。

その〝奇妙な〟係争地で、久和組の息がかかったグループが、堂々と薬物を売り始めている。それをシェンウーが黙って見過ごすとは思えない。

辻先の口調が皮肉めいていたのは、後者の意味で言ったからであり、余計なトラブルは起こすなど釘《くぎ》を刺したのは、そんな背景があったからだ。

だが、金城には背景や事情や情勢など、関係なかった。

金城から売人特定の連絡が入ったのは、翌日の深夜だった。

2　七月十日　水曜　――三砂瑛太

〇時を回り、日付が十日になった。

「別に埋めるとか沈めるとか、そういうんじゃないのよ」

金城が、心の底から楽しそうに、拳骨《げんこつ》でドレッドヘアの男の頭を小突いた。

ドレッド君は、屈強な男に両脇をガッチリ挟まれた状態で、後部二列目のシートに座らされていた。黄色いTシャツの胸には、垂れ落ちた鼻血の染みがついていた。

三砂と金城は、ミニバンの後部座席、その一列目のシートに陣取っていた。

マスキングされた窓の外は、流れる街の灯《ひ》。運転手は淡々と、都内を流している。

「凜奈ちゃんにクスリ売ったかどうか聞いてるわけ」

今度はシートの背もたれ越しに蹴りを入れる。

「……知らねえって……言ってんだろうが」

ドレッド君は、血の唾《つば》を飛ばしながら応えた。精一杯の虚勢だ。

「お前からMDMA《エクスタシー》買ったってヤツが何人もいるんだけど」

金城の視線が三砂に向けられた。「なあポンタ君」

一応仮名で呼んでくれた。

辻先からの情報を伝えてからわずか二十四時間。特定には違いないが、金城はさらに一歩進んで、売人を拉致《らち》してきていた。完全に〝余計なトラブル〟が発生するやり方だが、彼の場合、それが意図的だったとしても驚きはしない。

「彼女への連絡手段は？」

三砂は穏やかに尋ねた。一応サングラスと帽子で顔は隠していた。

「お前ら、クソシェンウーだろう。こんなことして……ただで済むと思うな……」

ドレッド君が震えた声を絞り出したが、金城が「はいそれＮＧワード」と満面の笑みで、ドレッド君を指さした。「消されても知らんぞ」

「連絡手段を教えてください。顧客を奪うわけじゃない。一回だけ、櫻木さんと取引したいだけなんだ」

ドレッド君に生じた迷いを感じ取り、三砂はたたみかけた。「もちろんその分のクスリも君から買う。倍値で買う。迷惑料も上乗せする。それが終わったら、連絡方法を変えてもいい。一回だけなんだ。もちろん僕らも警察に捕まりたくないから全て秘密裏に処理する。君の胸にさえ納めてくれれば、君が上からなにか言われることもないだろう？」

これだけの条件を出して、否とは言わないはずだ。

「意味が……わからねえ」

「意味は考えなくていい。ただの通り雨だと思ってくれれば」

「良かったなドレッド君！　ポンタ君が優しくて！」

金城は靴底をドレッド君の顔に押しつけた。


スマホの振動音で目が覚めた。

午前十一時過ぎだった。未登録の固定電話の番号が表示されていた。

『ヒカリ洗浄のサイトウです。十四時、セフィーロ池袋で』と留守電が残されていた。

ほかのメッセージはなかった。

一回分のＭＤＭＡと連絡用スマホと交換に、ドレッド君に現金三十万円を持たせて解放し、帰宅したのは午前三時だった。

ドレッド君によると、顧客名『リリ』＝櫻木凜奈に売るようになったのは、ここ半年。噂を聞きつけたのか、彼女のほうから接触してきたという。最初は一ヶ月間隔だったが、次第にペースが速くなり、先月からは一週間から十日おきになった。最後に売ったのは四日前。彼女に改心の決意がなければ、次の取引まで最短三日、最長六日。

購入のサイクルが早くなっているのなら、取引は今日明日でもおかしくはない。いずれにしろすぐ動く必要があった。

ダミーのＳＮＳアカウント、いくつかの匿名掲示板に投稿した新手の落書きの話題は、それぞれ三桁のＰＶがついていた。以前描いておいて、まだ消されていない渋谷、新宿、中野の落書きの画像もいくつかアップしていた。

デッサンとパースペクティヴは正確で、派手な原色と立体感のある幾何学模様が特徴の落書きだ。落書きではなくアート、バンクシー気取りなどのコメントも多数あった。

順調に、不自然ではない形で拡散しつつあるようだ。三砂はベッドを出ると、髭《ひげ》を剃《そ》り、シャワーを浴びた。回り出した歯車は、止められない。毎度のことながら胸が重い。

トーストとインスタントのミネストローネで朝食兼昼食《ブランチ》を摂《と》り、届いたビジネスメールを処理し、ニュースサイトを巡回したところで、時間になった。

三砂はTシャツにサマージャケットを引っかけ、住居兼個人事務所を出た。

眼前に広がる北口の街並みには、今日も白い陽光が降り注いでいた。

スチール製のドアを閉め、施錠する。『明華商店ビル』の六階だった。辻先の計らいで、家賃は通常の半額。それでなんとか暮らせていた。

通路には住民たちが勝手に置いた下駄箱や洗濯機、突き出た物干し竿《ざお》、何が入っているのかわからない段ボール箱。それらを避け、玄関前で体操をしている老人と挨拶を交わして通路を抜けると、エレベーターに乗った。

胡麻《ごま》油の香りが染みついた古いエレベーターは、ゴトンと一度揺れてから、大儀そうに動き出した。中に貼《は》ってある、『明華食堂』と『明華商店』の案内広告は、すでに色があせていた。

ビルを出て、徒歩で、『セフィーロ池袋』を訪れた。『トライデント2池袋本町』と背中合わせの六階建てマンションだ。二棟の間隔は最も近い部分で五メートル、住居棟からは十五メートル以上離れていた。そして、『セフィーロ池袋』も、エントランス付近と外付けの非常階段、外にある駐車場の出入口には、きっちりと防犯カメラが設置されている。

想定の範囲内だ。

ゲスト用の駐車場に『ヒカリ洗浄』と社名がかかれたワンボックスが停《と》まっていた。時に区の依頼を受け、清掃や洗浄を行う優良業者だが、特定の顧客には裏オプションで様々なものを洗浄、廃棄処理してくれた。

駐車場の奥、マンションの背面付近に複数の人の姿が見えた。

三砂は小型カメラを取り出すと、堂々と駐車場を横切った。防犯カメラは車輛《しゃりょう》入口と、マンション側の住民出入口の二カ所のようだ。

「ラジオネットTOSHIMAです」

声をかけ、近づいた。壁を見上げる数人の人の輪と、少し離れて『ヒカリ洗浄』の作業衣を身につけた男が二人。中心にいるネクタイ姿は、豊島区の職員だ。

職員の足もとには洗浄剤とバケツ、ブラシが用意されていた。ほかに管理人らしきポロシャツの中年男と、住人らしき男女が数名。

取材に関しては、事前に管理人に伝えていた。

「これが例の落書きですか」

三砂は見上げた。「随分と鮮やかですね」

二階部分より上まで赤、オレンジ、黒を使った天使と思われる絵が描かれていた。

ある一点から見ると、まるで天使が壁から飛び立とうとしているかのように立体的に見えた。

塗料はスプレーではなく、マーカー。注文通りだった。無論、ダミーとして池袋一帯の複数箇所に、同様の落書きを描いてもらった。

「消すには惜しい出来ですね」

豊島区の若い職員がぽつりと言うと、管理人が「何を言ってるんですか！」と声を荒らげた。

「本気で取り締まろうという気はあるんですか、豊島区は」

一応記者らしく、いつ誰が発見しどんな様子だったのか、管理人と住人から話を聞いた。

「夜中にね、ルーフキャリア付のワンボックスが駐車場の隅に停まっているのを目撃した人がいましてね」

管理人が不機嫌そうに言った。

——きっと車の上から描いたんだよ。

——三階まで模様があるぞ。

——脚立も使ったかもしれないな。

住人たちが話す中、三砂はそっと清掃員二人を見た。年嵩《としかさ》で背の低い方がサイトウだ。

「ちょっと試してみましょうか」

職員が洗浄剤を染みこませたブラシで落書きを擦《こす》ったが、滲《にじ》みすらしなかった。

「あまり強く擦ると、壁を傷つけるかもしれませんね」

サイトウが進み出て言った。「これ、特殊な溶剤じゃないと無理ですね」

「やっぱりそうですか」

ブラシを手にした職員が振り返った。

「消えない塗料というのは、本当なんですね」

三砂が聞くと、サイトウは「見たらわかるでしょう」と応えた。「豊島区が使っている洗浄剤じゃ落ちません」

住民たちから、落胆の声が上がった。

「壁の塗料を剝《は》がさずに、落書きだけを落とすとなると、ちょっと手間が掛かるかもしれませんね。壁の塗料ごと削り取って塗り直すのが一番なんですが」

「そうなると工事が発生しますね」

管理人は口をへの字に曲げた。「この前非常階段直したばかりなんですがね」

予算に問題があるようだ。

「とりあえず今日は何種類か洗浄剤持ってきているから、いろいろ試してみますよ」

サイトウの提案に「試すって、料金は発生するんですかね」と管理人が顔を渋らせる。

「まずはどの洗浄剤が効くか試すだけなんで、お金はかかりませんよ。多少お時間は掛かりますがね。幾つか試してだめなら新たに調合するか、壁ごと削り取るか改めてご相談ということで。まあ、なるべく壁を削らない方法で、試行錯誤しますよ」

サイトウの返答に、管理人と住民は、意思確認するようにうなずき合った。

「じゃあ、このまま洗浄の様子を取材させてもらっていいですかね」

三砂は管理人とサイトウの二人に聞いた。

「それは構わないよ」と管理人が応え、「邪魔しなければね」とサイトウがうなずいた。

話がまとまると、管理人と住人はマンションに戻り、区の職員も、「次の現場があるので」と、洗浄剤が入った容器とブラシを抱えて去って行った。

「兄さんよ」

人の姿が消えたタイミングで、サイトウが声をかけてきて、三砂は改めて二人に向き直った。若い方は初対面だ。「こいつがヤマダ。当日お前をサポートする」

ヤマダが会釈し、三砂は「よろしく」と小声で返した。

「猶予は今日を含めて三日。それ以上掛かると、我が社の沽券《こけん》に関《かか》わる」

サイトウは釘を刺すように言った。様々な洗浄剤を試すといって、落書きを放置しておける期間のことだ。

「構いません、指示通りの仕様にして頂ければ」

このマンションの壁面には、距離を置いて点在する窓枠以外に突起《ホールド》や溝《クラック》がなかった。それが唯一の問題だった。

「リクエストには応えてやるけど、命はあんまり粗末にすんなよ」

落書きを描いた張本人は言った。

3　七月十三日　土曜未明　——三砂瑛太

ドレッド君から買い取ったスマホに連絡があったのは、金曜の夜八時過ぎだった。

『じゃあ、午前一時に』

緊張しているのか、禁断症状なのか、櫻木凜奈の声は細く、震えていた。

三砂は部屋に直接届けると返事をし、手順を説明した。

そして、午前一時、三砂は時間通りに櫻木凜奈が住む『トライデント2池袋本町』一七一一号室に、MDMAを届けた。

櫻木凜奈はガラス一枚を隔てて、MDMAと対峙《たいじ》した。そして、一分以上迷った末、鍵《かぎ》を開け、代金と交換でMDMAを手にした。

彼女はダイニングのソファに座り、パケを破ると、中の錠剤を手のひらの上で転がしつつ、口にするか、しないか、自身との戦いを始めた。

タンクトップにスウェット。化粧っ気のない顔に落ちくぼんだ目。それでも女優のオーラはあった。彼女の中で渦巻いている葛藤《かっとう》も胸に迫るものがあった。しかし数十秒後、ゆっくりと手のひらを口許に持っていき、心折れたように錠剤を口に入れた。

三砂はそれを確認すると部屋に入った。

櫻木凜奈はうなだれ、両手で顔を被《おお》った。

リビングはよく整頓《せいとん》されていた。汚れも塵《ちり》もなく、家具や日用品は、定規で測ったように並べられていた。キッチンもカタログ写真のようだった。正しく生きようと、日々努力を重ねていたことが見て取れた。

ただ、壁や床には無数の小さな傷や、落としきれないわずかな染みがついていた。棚や窓の桟にも埃《ほこり》が積もっていた。

これは戦いの痕跡だ。荒れる、耐える、普通の生活を送ろうとする——そのサイクルを繰り返してきたのだ。だが、薬物は心ごと蝕《むしば》む。止《や》めるという選択は、激しく湧《わ》き上がる渇望への宣戦布告だ。その戦いは毎日続き、毎日勝ち続けなければならず、生きている限り終わりがない。心が折れる人間のほうが多い。それは意志の力云々《うんぬん》ではない。

「本当に、来たんですね」

両手を膝に置き、背筋を伸ばすと、まだ残った理性で、彼女は聞いてきた。「都市伝説かと思っていたのに」

三砂は、ただ黙って彼女を見下ろした。それで理解したのだろう。櫻木凜奈は「ごめんなさい」と頭を下げた。

二度の逮捕で、出演したCMの違約金、お蔵入りになったドラマや映画の制作費など、生じた損害は数億円とも言われた。本人以外にも、所属事務所、家族の生活、家業にも大きな打撃を与えた。

今、また女優に復帰し、舞台に、映画に現在進行形で取り組んでいたが、大きな影響が出るのは必至だった。おそらく依頼者は、彼女が生きることで生まれ続ける負債と、彼女の命を天秤《てんびん》にかけたのだ。

三砂は寝室をのぞいた。脱ぎ捨てられた衣服やコンビニの空き袋、弁当の空き容器で床が埋め尽くされていた。そこからバスローブを見つけ、紐《ひも》を抜き取ると、リビングに戻った。

櫻木凜奈は両の拳《こぶし》を握り、何度も深呼吸を繰り返していた。

三砂はタイミングを計ると、「バスルームへ」と促した。彼女は自らの意思で立ち上がり、バスルームの前までゆっくりと歩いた。

「座って」と告げる。

櫻木凜奈はバスルームの扉の前にぺたんと座り込んだ。三砂は、ゆっくりとした手つきで、彼女の頸《くび》に紐を巻き付けた。抵抗はなく、彼女の口から嗚咽《おえつ》が漏れてきた。

「死ななきゃいけないんだ、やっぱり……」

「できるなら自分で。できなかったら、お手伝いします」

三砂は紐の一端を扉のノブに結び付けた。あとは、彼女が身を倒せばいい。

しかし、彼女は動かなかった。何度か身を倒そうとしたが、倒しきれなかった。

櫻木凜奈は、涙でくしゃくしゃになった顔を三砂に向けた。

「……お手伝いをおねが……」

言い切る前に、彼女の後頭部にスタンガンを押しつけ、最大出力で放電させた。

櫻木凜奈は体を大きく痙攣《けいれん》させると、床に倒れ込み、その顔が床に着く寸前で、紐が伸びきり、一気に頸が絞まった。

彼女は反射的に手足をばたつかせ、体を支えようとしたが、三砂はその都度、命をつなごうとする手を、そして足を払った。

苦しそうにあえぐ口許と蠢《うごめ》く舌。やがて、手足から力が抜け、見開かれた目が裏返り、スウェットの股間《こかん》に染みが広がってゆく。

数分後、櫻木凜奈の絶命を確認し、事後処理を済ませると、三砂瑛太は部屋を後にした。

第二章　捕食者

1　七月十六日　火曜　——鴻上綾

エレベーターを降りた鴻上綾《りょう》は、ホールにいた制服の巡査の眼前でバッジを揺らすと、奥へと進んだ。

冷房の効いた内廊下。白が基調で、高級感が漂っている。設置されている防犯カメラはドーム型で、見る限り死角はない。

元アイドルの女優が死んでいた一七一一号室は、北西の角だった。幾人か池袋署員とすれ違うが、形だけの敬礼で、困惑か敵意の視線を投げかけてゆく。

そして、開け放たれたドアの前に立った。私服の捜査員が胸を反らすように立ちふさがっていた。知らない顔だった。三十二、三だろう。胸板の厚い柔道体型で、肌は浅黒く目に知性は感じられない。

「誰《だれ》だ貴様」

見下すような物言いで、場数だけをプライドとする脳筋だとわかる。その視線が一瞬、胸元に落ちた。蒸し暑く、ブラウスのボタンを二つほど外したままだった。

「組特の鴻上。現場を拝見したい」

脳筋の背後では、緊張感の薄そうな署員が仕事中だった。

「なんのためにでしょうか」

脳筋は名を聞いて、言葉遣いを改めつつも上段からの敵意は収めなかった。

「あなたたちが自殺と決めつけ、ホシを喜ばせないため」

「何だと？」

脳筋は眉《まゆ》をつり上げた。

「ここの責任者は？」

鴻上は耳に掛かった髪を指先で後ろに流し、ドアの奥に視線を向けた。

リビングにいた捜査官が気づき、反応した。

「鴻上か、なんの用だ」

池袋署刑事課強行犯捜査一係長、毒島《ぶすじま》だった。


「胸元しめろ」

毒島は視線をそらし、無精髭《ぶしょうひげ》をさする。

「成長の証《あかし》を見せたくて」

鴻上は言いながらも、ボタンをしめた。

「見せるなら刑事《デカ》としての成長を見せろ」

かすかな排泄物《はいせつぶつ》臭が漂う部屋。死体はすでに運び出された後で指紋、証拠品の採取を終え、今はマンション内で聞き込みが行われていた。

リビングもキッチンも整頓《せいとん》が行き届いていた。ただし、寝室は荒れ放題だった。それ自体は不自然ではない。薬物との戦い、葛藤《かっとう》の証だ。

「現場はバスルーム前の廊下。ドアノブにバスローブの紐《ひも》を結んで、首をくくっていた。ざっと見て死後二日から三日程度」

毒島は淡々と説明した。バスルーム前の廊下に、液体が染みた跡が残されていた。「週末、櫻木凜奈は外出していない。誰とも連絡を取らず、部屋にも誰も訪れていない。今のところ、不審者の侵入も確認されていない。玄関も施錠されていて、ドアガードも掛かっていた」

一通り、外部からの侵入の可能性は潰《つぶ》したわけだ――

「玄関先で大層なことを言ってくれたが、捜一の管理官もウチの課長も帰った。事件性はない」

本部捜査一課の介入はない。通常なら自殺と考える状況だ。

死体発見は午前十時過ぎ。午前八時から舞台稽古《げいこ》だったが、稽古場に現れず、電話、メールともに連絡が取れなかった。その後、マネージャーが部屋を訪れたが、反応がなく、管理人立ち会いのもと部屋を開けたところ、彼女の死体を見つけた。

「部屋にMDMA《エックス》があったんでしょ。そっちは情報出してないけど、解剖に回したってことは、そういうことよね」

「テーブルにパケがあった。歯にも色素が残ってた。確認したらそっちに連絡するつもりだった」

「ＭＤＭＡ飲んで自殺？」

「色素は溶けきっていなかった。おそらく口に含んだ直後に自殺した」

効いてくる前——

「これからめくるめく幸せと快感に包まれるのに？」

「罪悪感じゃないかと踏んでいる」

「あり得るけど……」

鴻上はベランダの窓が開いているのに気づいた。

「窓は開いていたの？」

一見普通のクレセント錠だが、二段ロックだ。

指紋を採った形跡はなく、目を近づけると指が触れたと思える場所以外は、埃《ほこり》の膜が被《かぶ》っていた。そして、鍵《かぎ》を開けたのはごく最近のようだ。

「施錠はされていなかった。何か問題があるのか？」

「密室じゃなかったのね」

鴻上は窓を開け、ベランダに出た。眼下に広がるのは熱せられ、揺らめく街。見下ろすと中層マンションの屋上が見えた。

当然のことだがベランダに防犯カメラはなかった。

「何がそんなに気になる」

ベランダに出てきた毒島が言った。「外からの侵入の形跡はない」

窃盗犯なら、窓ガラスを破り、内側の鍵を開ける。しかし、窓は無傷で、外側から外せるようなタイプでもない。

つまり、ごく最近、内側から鍵が開けられた。

「ここに鑑識は？」

「入れていない」

「どうして？」

「十七階だぞ」

「鍵が開いてたのは事実。窓は侵入経路のひとつ」

「鍵が掛かっていなかったのは、侵入者の心配はないと考えていたからだろう」

「屋上からベランダに降りた可能性は考えました？」

ベランダの何者かと接触するために、櫻木凛奈は自ら窓を開けた。

「屋上には防犯カメラがあるし、非常階段にもあった。第一ここの屋上に出る扉は自動ロックで、居住区より侵入は難しい。それに、死亡時間帯に侵入者はいない。確認済みだ」

「テーブルのパケ以外に、ＭＤＭＡは？」

「見つかっていない」

「直前に入手した可能性はありませんか。ごく最近、おそらく死の直前に櫻木凛奈は自ら窓を開けた可能性があります」

鴻上はクレセント錠を指さした。「目的は、ＭＤＭＡを受け取るため。だけど彼女は死んだ。

自殺する人間が、わざわざ購入するかしら」

最期の一服にしても、効果が現れる前に自殺するのは不自然。

クレセント錠についた指紋、皮脂の状態を精査すれば、それがどれほど前に付けられたものかある程度わかるはず。科捜研の案件になるが。

「ベランダの手すりとその周辺に関しては、炭酸マグネシウムに反応する試薬で、鑑識をやり直していただけますか」

「なんだそれは」

「炭酸マグネシウムは、フリークライマーが手に付ける滑り止めです。降りた可能性を潰したのでしたら、登ってきた可能性も潰して下さい。一六一一、一五一一、一四一一以下、ここの直下のすべての部屋のベランダも同様に鑑識入れて。窓から直接見えない、端の部分を中心に調べる必要があります」

「無茶を言うな」

「それと解剖の際は頭部をよく観《み》てもらって下さい。小さな傷か火傷《やけど》があったら、他殺の可能性があります」

「殺しだというのか、お前は」

「可能性の問題です。彼女が今関《かか》わってる復帰二作目は制作費十億の大作。もうポスプロに入ってて完成間近ですけど、ここで櫻木が挙げられたら、たぶんお蔵入り。全部パー。ただ、櫻木凛奈が自らを裁いたなら……少なくともそう見えたら話は別。日本人はその覚悟を買うし、たぶん許してもくれる。このまま上映すれば、遺作になる。代役を立てて撮り直すこともできる。相応に金は掛かるけど、お蔵よりはるかにマシ」

「MDMAを餌に彼女に窓を開けさせ、殺した。そう言いたいのか」

「彼女のせいで、これまで億単位の損失が出ています。それに十億の映画の命運がかかっている。命を左右する金額だと思いますが。製作委員会に入ってる立花《たちばな》住建は裏社会との関係も深いですし」

新宿・大久保の再開発では、土地の確保を巡りいくつかの反社組織と組んだとも噂《うわさ》されている。

「第一誰が十七階から侵入して女を殺すんだ」

「送死人」

鴻上が告げると、毒島は押し黙った。

「……根拠は」

「侵入不可能と思われる場所で、事件の鍵となる人物が、明らかな自殺という状況で死んだ」

鴻上が応《こた》えると、毒島は苦笑気味に首を横に振った。

「何一つ物証はない」

「だから、頭部の傷です。幾つか先例もあります。おそらくスタンガン。それと携帯電話の精査も必要です」

「もう押収済みだ」

リビングのテーブルの上に置かれていたという。

「不審な発信、着信履歴は？」

「解析中だ」

「ただ中身を検《あらた》めるんじゃなくて、消去された履歴もサルベージしてください」

「お前なんの権限で……」

「当然ＭＤＭＡ入手先、探るんですよね。状況的に彼女が遠出して購入していたとは思えない。だったらこの近く、つまり空白領域で買ったことになる。それに……」

鴻上は両手を広げた。「ここも空白領域です」

空白領域でも、素人に毛が生えたような連中が、組織とは関係なく少量の麻薬、覚醒剤を流すことはあった。しかし――

「もし彼女が常習だったら、定期的に購入できるルートが存在することになる。販売元が久和組だったら、シェンウーとの抗争に繋《つな》がる可能性があるし、シェンウーだったとしても、久和組が黙っているとは思えない」

「均衡が……崩れるというのか」

毒島は嚙《か》みつぶすように言う。

「だったら池袋署単独じゃ荷が重いと思いません？　ウチか五課が主導したほうがいい」

「それは、お前《そ》がいもしない殺し屋を追うための方便だろう」

「否定しません。でも、櫻木凜奈の死とＭＤＭＡの関連に捜査が必要なのは、変わりません。邪魔はしないので」

「なあ鴻上」

リビングに戻った鴻上に、毒島が声をかけてきた。「感情のままに弾《はじ》けるな。寿命が縮むぞ」

一瞬、霊安室に横たわる父の姿が浮かんで、消えた。

「大きなお世話です」

鴻上は敬礼し、部屋を後にした。

2　同日　——ある母子

最初に異変に気づいたのは、三歳になる男の子だった。母親に連れられ、川を越えた先にある児童公園に向かう途中だった。男の子は母親が差す日傘の影を踏みながら、橋にさしかかった。そして、橋の中央付近で川面《かわも》に浮かぶ異物を発見した。

「ママ！」

男の子は川を指さして、母親を呼んだ。「誰か泳いでいるよ！」

川に浮かぶものを視認した母親はひどく狼狽《ろうばい》したが、息子には「暑いから水浴びしているのかな」と笑顔で応えた。息子はそれで納得してくれたが、俯《うつぶ》せの状態で漂う男性は、明らかに生きてはいなかった。

この記憶が将来、この子にどのような影響を及ぼすのか、あるいは忘れてしまうのか。気にはなったが、不安な姿は見せまいと思った。

母親は橋を渡ったところで、一一九番と一一〇番に電話をした。さらに、近くに住む自身の母にも連絡を入れ、少しの時間息子を預かってくれるよう頼んだ。

「今日はおばあちゃんが遊んでくれるって」

事情を聞かれる時間はどれくらいだろう――母親は、飛び跳ねて喜ぶ我が子を見守りつつ、再び川面をのぞき込んだ。

男性は、細かく編み込んだ奇妙な髪型をしていた。

あれは、確かドレッドヘア――

3　同日　――三砂瑛太

希美が正面エントランスから出てきた。間もなく正午になろうとしていた。

「……テナントの話を総合すると、警察の出入りは十五階より上ですね」

高層階用のエレベーターを警察が使うと、テナントと住人に通達があったという。

「もうしばらく様子を見るしかないね」

三砂は応えた。先ほど入居者用エントランスから捜一の管理官と、池袋署の刑事課長が出て行った。これから大がかりな捜査を行うような緊張感はなかった。

「それにしても鼻が利きますね、三砂さん」

スマホでニュースサイトをいくつか見たが、まだ櫻木凛奈の情報は出ていなかった。

「独自の情報網ですか?」

「あ、いやこれ」

三砂はスマホのディスプレイを希美に向けた。

「なんですかこれ」

複数のSNSアカウントだ。

「ここの住人の」

三砂は、『トライデント2池袋本町』の住人のものとおぼしきSNSアカウントを幾つかピックアップし、更新のたびに通知が来るように設定していた。

「名前は出さなくても、櫻木さんの動向のヒントでもないかなって思ってさ。一応これ、取材対象の追跡手段のひとつだから、いつもやっているんだけど……」

《警察が来た　何かあった？》という投稿があった。

「なるほど。わたしも今度これやってみます」

「アカウントの見つけ方と選別方法には少しコツが必要で、慣れるまで難しいけどね」

SNSの監視は対外的に〝種明かし〟をするためのもので、まやかし以外の何物でもない。実際は、櫻木凜奈を殺害後、警察の動きを注視していただけだ。

警察が動いたのは午前十時半。来てみると駐車場入口付近に、警察車輌《しゃりょう》が一台停《と》まっていた。残りは地下駐車場だろう。一七一一号室のベランダに鑑識の姿があったが、何かしているようには見えなかった。

おそらく、自殺として処理されるだろうが、三砂は希美を呼び、形だけの情報収集をさせていた。

「もし櫻木凜奈でしたら逮捕でしょうか、任意の聴取でしょうか」

この状況で、自殺は想像できないだろう。「池袋署に行って当ててみますか?」

希美は『記者』を続けたいようだ。記者クラブに所属していないメディアに重要な情報を漏らすとは思えないが、少なくとも彼女にとって、マイナスにはならない。

「お願いできるかな。僕はここでもっと情報を集めてみる」

希美はタクシーを拾い、池袋署に向かった。

すぐにでも『セフィーロ』の壁面の具合を点検しておきたかったが、不用意に近づいて、捜査員の印象に残ることは、避けなければならなかった。

一度現場を離れるか――そう思った時に、長身の女が入居者用エントランスに入って行くのが見えた。明らかに捜査員であるにもかかわらず、その後ろ姿に見覚えはない。単独行動であるのも、腑《ふ》に落ちなかった。しかも、正面エントランスに近い川越街道側から入ってくれば、三砂もすぐに気づいたはず。ならば、裏手からやって来たことになる。

なんのために?

やがて、彼女は一七一一号室のベランダに出てきた。部屋の中の誰かと話をしながら、手すりを指さしている。現場に入っているのは、強行犯一係の毒島二郎《じろう》だが、彼と対等に話ができる階級なのだろうか。

三砂はスマホを向け、できうる限り拡大し、彼女を撮った。その瞬間、彼女は『セフィーロ池袋』を見下ろすと、階下を指さし、さらに何かを告げた。

ここにいてはいけない——三砂は直感し、足早に川越街道へ抜け、彼女の死角に入った。

呼吸を整え、動揺を収めた。彼女は明らかに、誰かが壁を登った可能性を考えていた。希美に電話を入れた。

『もうすぐ池袋署です』

「正面から当たっても、たぶん取り付く島はないと思う」

『どうします?』

「十七階のベランダを刑事が調べていた。それに刑事課長と一課の管理官が現場にいたんだ、これは事件だと思う。誰かが亡くなったのか、当ててみるのもいい」

少なくとも刑事課長は署に戻っている頃《ころ》だ。「それと外部からの侵入の可能性はないか」

『泥棒の可能性ですね』

いい具合に勘違いしてくれた。『薬物のことは?』

「組対が動いているのか、聞いてみてくれるかな」

真正直に認めるとは思わないが、聞く価値はある。

『僕もすぐ合流する』

次に毒島の番号をタップした。

まだ初動捜査段階。無視されてもおかしくはないが『通話』の表示になった。

「お忙しいことは承知の上です、いくつか確認を」

『話せ』

声は低く、固かった。

「十七階のベランダに毒島さんの姿が見えました。櫻木凜奈の部屋ですよね。その上、曽根《そね》課長と居島《いじま》管理官がお出ましってことは、あの部屋で何か起こったということですよね。ブルーシートに目隠しされて、何かが運び出されたという目撃情報も得ています。亡くなったと考えていいですか、櫻木凜奈が」

しばらく無音が続いた。そして——

『死体は櫻木凜奈。一応司法解剖に回した。配慮してくれ』

毒島は迷惑そうに応えた。報じるタイミングを考えろという意味だ。

「心得ています。管理官がすぐ引き上げたってことは、事件性なしの線で？」

『だろうな』

「だったら次は薬対が動きますよね。本部の五課と共同って感じですか」

『どういう意味だ』

一応しらばっくれてみた、という風情だ。

「彼女がまたＭＤＭＡに手を出しているって噂があって、探りを入れていました。必然的に、どこから手に入れているのか考えますよね。買ったのがこの近くだったらいろいろ問題がありますし」

ため息が聞こえた。

『いろいろ混乱させた張本人が言うかね』

毒島との縁ができたのも、五年前の一斉摘発の時だ。あの女性警官に助けられたあと、真っ先に駆けつけてきたのが毒島だった。その後は、三砂の事情聴取の担当となった。

「現場に違法な薬物はあったんですか。イエスかノーで」

『イエスだ。忙しい、切るぞ』

毒島は一方的に電話を切った。

三砂は必要な目撃談、必要な写真、必要な動画を押さえると徒歩で移動し、西口公園で希美と合流した。

「首尾は？」

「あとで発表するの一点張りで」

副署長と話したという。無下に追い返されなかったのは、希美の人柄か。

「やっぱりそうなるか。まあ仕方ないことだよ」

「それで、三砂さんのほうは？」

「櫻木凜奈が遺体で見つかった。司法解剖に回されたって」

小声で告げると、希美が目を見開いて口許《くちもと》を押さえた。「現場にたまたま知り合いの捜査員がいてね。池袋署は自殺と判断して、部屋からは薬物が見つかったって」

「じゃあわたしの仕事は無駄だったんですか」

「まさか。事実をつきつけても何も言わないのは、まだ発表はしたくないって意思表示だから。それが確認できただけでも大助かりなんだけど」

嘘《うそ》ではない。おそらく本部組対との調整が終わるまでは、マスコミに現場を荒らされたくないはずだ。また、遺族の意向で、警察側から発表を控える場合も最近は増えている。

「では、速報は……」

「してはダメってルールはないけど、僕なら少し待つ。小さなことだけど、それで警察に恩を売ることができるし、今速報すれば、誰が僕に情報を漏らしたか簡単にわかってしまう。情報提供者との関係維持も大切だから、適切なタイミングを計る。その辺のさじ加減が現場では重要だったりする」

「どのタイミングがいいんでしょう」

「君は情報と素材をもって一度編集部に戻って、編集長と速報の準備をしたほうがいい。編集長も、新聞社とテレビ局にパイプがあるから、彼らの動きを探りつつ、速報のタイミングを教えてくれると思うよ」

「わかりました、相談してみます。いろいろ勉強になりました」

わずかだが、罪悪感を覚えた。


昼食後に、再び『トライデント2』に戻るつもりだった。情報収集のほかに、事後処理の様子も確認したかった。

西口五差路の交差点にさしかかったところで、電話の着信があった。

『クスリの件、確証は』

須賀だった。希美から早速報告を受けたのだろう。

「確証はないですが、北池袋のコンビニをよく利用していたみたいで、少し不自然なところはあるかなと」

『あの辺、今どうなってんだ』

空白領域のことだ。

「よくわからないですね」

ドレッド君には、金城が脅しを入れておいた。警察の手が伸びたとしても、命の危険と一年程度の懲役のどちらを選ぶかは自明だ。「探りは入れてみます」

『お前が作った状況だしな、速やかに裏取ってくれよ』

「承知しています」

電話を切り、交差点を渡ったところで、サングラスにアロハの男が肩を並べてきた。西口公園を出たところから、ずっと後ろにいた。

視線だけ動かし、影を確認する。背後にもう一人。

「暑いね三砂ちゃん、冷たいもんでも飲む？」

交差してゆく人々は、小さな異変に気づかない。

「すみません、なんのご用ですか？」

シェンウーの若者の一人だ。目を合わさず、一応怯《おび》えた仕草をする。

「局長が会いたいって」

「誰ですか」

「堅いこと言うなよ」

馴《な》れ馴《な》れしく肩を組まれた。「お前、何やったの？」

この男は命令されただけで、何も知らない——

「人違いだと思うんですが」

「いいから来いや」

劇場通りから一本入った焼肉屋に連れて行かれた。雑居ビルの一階と二階が店舗で、通されたのはランチ営業の一階ではなく、二階の個室だった。

紙ナプキンを膝《ひざ》の上に置いたラガーシャツの男が、すでに霜降りの肉を食べていた。

鄭正興《ていまさおき》。シェンウーの財務を仕切る、事実上のナンバー2だ。

確か、五十歳。両脇を極端に刈り上げた短髪で、切れ長の目は知性を感じさせる。

鄭の脇《わき》には、髪を後ろになでつけた、面長で表情のない男。鄭の側近、常田《つねだ》だ。

三砂を連れてきた二人は、「失礼します」と頭を下げ、部屋を出ていった。

テーブルを埋め尽くす高級肉。

「まあ座って、三砂ちゃん」

鄭は十年来の友人のような笑顔で勧めてきた。三砂は黙って座った。

「手荒なまねはされたか？」

「いいえ」と、小さく首を横に振る。

「何を飲む」

常田が抑揚のない声で聞いてきて、三砂は「水で」と応えた。

「食べなよ。好きなもの頼んでいいし」

「ご用件は」

「まずは食ってからだよ」

拒んで気を悪くさせたところで益はない。三砂は遠慮なく肉に手をつけた。黙々と食べ、水を飲んだ。皿を空けるたびに、日頃食べることのない高級肉が次々と運ばれてきた。すべて平らげた。

「もういいぞカズ」

鄭が次々と注文する側近に声を掛けたのは、一時間後だった。

三砂もナプキンで口を拭《ぬぐ》い、息をついた。

「では改めて、どんなご用件なんですか」

「おう、リョウスケを殺《や》れるか？」

鄭が被せ気味にふっかけてきた。「お前ならわけないだろう」

シェンウーの総務局長＝荒事を差配する実質ナンバー3、高岡良介《たかおかりようすけ》のことだ。

「依頼なら社長に」

三砂は鄭と視線を合わせなかった。初手からきな臭すぎる。

「顔を上げろ三砂」

常田が、静かだが威圧的に言った。

「上げません」

焦げた肉片とタレがこびりついた焼網を見つめ続けた。沈黙のまま、数十秒が経過した。

「冗談だよ、三砂ちゃん」

三砂はそこで顔を上げた。鄭もナプキンで口許を拭《ふ》いていた。「それにしても、いい食いっぷりだな」

「人はいつ死ぬかわからない。だから旨《うま》いものは食える時に食えるだけ食っておけというのが社長の教えです」

応えると、鄭が声を上げて笑った。

「いい心がけだ。しかし、因果なものだな」

櫻木凛奈のことか――「櫻木凛奈を追って道を踏み外したお前が、五年経って道を踏み外した櫻木凛奈に引導を渡す」

確かに数ある〝仕事〟とは違う感覚だった。奇妙な因縁や運命も感じた。だが、仕事は仕事――自身にそう強く言い聞かせ、心を殺していた。

「彼女は逆境の中から才能を花咲かせた。演技は地味で自然で、演技なんざしていないように見えるが、逆にそれが魂を揺さぶる」

素行は別として、女優・櫻木凛奈の評価は高かった。二度の逮捕歴がありながら、主演の話が絶えない理由が、内から燃え上がるような魂の芝居だった。「彼女が死んで喜ぶ人間など一人もいない。お前にも難しい仕事だったはずだ」

応えずにおいた。誰の前であろうと、たとえ依頼者の前であろうと、自らの犯行であることを匂《にお》わさない。そう教えられていた。

「その上二人続けてとはな。弦さんも酷なことをするな」

二人？　動揺しかけたが、表情には出さなかった。

「よくわかりませんが」

「誰の依頼か知らないが今回の仕事、北口《ここ》の均衡を乱す危険がある」

試されているのか、探りを入れてきているのか——

「僕にはわかりません」

鄭が探るような視線で、三砂の網膜を射抜いてきた。

「お前じゃないのか」

鄭は落胆したように応えた。読み取られたようだ。

「知りません」

三砂はわずかな敗北感を覚えつつ応えた。櫻木凜奈を殺したところで、均衡は崩れない。

「お前に聞いても詮《せん》ないか」

鄭は仄暗《ほのぐら》い笑みを浮かべた。「弦さんに買われた命、粗末にすんなよ。まだ残高はたんまり残ってんだ。返すまで死ぬことも許されないんだからな」

「心得ています」

三砂は一礼した。

「楽しい昼メシだったぞ、送死人」

階段を下り、明華食堂に顔を出した。すでに休憩時間帯で、店内に客はいなかった。

「今日はあの娘《こ》いないの？」

厨房《ちゅうぼう》からマダムが出てきた。

「だから、同僚です」

「本当に？」

にんまりと顔を寄せてくる。長い髪を後ろで編み、スキニーのデニムにニットのトップス。そこに墨彩画柄のエプロンをしていた。辻先とは内縁関係にあった。四十五歳。『麗人』という言葉が似合う明華食堂の顔であり、総料理長でもあった。

「お昼食べた？」

麗人ではあるが、笑顔は人なつっこく、愛嬌《あいきょう》があった。

「食べました」

見回すが、辻先の姿はなかった。「社長は」

「お見舞い。もうすぐ帰ってくると思う」

マダム＝明石《あかし》頼子《よりこ》は厨房脇の専用席に座って、長い脚を組んだ。「ビール飲む？」

「遠慮しておきます」

三砂も、向かいに腰掛けた。

「北斗苑《ほくとえん》のタレの匂いがする。お昼焼肉？」

「わかります？」

「何年この商売やってると思う」

マダムが肘《ひじ》をついて、上目遣いで三砂を見る。「それで、誰と会ったの？」

「鄭さんです」

北斗苑はシェンウーの拠点のひとつだ。

「じゃあ、ただのお食事会じゃなさそうね」

「強制参加だったので、社長に相談するつもりです」

「やーな感じ。聞かなかったことにしよっ」

マダムは厨房へと戻っていった。

三砂はタブレット端末を取り出し、情報収集を始める。池袋周辺で殺人事件の記事は出ていない。ＳＮＳでもそれらしき投稿はない。櫻木凜奈の件もまだ報じられていなかった。

いったい誰が死んだ？

お帰りなさいませと厨房から声が上がり、辻先が店に入ってきた。いつものアロハではなく、白いシャツにフォーマルなパンツ姿で、髪も整えてあった。

三砂も立ち上がり、会釈した。

「頼子に聞いた。上に来い」

厨房奥の専用階段から、一階に上がった。一階は通り側にカラオケ店と携帯電話ショップが入っていて、裏手側が明華食堂と明華商店の事務所になっていた。専用の鍵がなければ、正面エントランスから事務所に入ることはできない。

事務員たちの挨拶《あいさつ》の中を通り抜け、社長室のソファで向かい合った。若い女性事務員が冷たいお茶をテーブルに置き、出て行った。

三砂は鄭と会ったことを手短に話した。

「櫻木以外に、もう一人誰かが殺されたようです」

「お前がやったと考えたわけだな」

「その殺しが均衡を崩すとも言われました」

「それで私を通さず、直接お前に聞いたのか」

背後関係には興味はなかった。三砂としては、受けた依頼を粛々と遂行するだけだ。

「武雄《たけお》の具合が良くない。それで、各派が敏感になり始めているんだろう」

「そんなに悪いんですか」

「本人が緩和病棟に移ると言い出した。考え直すように説得はしたんだが」

シェンウーの会長、孟《もう》武雄は病の床にあった。「何もしなければ、秋まで持つかどうか」

病状はおろか、入院自体、外部には伏せてあった。

「跡目争いになりますね」

シェンウーは創立以来、内紛と結束を繰り返していた。

孟武雄が先代の兄貴分とともにシェンウーの前身となる自警団を作ったのは、七〇年代半ばだった。最初は、移民やその二世に対する差別や迫害から身を守るのが目的だったが、地元の暴走族やギャング団と抗争を繰り返すうちに、彼らを呑《の》み込んで、組織が大きくなり、性質も暴力的に変容していった。

一方で孟は新華僑《しんかきょう》やその二世、大陸の組織とも交流を深め、クラブや飲食店、モデルプロダクション、街金《まちきん》の経営など、正業による経済的基盤も築き上げていった。

だが、要職や幹部の交代には必ず内紛がともない、死傷者が出た。シェンウーはそれを是とした。地位が欲しくば勝《か》ち獲《と》れ。勝ち獲った者に従え。

転機は九〇年代半ばだった。

中国残留孤児の二世たちが中心となって川崎に地盤を築いていた、暴走族崩れの半グレ集団『虎舞羅王《キングコブラ》』が横浜に進出してきた。若く無軌道な虎舞羅王は、シェンウーにも牙《きば》を剝《む》き、双方が多くの負傷者と逮捕者を出した。

だが孟は慌てず防戦を指揮しつつ、人脈と金の力で幾人かの幹部を籠絡《ろうらく》、組織の屋台骨が不安定になったところで、反抗的な構成員だけを徹底的に叩《たた》き潰《つぶ》した。

そして、孟が虎舞羅王を吞み込む形で、合流を成功させた。元々出自や結成の経緯、事情も似たもの同士、予想ほど抵抗はなかったという。

それで孟は組織の中で確固たる地位を築いた。

無論、内紛を是とするシェンウーだ、その座を狙《ねら》う者もいた。

最大の内部抗争は十五年前。先代の病死による、跡目争いだった。

孟武雄と先代の実弟の争いだった。

孟は少数派だったが、武闘派・虎舞羅王を従えていた。

幼馴染《おさななじ》みで盟友の辻先弦がついていた。

多量の血が流れ、幾つもの命が散った。

そして、実弟が死に、抗争は終わった。

二代目会長となったのは、孟武雄。

シェンウーは孟のもと再結束した。

そして、勢いのままに東京へ進出、暴対法で弱体化しつつあった日本の反社組織の版図を次々と削り、奪い、勢力を急拡大。法律が整い、警察に準暴力団と指定される頃には本拠の横浜から、新宿、六本木、池袋に確固たる基盤を築いた。

だが今は、十五年前とは組織の大きさが違う。これまでの内紛＝結束というやり方では組織自体が瓦解《がかい》する危険がある。

孟会長は就任後、規律委員会制度を作った。

会長は、九名の規律委員による投票で決める——しかし、地位が欲しくば勝ち獲れの精神は、今も綿々と生き残っている。

「鄭と高岡の衝突は避けなければならんな」

辻先は言った。

今、シェンウーには、大きな二つの勢力がある。

創設メンバーを中心とする『本家筋』グループ。

孟の代で勢力を伸ばした元『虎舞羅王』グループ。

財務局長の鄭正興は『本家筋』であり、総務局長の高岡は、元『虎舞羅王』のトップだ。

辻先自身は、会長顧問という立場にあり、構成員ではなかった。かつて『先代の実弟』を暗殺し、孟の会長就任を決定づけたと噂されていたが、シェンウーとは距離を置き、中立を保っている。

中立客観の立場から、組織を監視し、秩序や均衡を破る者があれば処理する。また、外敵の侵攻や謀議を、鍵となる人物を殺すことで、未然に防ぐ——

それが辻先の役割だった。

「殺しの件、調べておきますか」

三秒は聞いた。

「それは金城にさせる。瑛太、お前は櫻木凜奈の事後処理に専念しろ。警察に足もとを掬《すく》われるなよ」

＊

櫻木凜奈の二度目の逮捕に端を発する五年前の違法薬物密売ルートの摘発。そこから全《すべ》てが変わった。

ただ本能に従い、まるでＲＰＧ《ロールプレイングゲーム》のように流通ルートを追いかけた。フラグ立てのように情報が集まり、警察と連携し、違法薬物のハブステーションを発見、摘発に至った。

流通ルートを牛耳っていたシェンウーは資金源の多くを失い、多数の逮捕者で構成員も失った。

ゲームクリアのような感覚だった。

『聞きたいことがある』

剣呑な空気をまとった男たちに囲まれたのは、警察の事情聴取の直後だった。

デスクもイスもない、殺風景なオフィスに連れて行かれた。

誰から情報を得たのか、どうやってハブステーションの場所を摑《つか》んだのか。

証言したのは、ただの大学生だ。情報源の秘匿――当たり前のように口にし、自分の精神もそれに準じていると思っていた。だが、口先はもう彼の名前を発音しかけていた。

中東では何度か銃口を向けられた。だがそれは警戒のためであり、直接的な殺意を向けられたことはなかった。三砂にとって、命のやりとりはあくまでも、カメラのレンズ越しのものだったのだ。

尋問する男たちを見て、何をすれば命を奪われないか、気がつけばそれを最優先で考えていた。

恐怖と後悔、摘発は間違いではないという自負と、結局暴力に呑まれてしまう無力感を同時に覚え、現実感を喪失した。夢だと思いたかった。

そこにやってきたのが辻先弦だった。

辻先は大学の山岳部で、父の後輩だった。そして、親友だった。

父は大学卒業後、地方公務員となり、冬期は山岳救助隊員となった。

辻先は表向き、輸入食品と雑貨を扱う〝実業家〟だった。

二人は、休日を合わせては山へ行き、ロッククライミング、フリークライミングにのめり込んでいた。

三砂も二人の影響を受け、幼少期から岩登りに興じていた。元々学校に居場所はなかった。不思議と高所に恐怖を感じることはなかった。

登るというより、障害物を乗り越えることに興味と達成感を覚えた。

冬山の救助出動で、父が殉職したあともそれは変わらなかった。

本格的な技術は、父の死後、身元引受人になってくれた辻先に教わった。パルクールを教えてくれたのも辻先だった。

高校、大学の七年間は、パルクールに明け暮れた。そこが居場所になった。スタイルや技の美しさに興味はなかった。スピードラン。とにかく速く障害物を越え、潜《くぐ》り、飛び抜け、前へ前へ進むことが全てだった。それが地上数十メートルであろうと。

『彼を殺すことはさらなる損を生むことになるぞ』

辻先は毅然《きぜん》とした態度で、男たちに言った。

『この男には損失を取り返すだけの力がある。しばらく私に預けてくれないか』

男たちから殺気が消え、代わりに困惑が包んだ。

『会長には私から伝えておく』

三砂は、辻先に身柄を預けられた。

そこで初めて知った。辻先が、池袋北口一帯の薬物流通ルートを牛耳っていた『玄武《シエンウー》』の会長顧問であったこと、かつて「送死人」と呼ばれた凄腕《すごうで》の殺し屋だったことを。

翌日、会長と呼ばれる男の前に連れて行かれた。

小柄で、柔和な顔立ち。たばこ屋の店番でもしていそうな雰囲気で、とても反社組織のトップとは思えなかった。

『この男には、私と同じ技を仕込んであるんでね、生かして働かせれば、益を生む』

辻先はそう言った。

『弦さんの好きにするがいいよ』

会長は目を細め、穏やかに告げただけだった。

意味は理解した。辻先は自分が指導し、三砂を殺し屋に仕立て上げると提案したのだ。

そして、殺しによる報酬で与えた損害を回収しろというのだ。

素人の逃亡技術などたかが知れている。そもそも逃亡資金などなかった。それ以前に逃げれば、唯一の親族である姉と姪《めい》の身になにが降りかかるかわからない。選択肢はなかった。

『一般人は殺さない。相手は玄人か悪人だけだ』

辻先はそう告げてきた。

そして、その二日後には、フィリピン行きの飛行機に乗っていた。

外界との接触を断たれ、誰とも連絡を取れない状態での出国だった。多くの知人、関係者は三砂が消されたと思ったであろうことは、容易に想像できた。

三砂の日常は、強制転換させられた。

フィリピン、インドネシア、中国を転々としながら、殺しの指導を受け、訓練に明け暮れた。隙《すき》あらば逃げるか反撃を試み、生に執着する者。目鼻口尿道肛門、あらゆる場所から液体を垂れ流し、命乞いする者。自らの不運を呪《のろ》い、諦《あきら》め、死を受け入れる者。毅然と己の主張をぶつけ、殺す側の非を糾弾し、堂々と死を受け入れる者——様々な死を見てきた。

吐かなくなるまで一年以上かかった。その過程で、一つわかったことがあった。

人は状況に順応しようとする。慣れようとする。三砂は、ロボットのように肉体を制御する術《すべ》を覚えた。だがそれも完全ではなく、度々悪夢で睡眠を断ち切られた。

銃の扱いは手指の感触、感覚で覚えさせられた。ナイフ戦は、肉を切り裂き内臓を抉《えぐ》る感触に怖気《おぞけ》が走り、できる限り避けようと心に決めた。柔術や近接格闘《キーシファアイティングメソッド》はさらに馴染まず、近接戦にならないよう、細部まで計画を作り込むことを心がけることにした。

何度も殺されかかった。衝動的に自殺を試みて、病院に担ぎ込まれたこともあった。殴られる衝撃、撃たれる痛みと苦しみを知った。殺られる前に殺る——それが最善だと身に染みて感じた。

三年前に帰国し、『News Cargo』に復職した。須賀は編集長になっていた。

摘発は全て三砂の成果。自分は摘発の日に撮影しただけ。事件のあとそう吹聴して回り、恨みを買うことを回避した須賀は、驚きつつも負い目を感じていたのか、戻ってきた三砂を厚遇した。

表の顔は整った。記者の傍ら、辻先のもと、日本で仕事を始めた。

最初の仕事は、鄭の依頼だった。会ったのは足立区内の倉庫だった。

その場には、高岡もいた。

『何を使う?』

鄭に聞かれた。

目の前に置かれたテーブルに、銃やナイフが並べられていた。

『テーザー銃を。手に入らなければ普通のスタンガンでいいです』

『そんなんじゃ人殺しはできないだろう』

『やり方は自由ですよね』

言い返すと鄭は目を剝いたが――

『やり方は任せる。確実に殺ってくれれば。欲しいものは用意しよう』

高岡が鄭に目配せをしながら言ってくれた。

標的は、周郷治《しゅうたけはる》。鄭の側近の一人だったが……。

『こいつは仕事を全うできなかった上に、ケツに火が付くと腹いせにチンケな売人を半殺しにして、久和組に庇護《ひご》を求めた』

鄭に写真を見せられた。

黒いワンボックスに乗り込む男の姿。それが周郷治だった。二枚目は別の場所で車から降りる周の姿。そして三枚目は、同じ車から別の男が降りている写真だった。

『お前がフィリピンに飛んだ直後に撮ったものだ』

鄭は男の上に指を置く。『こいつは俺《おれ》たちの商売敵だ』

久和組の幹部だと教えられた。

『周は久和組に庇護を求める見返りに、情報を売った可能性もある』

しかし直後、売人に重傷を負わせた罪で逮捕され、二年の懲役を喰《く》らい、二ヶ月前に出てきたばかりだった。

『やつは久和組に逃げ込むこともできない』

庇護を約束した久和組からの接触が途絶え、身動きが取れなくなったのだ。今は鄭の下でデリヘル数店舗の管理をやっていたが、それ以上の仕事はなく、半ば飼い殺し状態でいた。裏切りが露見したのかどうか不明のまま続く平穏。それは徐々に周の心を蝕《むしば》み、やがてヘロインを常用するようになった。

『事情はどうあれ、お前が組織にしたことは消えないがな』

鄭は最後に釘《くぎ》を刺してきた。

標的の居場所は、北新宿にあるマンションの七階だった。

周囲の地形、建物と障害物の配置の把握に数日かけた。長時間周辺を歩くことになったが、フィリピンでも、印象に残ることは少なかった。同じ人種の中ならさらに溶け込めるという自信はあった。

最適な侵入経路、最適な時間帯を割り出し、実行したのは依頼から一週間後だった。

風呂《ふろ》場の通気窓を枠ごと外し、侵入してきた三砂を見ても、何の反応も示さなかった。

散らかりきった部屋。汗の臭《にお》いと生ゴミの腐臭。三砂に向けられたのは、薬物と酒精にまみれ生気を失い、濁った目。

——お前、生きていたのか。

標的は酒臭い息で吐き捨てた。三砂は応えなかった。

——人殺しの目になった。

三砂はリュックからテーザー銃を取り出した。

——なるほど。こんな面白いこと考えるのは鄭の兄貴だな。

何も言わず、引鉄《ひきがね》を絞り、抵抗力を奪い、彼自身のベルトを抜き取り、ドアノブを使って縊死《いし》させた。

＊

油膜のようにべとつく記憶をぬぐい取りながら、再び『トライデント2』に戻った。

目立つ場所に警察車輌はなく、内部の聞き込み要員以外は引き上げたようだ。商業区画も平常を取り戻しているように見えた。

ネットニュース、SNSにはいまだ変化はなかった。三砂は裏手に回り込み、隣接する『セフィーロ』の駐車場に入った。

日陰になっている端に行き、落書きが描《か》かれていた壁の前に立った。

足場が組まれ、足場にはブルーシートがかけられ、壁面の落書きは見えないようになっていた。

洗浄剤のツンとする臭いが鼻をついた。

鮮やかだった文字や図形は綺麗《きれい》さっぱり消えていたが、所々壁が剝がれていた。

失敗として、ヒカリ洗浄が〝弁償〟すべき部分だ。だが、住民は、多少失敗はあったが、しっかり仕事をしたと評価するだろう。修繕代をヒカリ洗浄が出すならば。

不備も憂いもない。今回も上手くやった。

思ったところで、電話の着信があった。金城だった。

『甲斐《かい》君、お前がやったの？』

唐突に聞いてきた。

「誰……」

『ドレッドのあいつだよ』

均衡を崩す死者――即座に理解した。『石神井川《しやくじいがわ》に浮かんでたって、昼頃』

「鄭正興にも同じことを聞かれたよ。僕は君だと思ってた」

単純な口封じだ。

『ばかか』

くぐもった笑いが聞こえてきた。現場は隅田川《すみだがわ》との合流点に近い北区堀船《ほりふね》三丁目付近だという。

滝野川《たきのがわ》署の管轄地域だ。

「でもドレッドって、確かなのか」

『見に行ったヤツがそう言ってる。決まりじゃね？』

金城の声が、徐々に弾んでくる。

「本当に君じゃないんだな」

『頼まれてもねー殺しはしねえよ』

「彼を攫《さら》う時、誰かに見られた可能性は？」

『ないない』

声からは、揺るぎない自信を感じるが……。

「君がそう思っているだけかもしれない」

『瑛太君じゃないんなら誰だろうな。鄭も慌ててんだろう？』

「慌ててはいなかったけど、ちょっとまずいなって感じで」

『そらフェローの人間だからな』

背後には、久和組。

「僕らの接触が原因なら、警戒したほうがいい」

『でも、なんか面白くなってきたよな』

金城の声に怯えや危機感、焦燥は微塵《みじん》もなかった。彼の場合、それを感じる器官が壊れているか、最初からないかのどちらかだ。

電話を切り、駐車場を出ようと思ったところで、上方でなにかが陽光を反射した。見上げると『トライデント2』の上層階のベランダに、人が出ていた。

濃い青の制服とキャップ。鑑識だ。改めて十七階を調べているのかと思ったが、違った。

彼らがいるのは、現場の十七階ではなく、ひとつ下の十六階だった。そして、十五階のベランダにも青い制服が現れた。三砂は反射的に自分の指先を見た。

滑り止めのチョークは、脱出し降下しながら拭き取ったが、拭いきれなかった部分がないとは言えない。

栗立《あわだ》つような焦燥を覚えた。

「こんにちは」

背後から、唐突に声を掛けられ、「ひっ」と声を上げながら、身構えつつ振り返った。

女がいた。全く気配を感じなかった。

「びっくりした……」

ここは動揺しても不自然ではない。

「なにをしてらっしゃるんですか、こんなところで」

長い手脚。黒髪セミロングのウルフカット。そして、くびれた腰のラインに見覚えがあった。

現場に乗り込み、毒島と何か言い合い、十七階のベランダから階下を指さしていた女。本能がここを去れと早鐘を鳴らしていたが、状況がそれを許さなかった。

それ以上にこの顔はどこかで——

「ここに落書きがあったんです」

いつも通りの声が出た。「あ、僕はラジオネット TOSHIMA のスタッフです。警察の方ですね。無断侵入ではないですよ。取材の許可は得ていまして……」

自動愛想笑いシステムが作動した。

「こっちに興味があったみたいだけど」

女性捜査員は、親指で『トライデント2』をさした。

「ああ、警官の姿が見えたんで、何かあったのかと。警察の車輛も停まっていましたし。ベランダってことは窃盗事件か何かですか？」

「具体的なことは捜査に支障をきたすのでノーコメント」

今日にも『News Cargo』に櫻木凜奈の記事が載る。

「櫻木凜奈に関する事件ですか？」

彼女の表情に、小さく険が刻まれた。「彼女がまた麻薬をやっているとの噂があって、取材しているんですが、図星ですか」

ここで適切な記憶が選択され、眼前の彼女と一致した。

「あの、どこかでお会いしましたっけ」

とりあえず、様子を見る。

「覚えていない？　三砂瑛太さん」

名前まで——

「ああ、あの時の！」

上手く表情もつくれた。反応も自然。咄嗟《とっさ》の演技は、最も身につけるのに苦労した技術だった。

「その節はお世話になりました」

来日していた薬物供給元の幹部を撃った女性警官。あの時は地域課の制服で、雰囲気も全く違っていた。

「刑事になられたんですか」

あの時はアヤと呼ばれていた。

「おかげさまで、今は本部組対特捜所属」

観察者か試験官のような視線。「三砂さんも、随分と顔が変わりましたね」

「海外取材が多くて、少し焼けたかも知れませんね」

一応〝修行中〟も日本に何本か記事を送っていた。「あの、容疑者を撃ったのは問題にならなかったのですか？」

「なってたらここにいなかったかも」

「じゃあ奇跡の再会ですね」

「ええ、あなたと生きて出会えるとは思っていなかったから」

「ご冗談を」

三砂は『ラジオネット「TOSHIMA」』の名刺を差し出した。「フリーなんですけど、一応メインの職場がここなんで」

女性捜査員は名刺を受け取り、目を落とした。

「今も追いかけるのが生業なのね」

彼女から笑みが消えた。「黄皓然《おうこうぜん》を追った時も障害物を難なく越えて、不法侵入を繰り返して、まるで忍者のようだった」

あの中国人を追う姿を見ていた——いや、着実に追ったからこそ、三砂は撃たれずに済んだのだ。

「今追ってる事件も、忍者みたいなヤツがやったと踏んでいるのだけどね。詳しくは言えないんだけど」

三砂に向けられたのは、餓狼《がろう》のごとき捕食者の双眸《そうぼう》だった。

第三章　送死人

1　七月十七日　水曜　――三砂瑛太

阿久根功武《いさむ》と組むのは五年ぶりだった。

「随分と精悍《せいかん》な顔になった」

そう声を掛けられ、三砂は「そんなことないですよ」と照れ笑いを浮かべた。「阿久根さんこそ、髪に白いものが増えましたね」

後ろになでつけた短髪。派手すぎない青のジャケットに白いTシャツ。下はジーンズ。五十代半ばだが、体形は崩れておらず、清潔感も失われていない。須賀は阿久根のことを、不良中年と呼ぶ。

企画打ち合わせのため、三砂は東新宿にある『News Cargo』編集部の会議室に呼び出されていた。希美は、阿久根との初対面の挨拶《あいさつ》と名刺の交換を済ませ、須賀のとなりに座った。テーブルを挟み、対面するように三砂と、阿久根。

「辻先氏は壮健か？」

阿久根は何気なさを装い、聞いてきた。

「忙しく駆け回っていますよ」

阿久根なら三砂と辻先の関係を知っているだろう。三砂が命を奪われなかった理由も。あえてそれを口にする様子はうかがえなかったが。

要は、シェンウーときちんと繋《つな》がっているかの確認だろう。

「辻先さんて？」

希美がペンを手に取り、聞いてくる。

「明華食堂のオーナーで、総料理長の旦那《だんな》さんで、僕の大家さん」

三砂は笑みとともに応《こた》えた。

「あの美味《おい》しいカニの……覚えておきます！」

希美はその名を聞き、ノートに書き記した。

「それにしても、櫻木凜奈の件、タイムリーだったな。再犯は噂《うわさ》になり始めていたようだが」

「彼女らしい女性が購入しているって不確かな情報を元に、これからって時でした」

三砂は戸惑う仕草を見せた。

櫻木凜奈急死。自殺の可能性——昨夜、いくつかのマスコミが櫻木の事務所に連絡を取り始めたタイミングを見計らって、須賀は速報を打った。

今は彼女のニュースで、全《すべ》てのメディアが埋めつくされていた。

他社より半歩先。それが須賀の信条だ。『News Cargo』が口火を切って報じ、その後ネット、テレビ問わず、裏が取れ次第雪崩《なだれ》を打って伝えた。現場マンションで警察の出入りを撮影していたのは、『News Cargo』だけだった。

さらに数時間をおいて、須賀は『遺体は解剖へ。部屋に薬物か。警視庁薬物対策捜査班動く』と続報を打った。独走だった。

「先に死んでて良かったな。捕まってたら、映画は完全にお蔵だった」

「ここ以外だったら問題発言ですよ」

須賀が苦笑する。「そろそろ本題に入りましょうか、先生」

「相変わらず無粋だね、須賀君は」

阿久根は両手を広げ、肩をすくめる。「櫻木凜奈がどこで誰《だれ》からクスリを買っていたのか。それ次第ではこっちのルポにも関係してくるよ」

須賀は首を傾《かし》げたが、阿久根もまた本質を掴《つか》んでいた。

「それは追々」

須賀は何もわかっていなかった。

目の前に置かれた企画書には『慟哭《どうこく》の半グレ・玄武《シエンウー》の闘争』と仮タイトルが付いている。警視庁在籍時から暴力団、準暴力団たる半グレ集団と関《かか》わってきた阿久根の集大成的なルポになる予定だった。

「それで内容だけど、内紛と結束、拡大を繰り返した組織の変遷と、リアルタイムの両輪。それは変わらず行くよ。いいよな、須賀君」

「そのための三砂投入ですから」

組織の発足から台頭、抗争、今に至るまでの部分を阿久根が執筆。現在進行形に当たる部分の取材と、情報のとりまとめを三砂が行う。

「それでリアルタイムの軸はどうなります？」

須賀が聞いた。「最近は池袋《ブクロ》も随分静かですけど」

「会長の孟武雄がもうすぐ死ぬ」

阿久根が情報を掴んでいるのは想定の範囲内だった。

須賀は呆気《あっけ》にとられたように目を見開いた。

「その情報、確かなんですか」

「五月から東都医大病院に入院している。当然、三砂は知っているよな」

「末期の肝臓ガンと聞いています」

正直に応《こた》えておいた。

「なんで黙っていた、大スクープじゃ……」

非難めいた口調で言いかけた須賀を、「箝口令が出ている」と阿久根が制した。「漏らせば消される可能性もある」

須賀は小さく呻《うめ》き、乗り出しかけた身を元に戻した。

「大親分の終焉《しゅうえん》ですか……なるほど、そこから過去を辿《たど》っていく構成ですか」

「ぬるいな、須賀君」

阿久根は三砂に目配せする。「やることはわかっているよな」

「跡目争いですね」

三砂は応え、阿久根は表情を動かさず、「正解」と人差し指を立てた。

「ナンバー2鄭正興と、ナンバー3の高岡良介は対立している。金集めと情報収集は鄭が上だが、直接火力と若手の人望は高岡だな」

「それって、池袋が戦場になるとか？」

須賀は興味をかき立てられたようだ。「十年前の歌舞伎町みたく」

「さあ、それはわからない。建前は九人の規律委員による選挙なんだが」

阿久根はイスに身を預け、腕を組む。「規律委員制度を作ったのは孟会長だから、現時点で選挙は一度も行われていない」

「そこに含みがあるわけか。話し合いか、殺し合いか」

阿久根の試すような視線が、再び三砂に向けられた。

「会長顧問の辻先氏も当事者になるかもしれないな」

「冗談はよしてください」

三砂は頰《ほお》を引き攣《つ》らせておく。「何の実権もないと言ってましたよ。会長の話し相手を便宜上そう呼んでいるだけだって」

「前の跡目争いで孟武雄の先兵だった男が、ただの話し相手のワケがないだろう」

須賀や希美の手前、言葉を選んではいるが、その視線には重量感があった。

「ただの悪友としか聞いていませんけど」

跡目争いは先代の会長補佐に就いていた孟武雄と、先代の会長、李将星《りしょうせい》の実弟で、副会長だった李兼好《けんこう》の間で勃発した。

抗争では、合わせて八人が死んだ。その八人目が、李兼好だった。

李兼好は抗争の中盤、孟の反撃が始まったところで、自ら頭を撃ち抜いたとされていた。現場は月島にある高層マンションの二十三階。李の自宅だった。李の掌中にあった銃は自身の所有物で、フロアを固めていた部下が所持していた銃からは、硝煙反応が出なかった。フロアに詰めていた何者かの犯行、外部からの侵入の形跡も認められず、警察は、銃を所持していた部下たちを逮捕したほかは、自殺として処理した。

李兼好の死をもって、全て決着した。孟の反撃の苛烈《かれつ》さに恐れをなし、自ら命を絶った。会長の器ではなかった——多くの者がそう語った。だが、裏ではまことしやかに囁《ささや》かれていた。孟の刺客、「送死人」辻先弦が、李兼好を密殺したと。

「辻先さんは確かに孟会長の友人ですが、夢だった食堂をやりたくて、抗争を機に孟会長とは距離を置いたと聞いています」

「私は違うと踏んでいるよ。いつも勝負所で人が死ぬ。それも孟武雄に敵対する誰かだ。つまり孟は凄腕《すごうで》の暗殺者を飼っている」

阿久根が静かに、そして断定的に言う。「その暗殺者の名は〝送死人〟。業界で知らないヤツはいない」

「神出鬼没の殺し屋の話は聞いたことありますけど、それって都市伝説じゃ」

須賀が困惑したように、しかし好奇心も滲《にじ》ませて応えた。

「実在しないと、辻褄《つじつま》が合わないと思うけどね、俺《おれ》は。特に空白領域についてはね」

「シェンウーが撤退したのに、久和組が全然進出してこないってアレですか？」

空白領域については、須賀も状況を把握していた。「暴対法も強化されて、久和組も慎重になっているという話を聞きますけどね。それに大損害を受けても、シェンウー自体健在ですし、そう簡単には手を出せないでしょう」

「それで五年も放置か？　久和組が？　ナンセンスだな」

阿久根は人差し指を立てた。「実は一斉摘発のあと、久和と提携している違法薬物の卸と流通担当の何人かが死んでる。久和の人間じゃないから、目立ってはいないけどな」

阿久根はいくつかの新聞記事のスクラップをテーブルに並べた。全国紙と地方紙が混在していた。

《停車中のトラックで運転手死亡　薬物中毒か》

《谷底に乗用車転落　運転中の男性死亡》

《ビル駐車場に女性の遺体　屋上に遺留品　飛び降りか》

日付を見ると、いずれも一斉摘発から三ヶ月以内に発生していた。

「一般人に見えるが、どいつも札付きだ。無論、警察は背後関係を把握しているが、殺しと断定できるだけの材料がなかった」

警察は本腰を入れていないということだ。「警察内部でも今のところ積極的な動きはない。彼らが善良な市民ではないというのも、理由かもしれないがね」

「それが、久和組の足が止まった理由なんですか」

「その間シェンウーは警察の徹底捜査を受け、身動きが取れなかった。ならば動いたのは孟会長付の暗殺人だ。直接久和の構成員を殺さなかったのは、絶妙な人選だと言えるな」

「それ、面白いですけど、今回の企画とは関係ないですよね」と須賀。

「知っておいて損はない。シェンウーの一面を物語る要素としてね」

「なるほど……」

追従の笑みを浮かべる須賀に、阿久根は小さく首を横に振る。

「孟会長の容態次第では、その殺し屋が動く可能性もある。三砂は鄭、高岡両名の動きに注意しておいて欲しい」

「えっと、殺し屋と突然言われても、どうすれば……」

三砂はごく自然に困惑の表情を作った。「警察も動いていないんですよね」

「いや、一人だけ専従捜査班を設置するべきだと主張した捜査官がいた」

阿久根は沈鬱《ちんうつ》げに、ゆっくり吐息を吐いた。「もう死んでしまったが……」


池袋に戻り、西口公園の喫煙所で、毒島のタバコ休憩に合流した。

まだ太陽は身を灼《や》く位置にあり、散在する喫煙者たちは、団扇《うちわ》で首元をあおいでいる。

「この一本の間だけだ」

毒島は咥《くわ》えタバコのまま言った。

「それで、現場を訪れた女性捜査員の名前は？」

五年前はすぐに情報を遮断され、摘発直後の経緯は断片的にしか知らない。

「コウガミ・リョウ。組対特捜で一班を率いているが、遊撃班のようで、特定の部下はいないようだ」

あの時はアヤと呼ばれていたが、「綾」の文字が三砂の頭に浮かんだ。

組対特捜の本部は警視庁池袋第二分庁舎内になるが、鴻上綾が所属する第十三特捜班は、通称〝分駐所〟と呼ばれる、分庁舎に近い警視庁が借り上げたオフィスビルに居を構えているという。ただし、新設の捜査班で、実態は不明。

「ということは警部補？」

毒島は面白くなさそうに「ああ」と応えた。五十路《いそじ》の毒島と同じ階級なのだ。

「組特の前は本部組対薬銃。その前は新宿署組対。その前はウチの地域課……初対面じゃないよな」

「毒島さんより先に駆けつけてくれましたよ」

池袋署地域課配属から一年で新宿署組対所属になり、そこから一年で本部組対に配属。そして、三十前で警部補。準キャリアか。

「優秀で上も期待している。その上、馬力があって蛮用ができて、使い減りがしない」

「便利屋ですか」

「多少扱いづらいが、便利であることは何事にも代えられない。それに、あのタイプは何か問題を起こせば、いつでも切り捨てられる。本人も割り切っている節がある」

傲岸不遜《ごうがんふそん》で傍若無人《ぼうじゃくぶじん》、だが切れ者。それが組対全体から見た彼女の評価だという。それは納得できたが――

「扱いづらいというのは？」

毒島は視線を彷徨《さまよ》わせ、わずかな時間思案した。

「ここ十何年か、組対が反社との付き合いを禁じているのは知っているな」

三砂はうなずいた。

以前、暴力団担当の捜査員は当たり前のように組事務所へ行き、時には食事や麻雀《マージャン》をともにし、持ちつ持たれつで情報を取り、動向や情勢を見極めていた。だが、同時に何人もの捜査員が金や女を餌《えさ》に取り込まれ、時に捜査情報を反社側に流した。必要悪とする空気もあったが、コンプライアンスの意識が浸透してくるにつれ、警察は、反社との付き合いを禁止した。

以降、警察と暴力団＝反社組織の間には、分厚い壁ができた。そして内部情報の収集は、内部に協力者「S」を仕立て上げる、公安式の手法となった。

「だが、彼女の場合、ことあるごとに反社と接触する。殺し屋を知らないかと」

「問題はないんですか？」

「仕事では結果を出す。蛇蝎《だかつ》の如《ごと》く嫌う者もいるが」

「櫻木凛奈の薬物入手ルートは摑んでいそうですか」

「摑んでいたら、俺のところに確認には来てないさ」

「ベランダを随分と気にしていましたね」

「そこから賊が侵入したと主張していてな」

「彼女の指示に従ったんですか」

「一理あったんでな。万が一の可能性を潰《つぶ》す作業だよ」

「相変わらず手堅くて隙《すき》がない捜査ですね」

そんな軽口が叩《たた》けるのは、遺体発見の前にサイトウが証拠を消したからだ。

「なあ三砂、俺より彼女を見張っていた方が面白いかもしれないぞ」

「迷惑ですか？」

「いや、俺から見ても面白い。反社に対する苛烈さは、私怨《しえん》含みかもしれんしな」

「どういうことですか」

「君でも知らないことがあるんだな」

毒島は目を丸くした。「彼女は五年前の一斉摘発で殉職した鴻上主任の一人娘だ」

捜査員が一人殉職したことは知っていたが、警察の事情聴取、シェンウーによる拉致《らち》と立て続けに事態が進み、それが誰なのか、知る機会も意欲もなかった。

そして、五年前の摘発は、三砂にとって思い出したくもない過去だった。日本に戻ったあともあえて触れず、〝仕事〟に集中していた。

毒島によると、鴻上匡警部補が撃たれたのは、突入から十五分後。保管されていた違法薬物を確認し、その場にいた四人を逮捕したあと、身柄を別の班に託すと、さらに捜索を続行。クローゼットに隠れていた男を発見した。

そこで男が発砲した。鴻上匡警部補は男を取り押さえたが、のど元に一発被弾していた。防弾ベストがカバーしていない部分だった。

時間的に、三砂がビルから逃げた男を駐車場に追い詰めていた頃だ。当時新人だった鴻上綾とともに。

「アヤは親父《おやじ》さんとは正反対の刑事《デカ》になってしまったな」

「父親も知っているんですか」

「頼れる先輩だったな。節目節目でともに前線に立った」

瞬時、毒島は遠い目をした。「あのひと、新宿の時も撃たれてな」

「新宿戦争ですか」

「反社同士の撃ち合いのさなか、民間人の盾になって三発喰らった。くそ真面目《まじめ》な堅物だったが、信頼されていた。俺も信頼していた。新宿戦争以降は、謎《なぞ》の殺し屋にご執心になって、時々煙たがられたが、立派な刑事だった」

阿久根の言葉が電撃のように繋がった。

『一人だけ専従捜査班を設置するべきだと主張した捜査官がいた。もう死んでしまったが』

つまり、鴻上綾は、父の遺志を継ぎ、送死人を追っている。そしてあの捕食者のような目――三砂をその候補としているのだ。

毒島は少し照れたように鼻笑いをすると、タバコをもみ消した。

「代わりのネタ、何かあるか」

ギブ・アンド・テイク。それが、毒島と交わした約束だ。

「最近、おそらくここ一ヶ月か二ヶ月のことですが、櫻木凜奈は池袋本町の四丁目と北池袋界隈のコンビニでよく目撃されていたようです」

三砂は希美の成果を告げた。

毒島は「そうか」と言い残すと、喫煙所を出ていった。入れ替わるように、金城がやってきた。

「長えよ、話」

金城は苛立《いらだ》ったように、タバコを取り出して咥えた。

「毒島さんのつなぎに、櫻木の情報を流したよ」

「ドレッド君に辿り着いたところで、本人は死んだんだし問題ねえよ」

甲斐から譲り受け、櫻木凜奈との連絡に使ったスマホも破壊後荒川に投げ捨て、見つかる心配はない。

「で、様子は?」

「サツが家ん中ひっくり返してるぜ」

やはりドレッド君の自宅は捜索を受けているようだ。

昨日午後には殺人と断定され、滝野川署内に捜査本部が設置された。大きな扱いではないが、報道もされ、三砂も多少情報も集めていた。

ドレッド=甲斐達彦《たつひこ》は二十四歳。城北工科大学三年。住居は東京都板橋区大山金井町《おおやまかないちょう》。死亡推定時刻は十六日未明から朝方にかけて。鈍器のようなもので殴られ、顔面と左側頭部に外傷。腹部に三カ所の刺創。だが直接の死因は溺死《できし》だった。意識を失った状態で川に落ち、そのまま溺《おぼ》れたとみられていた。

甲斐の自宅は、櫻木凜奈が出没していた地域と近かった。

「クスリが見つかった気配は？」

「それがわかるほど近づけねっての」

「見つかるという前提で動いたほうがいい」

「いや、少なくとも家に商品置くようなばかじゃない。どこかに保管所があるはずだ」

金城は何を考えているのかわからない男だが、仕事はキッチリとやる。

「フェローの動きは？」

警察の捜査が入れば、甲斐が売人であったことはすぐに割れるだろう。

「別にどうでもいいんじゃね？　イベサー崩れがギャング風のことしてるだけだし。警察は連中を過大評価しすぎ」

クラブＤＪ、中小のモデルプロや地下アイドルの運営スタッフ、ホスト、学生が主たるメンバーだという。「久和と繋がっているのはごく一部だし、クスリの売買も仲間とその友人程度の中で回されてるだけだぜ。そんな連中に何ができる？」

「抗争までは行かなくとも、場の攪乱《かくらん》くらいはできると思う」

「ドレッド君がやられたから、跡目争いのドサクサに仕掛けてくる？」

「ないわけじゃない」

「瑛太君ははばかの子？　仕掛けられたら鄭も高岡も結束して、久和を潰すよ。そのあと心置きなく内輪揉《も》めに全フリするさ」

内紛はシェンウーの常だが、どんな状況だろうと外敵には結束する。

「でも、久和組の仕掛けを未然に防ぐのが、たぶん僕らの仕事になると思う」

「んで、弦じいは誰を殺して、コトを収めるのかね」

緊張感が希薄な金城は、短くなったタバコを灰皿で潰した。「次は俺にやらせてくんねえかな」

三砂が「送死人」の名を継いだのは、スタイルが同じだったからに過ぎない。三砂が暗殺なら、金城は銃や刃物を使った襲撃を好んだ。

一斉摘発のあと、久和組と組んでいた違法薬物の卸業者を殺したのは金城だった——と聞いていた。証拠を残さない緻密《ちみつ》な殺しもできるのだ。

「まあ、僕らはしっかりと備えつつ、待つだけさ」


自宅への帰途、西口交番にさしかかったところで、スマホが振動した。サイトウからだ。

歩道のすみに寄り、電話に出た。

『警察がセフィーロの仕事内容を聞きに来た。セフィーロの管理人にも話を聞いているようだ』

胸の中心が、わずかに冷えたような気がした。

「女性ですか」

『若い女。単独行動だった』

鴻上綾だ。

「何を聞かれました？」

『仕事の内容、手順、依頼者、洗浄剤について』

「洗浄剤の何を聞かれました？」

『なぜ豊島区指定の洗浄剤を使わなかったのか。それでは落とせないことがわかったからと答えた。納得はしたようだ』

「それ以上のことは？」

『それだけだ』

警察が登攀《とうはん》を疑うことは想定の範囲内だった。『トライデント2』は四階階上のデッキから登攀し、十七階に到達することは可能だ。だが、四階までの商業施設の警備網は厳重。防犯カメラは外廊下まで及び、たとえよじ登ったとしても、警備網に引っかかるのだ。毒島なら四階まですべての防犯センサー、防犯カメラをチェックし、よじ登った可能性を検証した上で否定するだろう。

そこで鴻上は、隣接する『セフィーロ』に興味を持ったのだ。そこの五階、もしくは屋上から、『トライデント2』の四階階上デッキに飛び移ることは不可能ではない。

だが、『トライデント2』と向かい合った壁面に、クライミング可能な構《クラック》や突起《ホールド》はない。いずれにしろ、そこには登攀不能という結論が待っている。

『状況が悪化すれば飛ぶ』

「ご自身の身を最優先して下さい。協力ありがとうございました」

2　同日　――鴻上綾

ブラシでコンクリートの壁面を擦《こす》る男の腋《わき》と背中には、大きな汗染みが出来ていた。足もとには、白濁した液体を満たしたバケツが無造作に置かれていた。

その作業員、山田保《やまだたもつ》は、若い作業員とともに池袋一丁目のラブホ街の一角、池袋大橋の壁面部分の落書きを洗浄していた。『セフィーロ』の落書きを洗浄した作業員の一人だ。

鴻上は対面にあるラブホテルの壁を背に、作業が一段落するのを待っていた。オレンジと黒、赤の鮮やかな落書きが、徐々に消えてゆく。そして、十分ほど待ったところで休憩となった。

山田は若い作業員に金を渡し、コンビニで飲み物を買ってくるように言いつけ、若者が路地に消えると、鴻上に会釈した。

「お忙しいところすみません」

鴻上も一礼した。不審な点があった。

一昨日、鑑識を入れ、落書きを消したという壁面を調べた。そして今朝、壁面を削り採取した微物から、洗浄剤以外に、剥離剤《はくりざい》と凝固剤の成分が検出されたと報告が来たのだ。

洗浄には必要のない薬剤の使用――作業を行った『ヒカリ洗浄』を訪れ、帳簿を調べると、『セフィーロ』の作業で剥離剤、凝固剤を使った記載はなかった。

それを指摘すると――

「実はね、削って塗り直すという方法も考えていたんだよね」

山田はそう応えた。「まあそれは最後の手段だって斉藤《さいとう》さんと話していたんだけどね、じつはちょっとだけ試したんだよ。削って元通りに塗り直せるか。保険さ、保険」

削り作業に剥離剤、修復に凝固剤を使ったのだという。

「初日、二日目の段階でこれに効く薬剤が見つかっていなくてね」

山田は親指で壁面の落書きを指した。「試行錯誤だったんですよ。でも、あのマンションの壁でいろいろ試したから、これが調合できたんで」

今度は足もとのバケツを指さした。

『反則業《はんそくわざ》使う覚悟で、会社に黙って剥離剤と凝固剤を勝手に持ち出したんですよ。それは、ままあることです、いえ、あってはならないんですがね』

先に話を聞いた斉藤も同じことを言っていた。『でもね、消せなかったほうが会社にはダメージなんで』

筋は通っていた。以前から、新種の塗料を使った落書きは、報告されていたという。調べると豊島区役所、新宿区役所、渋谷区役所に被害の届け出があった。

三砂瑛太が取材するのも、不自然ではなかったが――

『賊が侵入したとして、どうやって十七階まで登った。五階までジャンプでもしたのか？』

毒島の言葉に、今はまだ反論できなかった。

父のノートに残されていた、「ソウシニン」の記述。どこにいようと音もなく現れ、仕事をし、忽然《こつぜん》と姿を消す暗殺者。

やがて、父は独自の捜査を始め、「ソウシニン」の記述は「送死人」に改められた。

『蒲田署にいた頃、〝飛び蜘蛛《くも》のコン〟という空き巣がいてな。そいつは元鳶《とび》で、ビルをよじ登って鍵のかかっていない窓から侵入して仕事をするんだが、送死人のやり口はそいつに近いと考えている』

大学時代、少しばかり酒が入った父から聞かされた。卒業後に警察官になると伝えた日だった。

そして、時が経《た》ち、父から捜査記録を引き継いだ。

今から三年前、突然届いたノートの束とフラッシュメモリ。

送り主は、父と組んだことがある元検事の弁護士で、自分にもしものことがあったら、娘の綾に送るよう、頼まれていたという。ただし、警官として経験をある程度積んでからという条件付きで。

確かに、新人時代にこんなものを押しつけられたら、どうしていいかわからなかった。

その父が《送死人と疑われる者》としてノートに書き遺《のこ》した名前。

それが「辻先弦」だった。

○中国福建省出身・老華僑の流れ。

○旧シェンウー創設メンバー。孟武雄の盟友。

○ロッククライミング。山。

○標的はシェンウーもしくは孟会長の敵対勢力。
○直接的な関係者ではなく、裏方、もしくは金や武器の流通に関わる者。
○高所、高層階で、状況的に自殺で処理。
○上記以外でも、一撃離脱。姿を見ても、街に溶けるように消える。

角張った筆跡で、そんな記述が並んでいた。

父が送死人に興味を持ち、追い始めたのは、新宿戦争での傷が癒えてからだ。シェンウーに壊滅させられた中国系反社組織『燐虎《りんこ》』の構成員から、その噂を聞いたようだ。ノートには送死人が関わったとみられる変死事件が幾つも記されていたが、いずれも新宿戦争以前の古い記録で、父が単独で捜査を開始してからの新たな事件は起こっていなかった。辻先が送死人であり、年齢的に引退したのなら、納得はできた。

引き継ぎはしたが――正直、もてあました。

しかし、その年から送死人と同様の状況を持つ変死事件が起こり始めた。その最初の一件が、鴻上の担当だった。

死んだのはシェンウーの周郷治。偶然なのか、運命なのか、その過程で三砂瑛太と〝再会〟した。捜査過程で入手した映像の中で。

五年前、常人とは思えないバネとバランス感覚で、黄皓然を追い詰めた三砂の体技。しかし、三砂は武器を持っていなかった。逆に銃口を向けられていた。

彼は取材であることを強調したが、真意はわからない。そして一斉摘発の終了後、彼は姿を消した。シェンウーに消された。誰もがそう思っていた。鴻上自身もだ。それが、また姿を見せたと思ったら、周が死んだ現場に現れた。

三砂の情報は少ない。三年前に元の編集部に復職、それ以前は海外を拠点に取材活動をしていたと聞いているが、詳細は不明だ。だが重大な事実がひとつある。彼が辻先弦の庇護《ひご》下にあることだ。

鴻上は山田に気づかれないよう、呼吸を整えた。

「取材を受けましたよね」

「ああ、ラジオの人ね」

「お知り合いですか？」

管理人や入居者が部屋に戻ったあとも、洗浄の様子を取材していたという。

「いや、あの現場で初めて会ったんだけど、なんで？」

山田の所作、表情に不自然さはない。経歴も不審な点はない。

「落書きよりも、マンションの壁自体に興味があったような印象はなかったですか？」

「なんだよそれ」

怪訝《けげん》そうな顔をする山田に、鴻上は笑みを返しておいた。

分駐所に戻ると、鍵山《かぎやま》管理官が無人のデスクに座っていた。

「珍しいですね、こんなところに」

鴻上は一礼しつつ言った。

「苦情が来ている」

鍵山は足を組む。「俺がここに来なければならないほど」

整えられたグレーの頭髪で父同様、組対畑で叩き上げた警察官だ。

「池袋署は、君の手駒《てごま》ではない」

「少し協力をして頂いただけで」

毒島がクレームを入れるわけがない。ならば刑事課長か、組対の連中か。

鴻上はジャケットを脱ぎ、イスの背もたれにかけた。

「それで当該マンション周辺の防犯カメラの解析は進みました？」

「この状況でよくそんなこと聞けるな」

「必要な仕事ですから」

鍵山は深くため息をついた。

「それらしい女性は何人かピックアップできているが、櫻木と断定はできていない」

「可能性が高い対象を全員追ってください」

彼女がどこへ向かったのか。

「俺もお前の手駒ではない」

「管理官が現場に出るわけじゃないでしょう」

「屁理屈《へりくつ》を捏《こ》ねるな」

鍵山は立ち上がる。

「池袋署の捜査を尊重しろ、ですか？」

鴻上は向かい合った。

「その通りだ。厳守しろ」

鍵山は不本意なことを告げるかのように、小さく息をつき――「まあ建前だがな」

「珍しい反応ですね」

「お前が俺の言うことを素直に聞くとは思えないんでな」

「心外です」

「毒島のチームが、池袋本町の北側を嗅《か》ぎ回り始めた」

防犯カメラの映像を集めているという。

「いつから？」

「今日だ」

「なにか摑んだんですね」

「櫻木凛奈の薬物入手ルートに関係しているかもしれない。興味があるなら一緒に調べたらどうだ。喫緊の仕事はないだろう」

組特隊・第十三特捜班。鍵山管理官直轄の遊撃班だ。新設された三月以降、いくつかの事件の支援に入っただけで、固有の事件は担当していない。

「また、三砂が出てきました。櫻木凛奈が死んだ現場の真下に」

「記者なんだ、現場に来るだろう」

「事件の前に？　三年前の北新宿、第2サクラハイツも同じでした」

「またその話か」

死んでいたのは、周郷治。シェンウーの構成員だった。部屋のドアノブにベルトを引っかけ、首をくくっていた。

大久保通り沿いにあるマンションの七階。玄関ドアは施錠されていたが、風呂《ふろ》場の窓枠にわずかだが小さな傷がついていて、ベランダに続く窓の鍵が開いていた。

検視官の所見は、首の痕跡《こんせき》その他、他殺の兆候なし。左側頭部の頭皮に小さな傷があったが、死因との関連はなし。

本部組対からの情報――周は元幹部だが、傷害事件以後主流から外れ、燻《くすぶ》っていた。本人も無気力だった。

監察医からの報告――血中から麻薬成分を検出。

新宿署組対、刑事課の見立ては自殺。捜査終了に異を唱えたのは、鴻上だけだった。側頭部の傷は、スタンガンによるものの可能性。

父のノートに記されていた状況と酷似していた。

『厄介者の周郷治に価値はない。捜査したいなら、頭皮に傷を付けたやつの尻尾《しっぽ》を摑んでこい、嬢ちゃん』

組対課長には、そう言われた。下らんことに税金は使うなと。『謎の殺し屋？　結構。街のダニを駆除しているんなら、大歓迎だ』

確かに自殺とは完全に言い切れない不審死に疑問を持つ者もいた。しかし、多くの捜査員が組織の一員であることを選び口を噤《つぐ》んだ。

「櫻木が死んだんです。周郷治と全く同じ状況で。そこに同じ人間が……」

「逸《はや》るな」

鍵山はやんわりと制した。「お前も組織の人間だ。やるなら目立つな。上はあの人だ。邪魔と判断されれば、どこに飛ばされるかわからない」

現、警視庁組織犯罪対策部長、蛎崎清吾《かきざきせいご》。

『空白領域と呼ばれた中国系マフィアの支配地域に、法と秩序を取り戻しました』

『現場捜査官の尊い犠牲を我々は胸に刻み、今後も法と正義の執行に邁進《まいしん》して参ります』

五年前、組対五課長時代の白々しい演説が、脳内に蘇《よみがえ》る。

ミスター組対。ミスター絶対。父の殉職を美談に仕立て上げ、責任を回避した男。それでいて、功績をことさら吹聴し、我が物とした。

『お父さんに恥じないような警察官になりなさい』

葬儀では、そう声をかけてきた。反吐《へど》が出そうだった。

「叛骨心《はんこつ》がお前の原動力であることは理解している。だがそれは胸に秘めておけ」

新宿戦争の時も、池袋一斉摘発の時も、鍵山は父とともに最前線にいた。周郷治に拘《こだわ》り、新宿署を放《ほう》り出された鴻上を、本部組対に引っ張ったのも鍵山だった。

彼に守られていることは重々承知していた。しかし――


鍵山が帰ったあと、デスクトップパソコンを起動させ、個人的に収集したデータを呼び出した。北新宿三丁目にある、酒店の防犯カメラの映像だった。店内設置のカメラだったが、窓の向こうに大久保通りの様子が映っていた。日付の表示は、三年前の五月。

酒店の位置は第2サクラハイツの対面だった。

その窓越しに映るジャケット姿の冴《さ》えない男。

三砂瑛太だ。

群衆や街、どこにでも溶け込める透明人間。それが鴻上の印象だった。

父の捜査資料を電子データ化し、その後自身の捜査資料も加え、ハードディスクに記録した。日々更新し、情報を蓄積した。

一度科捜研の協力者に調べさせたら、案の定データを抜かれた痕跡があった。

明らかに監視されていた。

『いいの?』

協力者は不思議そうな顔をしていた。

『別に疚《やま》しいことはないから。ただの捜査記録だし』

鍵山の指示か、或いはもっと上か。いずれにしろ、知られてまずい情報はない。

鴻上はパンツのポケットから小型のICレコーダーを取り出した。

本命は、これだった。

3　同日　――三砂瑛太

自宅のデスクで記事の構成を練っていると、メッセージが着信した。

《睦美《むつみ》》。

姉からだった。

《お金いれておいたよ。少なくてごめんね》

いつものメール。何度要らないと言っても、姉は金を振り込んできた。月に三万円きっかり。

娘のために使えと諭しても、大丈夫、余裕はあると頑《かたく》なに拒んだ。〝夫〟とは十年前に死別。

姉からすれば、三砂も娘と同様、保護すべき対象なのだ。愚直に母であろうと、姉であろうとしている。

面倒な現実。やっかいな現実。

姪《めい》、二瓶心美《にへいここみ》は小学四年だが、母親について、母親と叔父＝三砂の事情について理解していた。

三砂も姉に隠れて、心美へ経済的な支援をしている。

小学校の給食費は去年から市が直接徴収、管理する公会計化となった。心美からの相談で、それを知った。睦美は、公会計化の書面を理解できなかった。三砂はそれを機に、給食費を自分の口座から振り替えるよう変更した。ノートや上履き、そのほか学校でかかる経費の一部も、三砂が負担するように改めた。

『お母さん、給食費が無料になったと勘違いしているよ』

心美はそう言った。家庭は貧しかったが、母親に似て、心はたくましかった。

ひとつだけ幸いなことは、心美が父親の顔を知らないことだ。睦美も、日々の生活で思い出す暇もないだろう。

三砂は返信用に《いつもありがとう、助かるよ》と打ち込んだ。それで彼女も納得し、心を平常に保てる。

送信ボタンをタップしたところで、花火のような破裂音が聞こえ、窓が振動した。

三砂は立ち上がり、玄関から通路に出た。三軒先の老人も出てきた。

「聞こえたかい」

老人が声をかけてきた。「なんだろうな」

「ガス爆発かもしれませんね」

連なるビルの谷間に黒い煙が塊となって立ち上ってきた。池袋駅方面だ。

「火事だな」

のんびりとした老人の言葉を聞き流しつつ部屋に戻り、取材バッグを手に取ると、再び部屋を出た。

現場まで百メートルほど。狭いエビス通りからトキワ通りに出ると、人の波が不規則に動き、滞留し、混沌《こんとん》が生じ始めていた。泣いているメイド服と、高ぶって喚《わめ》く若者。連なる飲食店からも人が湧《わ》き出てくる。文化通りに入ると、ゴムが焼けるような臭気が鼻を突いた。

——車が！

——中にまだ人が！

——救急車！

そこに北京語と広東語が混じる。強引に人の間を縫い、視界が開ける。北口の駐車場だ。その中央がオレンジ色の光を放ち、人垣のシルエットを浮かび上がらせていた。北口繁華街の一角を三角形に切り取った広い空間。キャッチと街娼《がいしょう》がたむろするスポットでもあった。

現場に接近すると、西口交番からだろう、制服の警官が二人、すでに駆けつけていた。燃えているのは、ワンボックスのようだった。

警官の一人が備え付けの消火器を持ち出し、消火剤を吹きかけると、火勢が弱まってゆく。すべての窓が粉々になるほど爆発は強烈だったようだが、ガソリンタンクへの引火は、今のところ免れているようだ。

大半の連中がスマホを出して撮影している。三砂は仕事用の小型ムービーカメラを取りだし、撮影を始めた。

複数のサイレンが近づいてくる。警官の数も増えてくる。三砂は駐車場の周囲を回りながら救出作業の様子を切り取ってゆく。やがて、駐車場を囲む道路が警察車輛《しゃりょう》、消防車輛で埋まり、回転灯の赤が乱舞した。人の群れが醸す空気は恐怖から興奮へ、困惑から興味へ移りかわる、まるで祭。この街の特性だ。その混乱を警官たちが冷徹に整理してゆく。

消防によって火が消し止められ、煙の色が灰色に変わる。レスキュー隊が車に取り付き、歪《ゆが》んだドアをこじ開けに掛かる。そこかしこから無責任な声援が上がる。

ドアが破られ、中から男が一人引っ張り出された。警官がブルーシートで野次馬の視線を遮り、ブルーシートは男を隠したまま救急車まで移動し、男を収容した救急車は狂騒的なサイレン音をまき散らし、走り去ってゆく。

三砂は記者に徹し、目撃者に話を聞き、状況の掌握に掛かった。

若い男が車に乗り込んで、タバコをくわえ、ライターに火を点《つ》けた途端、爆発。

近くの酒屋の軒下を借り、撮った動画データをタブレット端末に移して簡易編集し、須賀に電話を入れ、取材内容を口頭で告げる。そして、圧縮した動画データを『News Cargo』に送信した。

「瑛太君！」

肩を摑まれた。金城だった。

「やっと見つけた。これ君の仕事？　なんで交《ま》ぜてくれないの」

三砂は「違うって」と言いながら、タブレット端末を取材バッグに突っ込む。

「だよね。シャイで奥手の瑛太君がこんな派手なことをするわけないしね」

心底楽しそうなこの男は、やはりどこか壊れている。

「けが人は一人みたい」

「ああ、見た見た。焦げ焦げになったの、田尾《たお》君だった」

思わず金城を見た。鄭正興のグループの若者だ。日頃は多少手荒な債権回収を行っているが、それ以外は鄭派幹部の警護をしていることが多い。

「それ、社長には」

「まだ伝えてないよ」

三砂は状況と被害者について、辻先にメッセージを送った。

すぐに《食堂へ》と返信があった。

「社長の呼び出し。金城君はそのまま情報収集だって」

「了解！」

金城は声を上げ、背筋を伸ばし、敬礼した。


明華食堂は『準備中』になっていた。

階段を下りる。厨房《ちゅうぼう》カウンター前のテーブルで辻先と、短髪で面長の男が向かい合っているのが見えた。

鄭の側近、常田和将《かずまさ》だった。

三砂は常田に会釈し、テーブルから少し離れた位置で立ち止まった。辻先と常田の間には、紹《しょう》興酒《こうしゅ》の瓶《びん》。

「常田君だ。知っているな」

辻先が紹介し、三砂はうなずいた。

「事務所が警察の皆さんに囲まれたんで避難してきた。済まないな」

池袋署が動いたのだろうが、避難など方便にすぎない。

二人の表情を見れば、被害者が鄭グループの若者であることは伝わっているようだ。だからこそ、常田がここに来た。

「まあ座れ」

アロハ姿の辻先に言われ、となりのテーブルに着いた。常田の視線が、辻先に戻った。

「常田君は仕事の依頼に来ている。瑛太も話を聞け」

「決まったら実行します」

腰を上げかけると、「ここにいろ」と常田が制した。有無を言わせぬ重みがあった。

「高岡がやったというほど、局長も俺も短絡的ではない。まずこれが第一点。誰かが何かを企《たくら》み、会長の病を利用しようとしている。これが第二点」

常田は言った。「第一点について、引き締めてはいるが、感情にまかせて暴発する馬鹿が出る可能性はゼロではない。それが先方の狙《ねら》いでもあるんだろうが」

「それはおたくが責任をもって対処してくれ」

辻先は表情を動かさない。

そこで辻先、常田の双方のスマホが、同時に通知音を奏でた。二人ともスマホに目を落とした。

「……死ぬほどではない、か。重畳だな」

辻先は言うと、スマホをしまった。田尾の容態のことだろう。常田もスマホをジャケットの内ポケットに収める。

「この状況を今すぐどうしろとは言っていない。先を見据えた話だ」

「なら聞こうか」

辻先はテーブルに肘《ひじ》をつき、頬杖《ほおづえ》をつく。

「黄皓然が間もなく出所する」

常田の口調は無造作だったが、辻先の目がわずかに細くなった。

「随分早いじゃないか」

「そこは国際関係と法務省のしがらみ、駆け引きだろう」

三砂に銃口を向けた黄皓然。改造銃の所持と殺人未遂の現行犯で逮捕された。ただし銃の殺傷能力が低く殺人未遂での量刑は最低ライン。麻薬流通の仲介に関して決定的な証拠はなく、刑期は五年半だった。

「中での態度もいいようだ」

シェンウーの情報網は、刑務所の中にまで及んでいる。

「ウチとは縁が切れたが、緑水幇《やつら》と繋がりたいところは幾つもある。黄皓然とうまく関係を結べば、良質なクスリ、覚醒剤が安定供給される。意味はわかるな？」

常田が三砂に話を向ける。皮肉であることは重々わかっていた。

「空白領域に参入する足がかりになります。しかも供給元は同じ。孟会長は顔に泥を塗られてしまいます」

「それを狙っているのは」

「フェロー。つまり久和組です」

「及第点だな」

常田の口角がわずかに吊《つ》り上がり、辻先に向き直った。「それで、黄の動きを見極め、久和と仕事をするようなら、それを阻止して欲しい」

「会長と鄭局長には？」

「伝えてある」

三砂が「送死人」であることを知る者は限られている。

身内である辻先と金城以外には、孟会長と、鄭正興、高岡良介、そして、依頼の窓口として機能している常田和将のみ。

「承った。黄の情報については、随時伝えてくれ」

辻先は言った

「黄皓然？　ああ、節操のないやつだよ」

金城は言った。

三砂は再び、北口駐車場に戻っていた。すでに鑑識が到着し、現場検証が始まっていた。野次馬の大半は消え、テレビの中継クルーなど、メディアのスタッフが目立った。

「ていうか、お前当事者なのに、あの兄さんのこと知らないのか」

「思い出したくないから」

三砂が応えると、金城はギャハハと笑った。

黄の出自は中国、遼寧省《りようねい》。所属する緑水幇《ルウシユイバン》は構成員数千人と言われていた。いくつかの蛇頭を傘下に置き、売春、人身売買、密航のほか、各種麻薬、覚醒剤を世界に流通させていて、首領はインターポールの国際手配を受けていた。

そして、黄皓然自身は最高幹部の馬鹿《ばか》息子という位置づけだという。

「……アニメ好きってだけで、日本の窓口になったふざけた野郎さ」

五年前の摘発時、黄は声優のイベント巡りとアニメDVD、グッズを買い漁《あさ》るために来日したという。DVDに関しては、中国語字幕を付けた上での海賊版販売のためという実益も兼ねていたようだ。

「緑水幇が最も重視するのは、民族とか信条とかそんなもんじゃなくて、金払いなの。きちんと金を払ってくれるなら、どこの誰だろうとクスリを卸す。警察にだってな。実際、中国でそんなことやったとも聞いてるな」

地方の公安が緑水幇から麻薬を買い、押収した証拠品として提出、犯罪をでっち上げ成果とした報告事例があるという。

「なら黄を殺したとしたら」

「戦争だろうな」

中国本土の巨大組織との戦争など、想像もできなかった。「タダでさえこっちの失態で黄がブチ込まれたんだ」

シェンウーは販売網を失った上、緑水幇に相当額の賠償を支払ったという。

「聞かなきゃ良かった」

一件の殺しにどれ程の報酬が支払われているかわからないが、完済への道は遠いと三砂は実感した。

「それと、瑛太君が社長に呼ばれてる間、珍しいヤツを見つけた」

金城はスマホを取りだし、ディスプレイを三砂に向けてきた。

眼鏡をかけた、四十代とおぼしき男の横顔だった。

「誰？」

「瑛太君は知らないかー。こいつも五年前の亡霊の一人だね」

「だから誰？」

「豊中明夫《とよなかあきお》」

帰国後、初仕事の時見せられた写真——周郷治が乗った車から降りてきた男だ。

「当時の久和組のクスリ関係の仕切り。確か若頭補佐の一人だった」

「だった、ということは」

「ヤクザやめたから」

金城は、久和組に違法薬物を卸していた組織の三人を殺害後、豊中の自宅に拳銃《けんじゅう》を一発撃ち込んだという。

「当時小学生だった娘の部屋に、バーンて」

金城は指で拳銃を撃つ真似《まね》をした。「それで豊中はクスリの扱いをやめて、久和組も抜けた。でもカタギになったとしても、久和組のシマに戻るなんてコトは、ふつうしねえし」

黄皓然の出所と、豊中明夫の帰還。裏がある——金城の目はそう語っていた。

午後十時には『News Cargo』が北口駐車場の様子を、動画付でアップした。

重傷を負い病院に搬送されたのがシェンウーの構成員であると伝えたのは『News Cargo』だけだった。

金城は豊中の居所と目的を探ると言って姿を消し、三砂は引き続き現場にとどまった。そして、毒島の姿を見つけた。規制線に近寄り、手を振った。

毒島は面倒くさそうにやって来た。

「田尾君、死なずに済むようですね」

毒島はわずかに目を見開いた。どのメディアもまだ被害者の名を報じていない。警察が発表していないからだ。

「何しにきた地獄耳」

「構成員が弾《はじ》けないよう、鄭局長が締め付けているみたいです。それを伝えに」

「現場に伝えておく」

「事件、事故どっちの線ですか」

「まだわからない」

毒島がそう言えば、それは事実だ。

「ガスですよね」

ライターの火を点けた瞬間に爆発した。ガス漏れか気化したガソリン以外考えられない。

「後部荷室にＬＰガスの小型タンクと鉄板。トング、包丁。要はバーベキューセットが積んであった」

毒島は声を低くした。「消防によるとタンクのガス栓が緩んでいたそうだ。人為的かどうかはこれから」

「同乗者は？」

防犯カメラで確認しているはず。

「友人と称する男が出頭してきた。ここに停めて、二人で食事をしたあと、田尾が先に車を回しに行ったらこうなったと。ガス漏れについては、車を降りるまで気づかなかったと話している」

駐車場に入れるまで窓を開け、タバコを吸いながら乗っていたという。この時点でガスが漏れていて、降車し密閉したところで、車内に充満したとも考えられる。

「書きますよ」

「配慮は頼むな」

「櫻木凜奈の件は」

「午後からうちの班で少し探った」

「組対じゃなく？」

「不確かな情報をそのまま流すわけにはいかんだろう」

「慎重なんですね」

「組特の鴻上が、結果が出たら教えろと連絡してきた。この件もあるし、彼女に引き継いだほうがいいか？」

第四章　規律委員会

1　七月十八日　木曜　——三砂瑛太

「元刑事のルポとやらを書くために、騒ぎを起こしたのか？」

駐車場での爆発のことか、櫻木凜奈のことか。冗談であることはわかっていたが、高岡良介の場合、ほかの幹部とは眼差《まなざ》しの凄《すご》みが違う。

「まさかそんな」

三砂はいつもの愛想笑いで受け流す。

開店前のライブハウスのバーカウンターの隅。そこで高岡と向かい合っていた。

「お前に取材されるなんて、気持ち悪くて仕方ない」

鄭は高岡の暗殺はわけないと言ったが、それも鄭の冗談であることはわかる。高岡は生命力の塊だった。

髪は天然のウェーブで、やや甘く柔和な面立ちだが、身長一八〇センチ、体重八五キロの均整の取れた肉体をしていた。今年四十四歳になったが、体に張りついた筋肉は、シャツの上からでも若々しく実戦的であることがわかる。

最初、池袋二丁目にある高岡の事務所に行ったが、不在だった。

――鄭の野郎の自作自演だ。

――因縁《いんねん》つけて、叩《たた》きに来るぞ。

車輛《しゃりょう》爆発の件で警察の捜査が入った直後で、事務所に詰めている若い構成員たちはいきり立っていた。

『悪いな、こんな時に。時々ふらっといなくなるんでな、あの人』

高岡の側近が済まなそうに言った。『それにこの状況で、おれがここを離れるわけにはいかんのでね』

その側近は、幾つか心当たりを教えてくれ、二軒目に訪れた場所がこのライブハウスだった。

「取材と言うより、今日は挨拶《あいさつ》です。記事を書くに当たって」

「鄭に仕掛ける直前の顔、ってやつか」

「冷静に構えていた……。書くならそんな表現になると思います」

「冷静ね。あーめんどくせ」

高岡がグラスの氷に向かって呟《つぶや》いた。

「高岡さんらしくない」

「もともと好き勝手走り回って暴れ回んのが性に合ってんだよ、俺は」

元虎舞羅王のメンバーを中核とした高岡グループは百人ほど。鄭グループの半数に満たないが、その大半が戦闘に特化された連中だ。直接的な抗争となれば、高岡グループが圧倒すると目されていた。

だが、時代は変わった。

「次の会長のことなんか、どうでもいいんだがな」

「そんなこと、僕の前で言って大丈夫なんですか」

「お前だから言うんだよ」

高岡は今や多くのものを背負っていた。ことが起これば、自分の意思に関係なく、立たなければならない。

「それ書いていいですか？」

「命捨てる覚悟があるんならな」

高岡が組織内に確固たる足場を固めたのは、十年前の新宿戦争だった。

孟会長が標的としたのは、すでに地盤のある日本のヤクザ組織ではなく、歌舞伎町深くに食い込んだ中国系組織、そして新興のナイジェリア人グループだった。

先陣を切って仕掛けるのは、いつも高岡が率いる虎舞羅王の一派だった。

三砂は記録とニュース映像でしか知らないが、歌舞伎町、大久保一帯は戦場となった。

襲撃、密殺、標的の事務所、拠点への破壊行為。高岡が生み出す暴力は苛烈《かれつ》であり、一切の容赦と斟酌《しんしゃく》がなかった。拳銃《けんじゅう》、自動小銃、短機関銃、手榴弾《しゅりゅうだん》、対人地雷、日本刀、青竜刀《せいりゅうとう》——あらゆる武器が使われた。

警察の介入を尻目《しりめ》に、血みどろの抗争は、双方合わせて二十余名の死者を出していた。さらに警察から殉職者三名負傷者十余名、一般市民に犠牲者が出るなか、拳銃の使用基準の厳格さ、弱腰の捜査に批判が集まった。

拳銃の積極使用に踏み切った警視庁は、銃口を向けてくる反社構成員には発砲も辞さず、強引に容疑をかけ、片っ端から不穏分子を逮捕、抗争を終結させた。

その時点で七グループあった歌舞伎町の外国人勢力は全《すべ》て淘汰《とうた》され、シェンウーに集約された。警察は抗争に関《かか》わった五十人余を逮捕。しかし、高岡自身は証拠を残さず、多くの仕事を成し遂げた。

その高岡が切り取った版図を整地し、金と策謀でさらに侵食域を広げたのが、鄭だった。それが役割分担だったが、高岡グループの中に、あとから乗り込んできて利潤の半分以上を持っていく鄭へ不満を持つ者が出始めたのも、この時だったという。

「逆に仕掛けられたら？」

「会長が健在なのに、そんなこと考えられるか」

「でも、何かあれば、誰《だれ》かが継がなければならないですよね」

「そのための選挙だろうが」

「でしたら票固めのほうは」

「知るか」

規律委員は、グループの大きさによって、代表が振り分けられていた。

鄭グループが三名、高岡グループが二名、旧李将星直参グループが二名、横浜と池袋の新華僑《しんかきょう》の代表が一名ずつで九名。

「阿久根は新宿の時、鍵山と組んで裏でコソコソやってたスパイ野郎だろう」

「情報担当だったと聞いています」

新宿戦争のあと、警察を辞め、作家に転身した。上層部のやり方に相当の不満を持っていたという話は須賀から聞いた。事実、新宿戦争時の警察の捜査、警護の不備や問題点、現場を無視した作戦指導をした上層部の責任を問うルポを出版し、話題となった。

「告発者面をしてはいるが、ヤツも相当黒いもん背負ってる気がする。呑《の》まれるなよ」

「分はわきまえます」

三砂は頭を下げた。

「それともうひとつ」

ここから言うことは、三砂自身の判断だった。「元久和組若頭補佐の豊中が、池袋に戻ってきています」

「廃業しただろう」

一転、高岡は興味なさそうに応《こた》えた。

「田尾君が吹き飛んだ現場にいたようです。放置はできないと思いましたので今、金城が調べて……」

突然、あごをわし掴《づか》みにされ、強制的に口を塞《ふさ》がれた。

「てめえは十秒前に言ったことをもう忘れたのか？」

分をわきまえる——「てめえはただの殺し屋だ。偉そうに人の言葉を喋《しゃべ》るな」

ただ命令され、金のために人を殺す。たとえ標的が犯罪者だろうと、言い訳にも免罪符の欠片《かけら》にもならない。人以下の存在。自覚していた。

だが、どうすればよかった――三砂は自問しながらバイクを駆った。

小金井街道から路地に入り、二階建ての古びたアパートの前にバイクを停《と》め、ヘルメットを取って、一〇三号室のインターフォンを押した。

のぞき穴からこちらを窺《うかが》う気配のあと、ドアが開いた。

「瑛太!」

少女が声を上げ顔を出した。二瓶心美。三砂の姪《めい》だ。

「ほら」

三砂はリュックから、途中で買ってきたハリーポッターシリーズの一冊を手渡した。

「ありがとう!」

心美は分厚い本を、胸に抱く。

東久留米市郊外の低層住宅が並び、畑や駐車場が点在する空が広い一角だ。

「ママは仕事か?」

「うん、見つかればいいけど」

心美はまだ十歳だが、聡明《そうめい》でどこか老成していた。「入って」

キッチンと六畳間が二部屋。片方が内職や食事に使う居間で、もう片方が寝室だ。よく片付いていたが、物自体が少ない。窓が開けられ、扇風機が回っていた。エアコンはあったが、使うと睦美＝母に怒られるのだという。

テーブルには国語の教科書と漢字のドリルが広げられていた。

「勉強中だったのか」

「ただの宿題。不可避なルーチン」

心美は年相応に屈託なく笑い、大人びた言葉を使う。

三砂も睦美も十人並み以下の冴《さ》えない容姿だったが、心美は贔屓目《ひいきめ》なしに美しかった。我が子の顔を見ることなく死んだ父親は、心美に武器になり得る遺伝子を残してくれた。

心美はてきぱきと開いた教科書やドリルを片付け、冷蔵庫から麦茶のピッチャーを取りだしグラスを二つ用意した。

「セルフサービスだからね」

「わかってるよ」

何をするわけでもない。月に一度か二度、三砂は姉の不在を狙《ねら》って、ここを訪れた。目的は、心美と近況を話すこと。

「スマホ、見つかっていないよな」

姉に黙って、心美にスマホを預けていた。主に緊急連絡用だが――

「見つかってないよ」

姉の不在は、スマホを使い心美が知らせてくれる。

「最近、怒られたりした?」

「大丈夫」

睦美は、物事がうまく進まない時、情緒が不安定になることがある。そして、生活面で言えば、睦美にできる仕事は限られている。

境界知能者。幼少時にそう判定された。知的障害に分類はされないが、複雑な理屈や仕組み、会話の機微などを理解することが難しく、計算もマルチタスクも不得意だった。

姉自身もそれを自覚し、いつも不安とコンプレックスを抱えていた。

境界知能者の場合、周囲に圧倒されて萎縮《いしゆく》するか、過剰に背伸びをするかのどちらかの性向を示すことが多く、姉は後者だった。

両親はそれを知りながら姉を厳しく教育した。

勉強はできなかった。信頼できる友人もできなかったが、姉は生きる使命感、祖父母から受け継いだ土地と家を護《まも》る責任感を植え付けられた。

姉は中学を卒業すると、職業訓練を受け、食品加工工場に就職した。今でも工場勤務がベースだが、姉ができるような単純作業は、自動化でなくなりつつあった。パニックになる回数も増え、長続きしなくなってきたと聞く。

そして、母が早世し父も殉職してからは、過剰に姉であること、心美が生まれてからは、過剰に母であることに針が振り切れた。

そしてトラック運転手だった夫、二瓶時生《ときお》が自損事故で死んでからは、それがさらに先鋭化した。

　過密な運転スケジュールと、長時間勤務が問題となった運送会社だった。しかし、睦美に嘘《うそ》を見抜く能力はない。要領のいい立ち居振る舞いもできない。うまく言いくるめられ、会社からの見舞金は最低限だった。

「新しい服とか、ちゃんと買ってる？」

　心美が着ているTシャツは、少し窮屈そうだった。体も大人になりつつあり、その方面のケアはどうなのかと要らぬ心配も抱いてしまう。

「大丈夫だよ。欲しい時は欲しいって言うし、理由をちゃんと言えば買ってくれるから」

　とは言え、心美もこの家の経済状況を理解した上で、無理のない範囲をわきまえている。

　扇風機の音、薄いレースのカーテンが風に揺れる音以外は無音。

　心美は静かに本を読み始めた。

　会話は散発的で長くは続かないが、三砂にはそれで十分だった。

　この時間と関係を守りたかった。

「昨日の晩ご飯、なに食べた？」

「コロッケ」

　心美は母のことも、三砂の援助やその意味も理解している。「おいも潰《つぶ》したの、わたし。今度は自分で揚げてみたい」

　きちんと、手作り。睦美に手を抜くという概念はない。それは彼女の矜持《きょうじ》でもあった。

そよぐ風とともに、時が過ぎ、頃合《ころあ》いとなった。そろそろ睦美が帰ってくる――

「じゃあ、帰るよ」

「うん、またね」

腰を上げ、ハイタッチをして、玄関を出た。

そして、バイクに手を掛けたところで、生け垣の向こうから睦美が姿を見せた。

「あれ、どうしたの？」

睦美の顔がぱっと明るくなる。地味な柄のブラウスに、パンツ姿。面接だったようだ。

「仕事で近くまで来たから、心美の顔を見に」

「お金、足りなかった？」

「違う、そんなんじゃなくて……」

バッグに手を入れた睦美の手を押さえた。「心美の宿題を少し見てたんだ。お金は足りてるよ、ありがとう」

「足りなくなったらいつでも言ってね」

「仕事、どうだった？」

「お弁当屋さん。時給は前より安いけど、ご飯作るの大好きだから」

屈託のない笑顔。笑顔だけは、心美と同じだった。

「姉さんもさ、仕事もいいけど、体には気をつけて」

「大丈夫だから。わたしは強いの。瑛太も知ってるでしょ」

「わかってるけど、一応さ」

――お前の姉貴、ぶさいくでよかったな。攫《さら》ってソープに沈めても金にならんし、ブス専の店は激安だし。

いつか金城は言っていた。三砂が作った損害の返済の一部として、姉を売ることを検討していたらしい。

「ご飯食べてく?」

「いや、もう帰るよ」

睦美と別れて、再びバイクを駆る。外道に堕《お》ちる時間だ。

2 同日――鴻上綾

電話から五分ほどで鍵山がエントランスから出てきた。

組対特捜がある池袋第二分庁舎は、築五十年が経過した地上十五階建ての都営住宅の一角を専有していた。

「話があるなら上まで来ればいいだろう」

鍵山はため息混じりに言った。

「見て頂きたいものがあるので、こちらへ」

鴻上は鍵山を庁舎の裏手に連れ出した。隣接するオフィスビルとの谷間であり、日が当たらず狭苦しい空間。そこにバイクの駐車スペースと、物置が設置され、シミだらけの壁には板材や使用済みの立て看板が立てかけてあった。

そこに毒島が待っていて、「どうも」と小さく手を挙げた。

「どういうことかな」

鍵山は毒島を一瞥《いちべつ》し、鴻上に言った。

「来て頂きました。毒島さんの報告と、非公式な捜査会議をを兼ねまして」

「櫻木の件か」

鍵山の問いに、毒島はうなずいた。「ウチの鴻上が迷惑をかけて済まない」

「ああ、迷惑だな。だが、無意味ではないだろう？」

「それで何かわかったのか」

本部組対、池袋組対は交友関係、周辺スタッフの関連など、芸能界ルートから、櫻木凜奈のMDMAの入手先を探っている。手付けとして間違いではないだろうが、鴻上には世間に向けたパフォーマンスにしか見えなかった。

「現状北池袋駅、下板橋駅周辺、熊野町交差点の辺りで、櫻木凜奈の目撃情報が複数ある。いずれも深夜。防カメも幾つかヒットしているが、そこからの足取りはまだわかっていない」

毒島は単刀直入に言った。「北池、熊野町の目撃情報と防カメのヒットは全部同じ日だった。櫻木凜奈は一時間かけて、居住マンションから熊野町、北池袋駅、居住マンションと移動していた」

池袋本町を、時計回りに周回するような動きだ。

「時間帯は午後十一時から午前一時頃。外出の間隔は概《おおむ》ね一週間から十日。映っていたのは、キャップにサングラス、マスクを着用した女だったが、ウチにも彼女のファンがいてな、歩き方とか動きのクセから本人とそっくりだと言っている。いずれＡＩで、テレビに映る彼女との所作を比較して、特定する」

「ただの散歩の可能性もある」と鍵山。

「クスリを買っている可能性も」

鴻上は言った。

「最後に防カメに映っていたのは？」

鍵山は毒島に聞く。

「七月六日」と毒島は応えた。

死亡一週間前——「もし、外出がクスリを買うためなら、間隔としては死んだ日にＭＤＭＡを買った可能性がある。口にしたのは、手に入れたばかりのものかもしれない」

彼女の部屋からは、テーブルに残されていたパケ以外の薬物は発見されなかった。つまり、一週間前に買ったＭＤＭＡはすでに消費されたあとだ。

「池袋本町のどこかで買っていたのかも……」

鴻上は言いかけたが、鍵山は胸の前に手を挙げ、鴻上を制した。

「だが死ぬ二、三日前は外出していなかったんだよな、毒島」

「確認した」

「なら、筋が通っていないな」

「毒島さん、クレセント錠の指紋と頭の傷は」

鴻上は割り込んだ。「結果が出ているなら、教えて」

「クレセント錠には櫻木凜奈の指紋だけ。ごく最近付けられたものだった。櫻木凜奈の頭部に関しては、監察医が精査していない」

「少しだけ残念」

鴻上は肩をすくめた。「でも彼女がＭＤＭＡを受け取るためにベランダの窓を開けた可能性は、依然として残ります」

「馬鹿な」

鍵山は困惑を隠さない。「それまで外で買っていた彼女が……厳重に変装するほど警戒していた彼女が、窓からＭＤＭＡを届けてくるような人間を招き入れると思うか？　映画、舞台と大事な時期に、売人に自宅を特定されるようなことをするか？」

「それに関しては、詰めていきます」

「変な先入観は持つな」

「先入観ではないのですが、壁登りの可能性について、見て欲しいものがあって」

「壁登りの可能性はない。君も報告書は読んだだろう」

鍵山が静かに指摘にする。

「ええ」と鴻上は応える。「大きな穴がある報告書でした」

「穴とはなんだ」

毒島も気色ばんだ。

「裏手のセフィーロ池袋から飛び移った可能性です」

「それも想定した。飛び移るには、一度中に入り部屋の五階以上の窓から出るか、屋上に出る必要がある。だが事件があった時間帯、五階の部屋は全て住民が在室、屋上に人が出た形跡もない。きちんと読んだのか」

抜け目のない捜査は、毒島の真骨頂だ。鴻上もそこは素直に認めるところだが――。

「セフィーロの壁面を登り屋上に到達、四階上のテラスに飛び移る可能性には触れられていませんん」

「正気か鴻上。なんの取っかかりもない壁なんだぞ。窓と窓の間隔も広い」

毒島は反論する。

「ですから、取っかかりを作ったんです。犯行前に。専門用語を使うなら、ホールドを設置したんです」

鴻上は物置の陰からバケツを持ち出してきた。腕にずしりと重く、中は灰色の泥のようなもので満たされていた。

それを鍵山と毒島の前に置く。

「なんだこれは」

「モルタルです。凝固剤が混ぜてあります。先ほど知り合いの外装業者に調合してもらいました」

鴻上は壁に立てかけてある板材を取り払った。現れたのは、塗装が剝《は》がされ、コンクリートが剝《む》き出しになった壁だった。

「なんだこれは」

鍵山が呆《あき》れ気味に言った。

「剝離剤《はくりざい》で塗装を剝ぎ取りました。どのみち補修が必要でしょう、この壁」

築五十年余。壁にはヒビを補修した箇所が幾つもあり、外壁は何度も塗装し直されている。

「修理の予算、そろそろ折衝するでしょう?」

鴻上はさらに物置から幅二センチ、長さ十センチほどの角材の切れ端を持ち出すと、ゴム手袋をつけた。

「粘度の調整にはコツが必要だそうです」

鴻上はバケツからモルタルをすくい取り、手の中で団子状にすると、それを壁の塗装が剝がれた部分に無造作に貼《は》り付け、上に長さ五センチ、厚さ一センチ程度の角材の切れ端を固定した。

「ロッククライミングの達人には、幅が一センチもあれば十分指が掛かると言われています」

手を離しても、モルタルは壁に貼り付いたままだった。

「たとえば少し離れた場所や、手が届かない場所は」

鴻上は再びモルタルを手に取ると角材を包むように丸め、二メートルほど離れると、壁に投げつけた。モルタル団子は形を崩しながらも、角材とともに壁に貼り付いた。

「とても人の体重を支える強度があるとは思えないな」

鍵山が指摘する。

「それなんですけど……」

鴻上がさらに板材を退《ど》けると、すでにモルタル団子が貼り付いた壁が出現した。「こちらが貼り付けて一日経《た》った状態です」

鴻上は悪びれることなく、膝《ひざ》の位置にあるホールドに足を乗せ、顔の位置にあるホールドをつかみ、自らの体を持ち上げた。「とりあえず人間の体重を支えることはできるようです。剝離剤で塗装を剝がしたあときちんと洗浄すれば可能になります」

鍵山が悩ましげに首を横に振る。

「たとえば、窓と窓の間隔は大きくとも、その中間にホールドを作れば、窓枠との併用で、壁を登ることは可能です」

鴻上は地上に降り立った。

「そんなことをすれば、住人が気づく……」

毒島が口を閉じた。

「そうです、そのための落書き処理です」

鴻上は鍵山、そして毒島を見据えた。「凝固剤と剝離剤は、消去の処理をした場所から検出されました。その意味を考え、行き着いたのがこの即席ホールドです」

「壁を登ったという先入観から、そう考えたのか」

鍵山が言った。

「管理官も、わたしが先入観をもって事に臨んでいるという先入観を持っていませんか」

「また屁理屈《へりくつ》か」

「それにセフィーロの壁の落書き」

鴻上はスマホのディスプレイを鍵山に向けた。「とても立体的に見えますよね。これは意図的なものだと判断しました。立体的な絵の中に、本物の立体を織り交ぜたんです。固まる時間を考えるなら、被疑者《マルヒ》は決行日の少なくとも二日前には、作業を完了させていたはずです。マンション管理人によると、足場は二階部分まで組まれていて、作業中はブルーシートで覆われていました」

足場の上に梯子《はしご》を掛ければ、さらに高所にも細工は可能だ。『トライデント2』と『セフィーロ』の間隔は五メートル。外部からの目は少ない。そして、隣接するマンションの窓と窓が向かい合った面では、互いにカーテンを閉じていることが多い。立体画に紛れたホールドを見分けることは難しい。

「それに、剝離剤は刺激臭があります。ヒカリ洗浄は落書きを消す際に、窓は極力開けないで欲しいと、管理人に言ったそうです」

「それで？」

鍵山は腕を組む。

「細工ができあがったところで、クライミングのスキルを持った実行犯が登り、六階屋上から助走をつけ、『トライデント2池袋本町』の四階上のテラス部分に飛び降ります。そこから改めて居住棟壁面を登れば、四階までの商業施設部分の監視網に引っかからずに、十七階まで行けます」

「距離で五メートル、高さで二階分飛び降りるのは並大抵ではないと思うが」

鍵山は問う。

「五メートルの距離を飛び越えるには、それだけの高さが必要です。それに、手練《てだ》れなら受け身で衝撃は吸収できます。考えてみてください、実行犯は命綱なしで十七階まで登るような人物です」

「だが追加の鑑識でも、炭酸カルシウムは出てこなかったぞ」

残念ではあったが——

「滑り止めを使わなかったか、丁寧に拭き取りながら作業をしたのか」

「推測にすぎない」

鍵山は言った。

「ヒカリ洗浄の少なくとも、現場で作業した二人は共犯者である可能性は高いと思います。新手の落書き事件は、犯行に合わせて発生させたものです、タイミング的に」

「それも推測だ。業者の二人が共犯だという証拠は出てきたのか」

「二人には会いましたが、不審な点は見られません。今のところは」

「憶測ベースであることはわかったが、一理あることは認める」

鍵山はため息混じりに告げた。「毒島、組特第十三班をおまえんとこに預けたい。そっちから支援要請してくれないか」

「来るのは鴻上一人だろう。寄こすならもっと寄こせ」

「目立たないことが第一だ。好きに使ってくれ」

「好きに使われろ、だろう」

毒島は不満げに鼻を鳴らした。「正確には、もう使われているけどな」

3　七月十九日　金曜未明　――鴻上綾

深夜、鴻上は低層の住宅と線路に囲まれた公園の一角に身を置いた。街灯は仄暗《ほのぐら》く、人の通りはない。金網の向こうにある鉄路は朝まで一時の休息に入っている。

池袋本町四丁目の、昼間は近所の住人が利用するありふれた公園。

『櫻木凜奈の麻薬購入に関して情報提供があった。それを元に探っていた』

毒島はあっさりと応えた。情報源はおそらく三砂だ。『お前が代わりに探れ。本来は組対案件だしな』

毒島が人数を割いて調べた防犯カメラの映像。その後、鍵山が捜査員四人を動員し、さらに範囲を拡大したが、七月六日に関して櫻木凜奈が映っていたのは結局、熊野町、北池袋駅、居住マンションの三カ所だけだった。

そして、情報提供者が示した目撃情報、二カ所のコンビニを加味し、地図を見ると浮かび上がってきたのが、この公園だった。

熊野町交差点から、池袋本町の外周を沿うように延びている遊歩道だ。そこに防犯カメラは設置されていない。そして遊歩道は、池袋本町を半周し、この公園に直接繫《つな》がっていた。熊野町からカメラに映ることなく、移動が可能であり、下板橋、北池袋のコンビニは、この公園から『トライデント2』に戻る線上にあった。

鴻上をここへ導いた毒島は、六時間前に発生したガス爆発の捜査に駆り出されていた。

鴻上も午前〇時過ぎまで、北斗苑周辺を警戒していたが、組特の別班と交代し、その足でここにやって来た。成算があったわけではない。ただ、自分の目で確かめてみたかっただけ。本能に従っただけだ。

午前二時まで。時間を区切って、暗がりのベンチで待った。

遠くからエンジン音やクラクションが、散発的に聞こえてくる以外は、無音だった。

午前一時五十分を過ぎたところで、鴻上は凝った腰をほぐすように伸びをした。あと五分で帰ろうと、スマホに目を落とした時だった。遊歩道のほうからかすかな足音と気配が近づいてきて、鴻上の意識を再び鋭敏化させた。

闇《やみ》から溶け出てきたのは、若い女性だった。

キャミソールに薄いトップス。下はスリムのデニム。派手目の巻き髪。

彼女は公園に入ってくると、街灯の明かりから外れた薄暗がりのベンチに座った。遊びの帰りか、水商売系か。彼女は小さなトートバッグから缶ビールを取りだすと、飲み始めた。

誰かを待っているのか、何度かメッセージを送り、電話をしているような動き。しかし、リアクションがないのか、ため息をつくような仕草で夜空を見上げる。しかし十分経っても、十五分経っても誰も来なかった。女はやがて空になった缶を握りつぶすと、苛立《いらだ》ったようにベンチの下、植え込みの裏、二棟ある公衆トイレの周囲を見て回った。

それで、確信した。

鴻上は女性が再びベンチに戻るタイミングを見計らって木陰から出ると、ゆっくと歩み寄った。

「女の子が一人じゃ危ないよ」

声をかけると、女は肩をびくつかせて振り返った。

「誰⁉」

立ち上がり、身構える。

「警察よ」

鴻上はバッジを見せた。「仕事帰り？　家はこの近く？」

落ち着かない視線。メイクはやや濃いめ。風俗関係の可能性もあった。

「帰り道です。ちょっと休憩をしているだけです」

「じゃあ家はどこ」

威圧的に問うと、女性の目がわずかに怯《ひる》んだ。

「応える必要はあるんですか？」

それでも強がる。

「こっちは事件の捜査をしていてね」

「あなたの名前と所属は？」

女性は逆に聞いてきた。時間稼ぎの応酬をしている間に、この場をどう切り抜けるのか考えている――数百回も経験した反応だ。

「警視庁組織犯罪対策部特別捜査隊の鴻上」

あえて正式名称で応えた。「反社会組織や、銃や違法な薬物を取り締まる部署」

それで女の呼吸がわずかに速くなる。捜査官が一人でいることの不自然さにも気づいていない。

「ここには何をしにきたの？　応えなければ尿検査してもらうことになるけど」

「どうしてですか」

反抗的な態度も、声が震えていた。

「ここね、麻薬取引で有名な場所でね、犯罪を未然に防ぐためにもご協力願えないかしら」

伏せられた視線。女の中で迷いと葛藤《かっとう》が交錯していた。

「誰を待っているの？　ずっと見ていたから」

「いえ、本当にわたしはなにも……」

「ベンチの下もトイレも、ヤツが麻薬を隠す場所なんだけど」

多少カマをかけたら、図星だったのか、女性の表情に諦《あきら》めが浮かんだ。

ビンゴ。ここが取引場所だ。

「ヤツについて情報を提供してくれたら、尿検査は考えておく」

彼女は浅い呼吸を繰り返した。

「とりあえずあなたはヤツをなんて呼んでた？」

彼女は十秒ほど逡巡《しゅんじゅん》すると、目を伏せたまま「たっくん」と小声で告げた。

「現金で？」

問うと、彼女はうなずいた。

「決められた場所にお金を入れると、隠し場所を教えてくれるのね」

「そうです。でも、信用している人には手渡しで」

「あなたは手渡しだったの？」

彼女は再びうなずく。

「たっくんのフルネームを言ってみて」

「……わからない。みんなたっくんて呼んでいたから」

「彼の特徴は？」

彼女が最初に告げたのは、ドレッドヘアだった。

ここで、記憶に引っかかるものがあった。適当に彼の容姿や性格、知り合った切っ掛けを聞いている間、警視庁の専用携帯端末で情報を探った。

そして、ヒットした。

甲斐達彦。特徴は、ドレッドヘア。

「連絡が取れないのね」

そう聞くと、彼女はまたうなずいた。

甲斐達彦は、麻薬の売人。櫻木凜奈もここでMDMAを買っていた可能性があった。そして、櫻木凜奈が死んだ直後に、殺害されていた。

「彼の名は甲斐達彦。ここでMDMAを売っていた。でも、もう二度とここには来ない」

彼女はうつむいたまま、二度、三度とうなずいた。

おそらく彼の死については知らない。今は逮捕されたと勘違いしているのだろう。

情報を見ると、甲斐の自宅はこの公園から徒歩数分程度の場所にあった。滝野川署の捜査本部は、いまだに板橋区大山金井町にある自宅と、出没していた池袋のクラブ、江古田《えごた》にある大学への動線を中心とした地域を重点的に捜査していて、彼の裏の仕事について、まだ摑んではいないようだった。

「身分証出して」

女は素直に従った。やはり、大学生だった。鴻上はすぐに学生証を返した。

甲斐とはクラブのパーティーで知り合い、そこでMDMAを譲り受け、ここで買うようになったという。

パーティーの主催者を聞くと、フェローと目されるイベント企画グループだった。

「あなた以外に、彼からクスリを買っていたのは？」

「たぶん十人くらい……」

ならばかなりの頻度で、この公園は利用されていたことになる。

「遊歩道を通ってくるのは、彼の指示?」

「そうです……。警察に見つからないからって」

「まだ引き返せる。強い心を持って自分と戦いなさい。もし自分に負けて、またクスリに手を出したら、容赦はしない」

住宅街の公園での取引。しかも空白領域で。甲斐は空白領域の意味を知らず、シェンウーの怒りを買ったのか。しかし、孟武雄の死期が近い中で、シェンウーも危険を冒してこんな小物を消す余裕はあるのか?

どうにも腑《ふ》に落ちなかった。


滝野川署の講堂に設置された捜査本部には十人近い捜査員がいくつかのシマを作って残っていた。酒が入った状態でうるさくはあったが、一応資料を中心に、捜査情報や方針について、検討はしているようだ。

「なんだお前」

入口に近いテーブルにいた中年男が誰何《すいか》してきた。見知った男。以前池袋署の刑事課にいた山《やま》中《なか》だ。向こうも気づいたようだ。

「鴻上か。組特がなんの用だ」

プロレスラーのような体格で、足を使った捜査が真骨頂の男。今は一課殺人班の主任をしている。

「情報提供です。ついさっきですが……」

鴻上は、池袋本町の公園で甲斐達彦とおぼしき人物が麻薬を密売していたこと、櫻木凛奈もその公園でMDMAを購入していた可能性があること、甲斐と顧客がフェロー系のイベントグループで取引の関係を結ぶことを伝えた。

静寂の質が変わっていくのを、鴻上は肌で感じた。

「甲斐のヤサから近いな」

スマホにマップを呼び出し、確認した捜査員が言った。

「一応、当該公園は空白領域の中です」

ざわつきが広がる。誰もがその意味を知っていた。

「この件については、わたしの班と池袋署の強行毒島班が合同で調べています」

「あの女優と、甲斐が繋がっている可能性があるのか？」

山中が聞いてきた。

「そう思ったので、できる限り早くお伝えしようとここに来た次第です」

「わかった。わざわざ済まないな。こっちも夜が明けたら確認する」

櫻木凛奈と甲斐が繋がれば、捜査方針はがらりと変わる。そして、『トライデント2』周辺に甲斐の影が見当たらなければ、櫻木凛奈が死ぬ直前に、別の誰かがMDMAを届けたことになる。

「協力できることがあると思います。情報を共有させて下さい」

鴻上は告げると、滝野川署を後にした。

4　同日　――三砂瑛太

都電雑司ヶ谷停留所に近いパーキングに車を入れると、金城とともに降り立った。

三砂も金城も電気設備会社の作業衣を着て、キャップを目深に被《かぶ》っていた。

「街全体にでっかいクーラーとか取り付けられないのか」

ダミーのクリップボードを手にした金城が、恨めしそうに空を見上げる。今日も殺人的な陽光が降り注ぎ、都電の線路から陽炎《かげろう》が立ち上っていた。

「君が偉くなったら実行すればいい」

「よし、公約にしよ」

二人は雑司ケ谷霊園に沿って歩き始める。道沿いの茂った梢《こずえ》が路面に落とす影が、色濃かった。道路の北側には築数十年の古い住宅とアパート、マンションが混在し、南側に墓地が広がる一帯だった。

「明日出てきてもいいようにしとけよ」

金城は釘《くぎ》を刺してきた。黄皓然出所の正確な日時は、いまだ確認中だ。

――しばらく日本で稼いでから帰る。

収監されている府中《ふちゅう》刑務所からは、黄のそんな言動が伝わってきているという。

「日本で稼ぐっつうのは、損失分を取り返すまで帰ってくるなと上から言われてんだ、きっと」

三砂も妥当な解釈だと思った。「だけど、黄にまともな仕事の経験はねえし緑水幇《ルウシユイバン》も日本に確固たる地盤を築いちゃいねえ。となると、できることはクスリの卸ししかねえよな。日本に運び込むルートが壊れたわけじゃねーしな」

そう、失われたのは大消費地のひとつ、池袋における販路だけだ。

だが、その販路を再構築できる組織がある。

久和組だ。

突如姿を見せた元久和組の豊中。黄皓然の出所。

全てが符合していた。

豊中の廃業は、偽装。裏で黄皓然＝緑水幇との関係を構築、空白領域浸食の態勢を整えている。

そして、そんな行動を起こすには、何らかの成算があるはずだ。それが、シェンウーの内紛＝跡目争いの混乱だ。

一度、久和組の幹部と会う必要があった。無論その時は記者として。

「んで、あれがパークサイド雑司ヶ谷」

金城が立ち止まり、視線で方向を示した。

道路に面した木造住宅の奥に、白い三階建てのマンションが見えた。各階三部屋。規模の割に部屋数が少ない。ファミリー向けのようだ。「パークサイドっつうより、墓場サイドだ」

豊中明夫の居所を見つけ出したのは、金城だ。

「部屋は二階の一番右、二〇三な。側面の窓の下に隣家の車庫。材質は強化プラスチックで、すぐに路地に降りることができて、そこから墓場に一直線に逃げ込める」

非常時対応も考えてあるようだ。「二階の三部屋は城北総業という運送屋が社宅として押さえているが、聞いたことねえ。もうやべえ予感しかしねえよな」

豊中明夫はかつて久和組のドラッグビジネスを仕切っていた。

そして五年前の一斉摘発のあと、空白地に新たな販売ルートを構築するはずだった。

しかし、卸側の人間が立て続けに三人死に、豊中は廃業した。

「方向性は見えてきたな」

黄皓然を殺せば、構成員数千人の緑水幇と戦争になる。

豊中は、名目上廃業。久和も大義名分を振りかざすことができない。

ならば標的は、豊中明夫一人だ。

豊中と黄皓然が組み、仕事を始めたら、鄭や高岡が個人的にどう思おうと、シェンウーは組織の体面として動かざるを得ない。

孟会長の命がいつ尽きるかわからない今、それは防がなければならない。

豊中を殺せば、少なくともビジネス自体が停滞する。

「今回はお得意の自殺でございはまず無理なんだな」

三砂の内心を読んだのか、金城が先回りした。

「わかってるさ」

外敵の襲撃を計算して物件を選んだとしたら、障害物が多く防犯カメラの心配がない広大な霊園は、有効な逃走路となる。だがそれは同時に襲う側の進入路にもなるということだ。密集した住宅も〝空中〟からの侵入、そして逃走に使える。

「二階を全部豊中が押さえてんなら、黄を引き取るのか、事務所代わりにすんのか」

金城が二階に視線を向け、小声で言った。妥当なところだ。

「出所するとして、黄を迎えに行くのは？」

「遼寧省の同郷会を使うと思うな」

連絡互助会で反社ではないという。「合流前になんとかしたいねぇ」

その後、三砂と金城は墓地周辺を歩き、一帯の3Dマップを頭に叩き込んだ。

遮蔽物《しゃへい》、障害物、住宅からの距離、音の伝わり方を入念に確認した。

全てを終え、帰途につこうとした午後四時、辻先からメッセージが入った。

《二十日　午前五時　府中》

黄皓然の出所時間だった。

「明日やん！」

同時に受信した金城が嬉《うれ》しそうに声を上げた。「てことは今晩やったほうがややこしくなくていいな」

急ではあったが、仕方がなかった。

ヘッドライトが足もとを舐《な》めてゆく。

三砂は一度帰宅して着替えると、夜から雑司が谷周辺に戻り、首都高速五号線の橋脚に寄りかかりながら、豊中を待っていた。

金城が提供した画像で豊中の顔は記憶したが、体格と動きのクセ、歩く姿から運動神経を推定しておかなければならなかった。

一時間ほど待つと、高架下にある地下鉄の出入り口から男が出てきた。

豊中だった。

身長は一七五センチ前後、体形から体重は八〇キロ前後だろう。足取りはしっかりとし、痛みをかばうような癖はない。四十九歳にしては体も引き締まり、周囲への警戒も怠っていなかった。

『書類上のヤサは錦糸町のワンルーム。不動産屋によると、契約は去年九月。保証人は父親。株転がしで食ってるということだが、それは自称だな。家賃滞納は一度もなし。それ以前のヤサについては、情報を持っていなかった』

金城がもたらした、豊中の現状だ。

巨大な高架の影を利用し、距離を保ちながらゆっくりと追った。

『ドレッド君殺したの、黄を迎える前の掃除かもしれないな』

別れ際、金城は言っていた。池袋で大仕事を画策しているのなら、機密の漏洩《ろうえい》は命取りになる。

『それって、君が甲斐君をさらったのばれてるってことじゃ?』

『そんならそれで、血湧《わ》き肉躍るんだけど』

豊中が路地に入った。三秒は『パークサイド雑司ヶ谷』が見える暗がりに身を移し、待った。

数十秒後、豊中が外階段を上り、二〇三号室に入るのを確認した。

5　七月二十日　土曜未明　――三砂瑛太

二時間待ち、行動を起こした。

屋根と屋上伝いに住宅密集地帯を移動し、標的マンションのベランダに降り立った。

衝撃吸収素材と特殊なゴムをソールに使った特注のスニーカーが、足音を殺した。

薄いスキーマスクと上下黒のジャージ。ジャージには毛玉防止のスプレーで、微細な繊維を落ちにくくしてあった。

周囲に人目はないようだ。マンション自体に下準備は行っていないが、日中に防犯カメラの位置、セキュリティの強度はある程度把握してあった。

二階で明かりが点《とも》っているのは、二〇三号室だけだった。だが、カーテンが閉じられ、中の様子はうかがえない。

三砂は壁に張り付くとキッチン、リビングと順に、サッシ窓に小型の集音器を当ててゆく。キッチン、バスルームは無音だったが、リビングからはテレビの音がかすかに聞こえた。人が動くような気配は感じなかった。眠っているのか、無人なのか。

ここからはスピードと手際だった。先端が尖《とが》ったタングステン鋼の指輪で、クレセント錠付近のガラスを割って、素早く鍵を開け、室内に侵入した。

深夜バラエティーを映し出している四〇インチテレビ。

ソファとテーブルのセット。置かれたノートパソコン。人の背丈ほどもあるＤＶＤラックには、びっしりとアニメのＤＶＤが並んでいた。

完全に黄皓然を迎える態勢だ。

そして、ソファに身を埋めるように豊中明夫が眠り込んでいた。

スピーカーから漏れる、お笑い芸人の声。

三砂はジャージの内ポケットから拳銃を抜いた。古びた小型のリボルバー。

豊中が低い呻《うめ》きを上げ、寝返りを打った。

三砂は銃口を上げ、引鉄《ひきがね》に指を掛けた——瞬間に背後に気配を感じた。振り向く前に首ねっこを摑まれ、右肩を極《き》められ床に組み伏せられた。

「お前が送死人？」

頭上で男の声。パニックになりかけ身を捩《よじ》ると、膝で後頭部を押さえつけられた。

横目で見ると、ＤＶＤラックの位置が少しずれていた。後ろに潜んでいたようだ。

「捕まえたか！」

豊中が起き上がり、三砂の右手を踏みつけ、拳銃をもぎ取った。

待ち伏せか——

「ね、来たでしょ、豊中さん」

肩と腕を極められたまま、仰向《あおむ》けにされた。「カムイさんの作戦は完璧《かんぺき》だね」

ＬＥＤ蛍光灯の下で逆光になっている男の顔。記憶の中にあるような気がした。

第五章　熱帯夜

1　七月二十日　土曜未明　――鴻上綾

分駐所の無線が一一〇番の入電を告げた。

通行人の男が暴行を受け昏倒《こんとう》。被害者は六十代。意識なし。目撃者によると、犯人は四人組の若い男――長イスに横になっていた鴻上は、起き上がって時計を見た。午前〇時を過ぎていた。

点《つ》きっぱなしの蛍光灯。デスクには書きかけの報告書。冷房は切れていて、上半身がひどく汗ばんでいた。残っているのは鴻上一人だった。

一応と思い、現場近くの協力者に被害者を特定できるかとメッセージを送った。元留学生で一時シェンウーで下働きをしていたが、傷害での逮捕を機に脱退。今は漢方薬店の副店長をしている男だ。

一分後に《少し待ってて》と返信があり、さらに五分が経《た》った。

《怪我《けが》したの楊文勇《ようぶんゆう》さん。頭からすごく血が出てた》

シェンウー規律委員会の池袋新華僑《しんかきょう》の代表だ。

鴻上はロッカーを解錠して、ショルダーホルスターごと拳銃《けんじゅう》を取りだし、上半身に装着、その上にジャケットを羽織り、髪は手櫛《てぐし》で適当に直した。

送死人の仕事にしては派手すぎるが――

鴻上は分駐所を出ると、歩いて一分ほどの雑居ビルの前に立った。コンクリート打ちっ放しの無骨な四階建て。エントランス前で、二〇一号のボタンを押した。

しばらくして、『どちらさんすか』と威圧的な声が返ってきた。

「組特の鴻上だ。高岡氏はいるか」

ボッと通話を切るノイズが響いたきり、反応がなくなった。

鴻上はもう一度ボタンを押し、「報復の準備をしているのか?」と大きめの声で言った。反応はなかった。鴻上は「鄭との戦争の準備してるかどうか確認したいんだけど」とさらに大きな声で言った。

自動ドアが静かに開いた。階段で二階に上ると、二〇一号室の分厚いドアが開いて、男が立っていた。

高岡の側近、東方清彦《ひがしかたきよひこ》だった。

「夜中に大声あげちゃ、ご近所さんに迷惑でしょ」

東方は小柄だが高岡同様、体には分厚い筋肉の鎧《よろい》をまとっていた。黒いシャツの上に夏にしては厚手のジャケット。左胸の辺りには、不自然な膨らみ。事務所でおとなしく留守番という格好ではない。

「楊文勇が襲われたけど」

「だからなんですか」

「ちょっとのぞかせて」

鴻上は東方を押しのけようとしたが、東方は動かず、鴻上の体を跳ね返した。

「令状《フダ》は」

「ただの挨拶《あいさつ》。一人で来てるのわかってるでしょ。触ったら暴行扱いにする」

東方は鴻上が示した線引きを理解した。

鴻上は東方の脇《わき》を抜け、事務所に入った。東方のほか若者が三人。泰然とした東方とは違い、若者は物々しい雰囲気を発散していた。

「楊さんをやったのは？」

「それ探すの、あんたらの仕事でしょう」

東方がことさら呆《あき》れたような口調で応《こた》えた。

「複数？　何人？」

「四人と聞いてる」

協力者の情報と同じだ。

「プロ？」

「さあな」

「高岡氏は？」

「病院に急行中」

「楊さんの容態は？」

「まだなにも」

楊文勇。表向きは華文書店と日本語教室を経営している実業家だが、中国人民解放軍とコネがあり、武器密輸の仕切り役と目されていた。立場は高岡に理解的。その楊が死ねば、高岡グループの武器調達が滞ることになる。

「それより田尾の件、どうなったんすかね」

田尾旭《あきら》。ガス爆発で吹き飛ばされ、重傷を負った鄭グループの若者だ。

「事故だって報告を受けてる。だいぶおっちょこちょいだったみたいじゃない、田尾君」

池袋署と本部組対はそれを落とし所にしていた。様子見と不拡大を優先したようだ。だが、事務所詰めの若者を見れば、幹部はともかく、末端が暴発しそうなのは明白だ。

「自重すべきね、今は」

「意味がわからないな」

東方は嘲笑《ちょうしょう》気味に返してきた。

「鄭にも釘《くぎ》を刺す。動けば潰《つぶ》す」

鴻上は告げ、ビルを出ると、物陰から直接高岡に電話した。

すぐに出た。

『手短に』

それが第一声だった。

「どこ?」

『病院に向かってる』

「鄭も来る？」

『知らんな』

一方的に切れた。高岡は理性的だが、必要と判断すれば、苛烈《かれつ》な報復が為《な》されるのは、これまでの抗争を見れば明らかだ。

次に鄭正興の携帯に電話した。コールが続くだけで、留守電にもならなかった。その間、続々と高岡配下の構成員たちが事務所ビルに集まってきた。

高岡グループが即応態勢に入ったことを確認し、鴻上は徒歩で現場に向かった。

楊文勇が襲撃されたのは、池袋二丁目四番の風俗店と飲食店が並ぶ狭い路地だった。付近の路上は赤色灯を振り回す警察車輛《しやりよう》の群れに占拠されていた。鑑識が到着し、準備にかかっている。だが、主力となる刑事課捜査員の姿は少なかった。近くで見知った池袋署員を見つけ、声をかけた。生安の女性捜査員だ。当直で駆り出されたのだろう。

「やったのは？」

「学生風の四人組……だそうです」

目撃情報によると、お互い酒が入った様子で、肩がぶつかっただの、些細《ささい》なことが原因の喧嘩《けんか》だったという。一人が倒れたあとは、四人は散り散りに逃げ去った。

「被害者は誰《だれ》？」

「調べています」

被害者の人定はまだのようだ。毒島に連絡を入れた。

「二丁目の暴行事件、被害者は楊文勇。シェンウーの幹部です」

『そうか、関係部署に伝える』

「毒島さんはどこに」

『五、六人連れて現場に向かうところだが、高岡か鄭のところに行ったほうがいいな』

状況が切迫してきた以上、毒島はもう櫻木凜奈の捜査には戻れないだろう。滝野川署の捜査本部を巻き込んでおいて正解だった。すでに鍵山が先方の管理官と話し合い、今は滝野川署捜査本部の人員が、『トライデント2』周辺の防犯カメラを当たり、甲斐達彦の影を追っていた。

「わたしは鄭の様子を見てきます」

電話を切ると、「鴻上さん、こんばんは」と背後から声をかけられた。振り返るとジャージに前掛け姿の男が力ない愛想笑いを浮かべ、立っていた。漢方薬店の王啓在《おうけいざい》だった。

「襲撃した連中はわかった？」

「誰も顔を知りませんでした」

王は申し訳なさそうに応えた。

「日本人？」

「違うと思います」

そこは即答。襲撃用に連れてこられた外国人か——

「ありがとう。今度また店に寄る」

鴻上は現場を迂回《うかい》し、まだ営業中の北斗苑に乗り込んだ。

店員の声を無視し、階段を駆け上った。一番奥の個室前に鄭グループの若者が二人、立っていた。

「なんだ女」

一人が立ち塞《ふさ》がるように前に出てきた。

「組特鴻上だ！　鄭はいるか」

「いない！」

伸びてきた手を払う。「触るな、逮捕するぞ！」

「やってみろ！」

男が懐《ふところ》に手を入れ、鴻上もジャケットの前を開け、ホルスターに手を伸ばした。

「やめろ、通してやれ！　その女は本当に撃つぞ」

中から鄭の声が響いてきた。鴻上はジャケットの前を合わせ、焼肉屋の個室にしては分厚くて重い扉を開けた。

鄭と中堅構成員が二人。テーブルに並んだ十台近いスマホ。急造司令部の様相だが、常田和将の姿がなかった。鄭の裏仕事を一手にオペレートする、側近中の側近が。

「なんだい、嬢ちゃん」

鄭はイスに身を預け、リラックスした様子だ。「そんなに汗かいて」

「常田の姿が見えないけど」

「文勇さんのところですよ」

視線で探り合う。だが鄭も海千山千の男。容易に内面を探らせはしない。「警察も早く非道な犯人を捕まえてくださいよ」

常田が単純な襲撃に構成員を使うことはない。不良留学生か、観光を装って入国してきたヒットマンか。それも飛ばし携帯を使い、間に何人も経由し、警察がその糸をたぐり寄せきる前に、実行犯は出国する。

「あなたは病院に行かないの？」

「容態を見るなら、常田で十分だ」

「高岡の待ち伏せを警戒しているとか？」

「馬鹿《ばか》か、お前」

「実行犯に心当たりは？」

「ないな」

階下で怒号が乱れ飛び、粗暴な足音の群れが上ってきて、ドアが開いた。先頭は池袋署暴対主任の野元《のもと》だった。

「なにしてる鴻上！」

銅鑼声《どらごえ》。短髪に角張った顔。金のネックレスに金のブレスレット。ヤクザよりヤクザらしい、昭和の遺物のような刑事だ。「部外者は出てけ！」

毒島が早速連絡を回したのだろう、時間稼ぎも長引かずに済んだ。単細胞の対ヤクザ馬鹿一代男は、ある意味一番信用できた。

鴻上は黙って個室を出た。人員は主任を合わせて五人。追ってもっと集まるだろう。機捜も散った実行犯を追っているはずだ。

これで応急措置は出来た。

そこに新たなメッセージが届いた。

2　同日未明　――三砂瑛太

男に顔を踏みつけられた。視界の端に、自分に向けられた銃口が見えた。

「本当にこいつが送死人なのか、ずいぶん昔からいたろう」

豊中が顔をのぞき込みながら、マスクに手をかけた。

「二代目って聞いてますけど」

男が応える。「あ、マスク取らないでもらえます？　脳味噌《のうみそ》が飛び散ると、掃除が大変です。敷金戻んないかもです」

心美の顔が浮かんだ。辻先の顔が浮かんだ。

いつか天罰を受けると覚悟していたが、呆気《あっけ》ないものだ――三砂は抵抗を諦《あきら》めた。

が、男と豊中の注意が三砂から窓へと流れた。同時に乾いた銃声とガラスが砕ける音が鼓膜を叩《たた》いた。細かなガラス片が顔に降りかかる。

「ジゲンダイスケ参上！」

金城の甲高い声が響き、三砂を押さえつける力がわずかに緩んだ。三砂は全力で男の足を払うと、そのまま床を転がった。頭上で銃声が交錯した。呻《うめ》き声とともに豊中が肩を押さえ、床に倒れた。体勢を崩した男は、転がるようにキッチンへと退避した。

「やっぱ君は不器用だね」

肩を摑《つか》まれ、上体を起こされた。銃は部屋の隅に落ちていたが、拾う時間はなさそうだ。

「ではとんずら!」

金城が一足先にベランダから路上へとダイブした。三砂も銃を諦め、ベランダに出ると、庇《ひさし》に手をかけ、懸垂のように身を持ち上げて屋上へ登った。

金城はすでに奇声をあげながら路地を走り抜けていた。

しかし——豊中らは明らかに送死人の襲撃を予測していた。ならば、備えは彼らだけではないと考えたほうがいい。

三砂は、屋根伝いに金城とは反対方向に移動し、幅一メートルに満たない路地に降り立つと、車道に出た。案の定、周囲に物騒な気配が湧《わ》き出ていた。

送死人が何者かわかった上で、準備していたわけだ。

眼前に広がるのは、高い生け垣に囲まれた広大な雑司ケ谷霊園。三砂はその中央部を貫く『いちょう通り』に入ると、霊園の敷地に身を溶け込ませた。

闇《やみ》の中に広がる黒い墓石の海と木々の稜線《りょうせん》。さらにその外側を囲む、高層マンションの巨大な影と、点《とも》されている光。身を隠すには十分な状況だったが、本能は一息つくことを拒否していた。

二メートル先の墓石で火花が爆《は》ぜ、視界の端で人影が動いた。身を低くして墓石の間を縫った。闇のあちこちで、着弾の火花。発砲音が小さく、サプレッサー装着の拳銃のようだ。

目を凝らし集中すると、突然背後に強い殺気が湧いた。不意打ちは横の動きで対処——教えられた通り横に飛んだ。風切り音の直後に金属音がして、自分がいた石畳に幅広の刃が降ってきて、金属音とともに火花が散った。

青竜刀《せいりゅうとう》だった。その柄《つか》を握る大柄な影。黒く塗りつぶされた顔面にぎらついた目だけが浮いていた。体型から足は速くないだろう。三砂は墓石の間を駆け抜けつつポケットから掌《てのひら》に収まるサイズの小型の六角レンチを取り出すと、再びいちょう通りに出て、全力で走った。

道の両サイドに、墓の区分けを示す小さな看板が、等間隔に並んでいた。『1種8号××側』という目印の看板が見えてきた。そのすぐ脇に側溝の小さな蓋《ふた》があった。三砂は身をかがめると、六角レンチで格子状の鉄蓋を開け、中に隠しておいた予備の武器＝大型のバールを取りだし、肩掛けのケースに収めた。これで両手がフリーになる。

青竜刀の男が接近しつつあった。案外足が速い。それ以外に包囲するように動く気配が幾つか。最低一人は無力化しないと逃げ切れない。その前に、包囲の陣形を崩す機動が必要——三砂は再び、墓地の闇に身を投じる。

待ち伏せた連中はこちらが雑司ケ谷霊園を逃走路に使うことを読んでいた。ならば、園内で仕留める算段も組んでいるはずだ。

サプレッサー付の拳銃も、刃物も、音を立てないための準備だが、金城が派手に銃声と奇声を上げたことで、それを無意味化した。

状況は有利。あとは時間を稼げばいい。

今回の目的は豊中の密殺ではなく、派手に騒ぎを起こし、負傷させることだった。

銃声をあげ、近隣住民に通報させ、警察が来る前に逃げる。そうすれば動けなくなった豊中が発見、収容され、警察の捜査が進む。当然、久和組筋、フェロー筋の動きも掣肘《せいちゅう》を受けることになり、豊中が企《たくら》むドラッグビジネスを頓挫《とんざ》、或《ある》いは停滞させられる。

金城の突入も、三砂の救出がそのまま目的の達成に繋《つな》がると計算した上のことだ。

しかし、彼らの備えは三砂の予測を上回っていた。

いちょう通りの奥に小さな光点がひとつ現れると、音もなく急速に近づいてきた。自転車にしては速すぎた。

直後、光点が眼前を走り抜ける。１２５ccクラスのバイク。鼓膜を揺らしたのは、モーターのような駆動音だけ。電動バイクだ。

バイクは後輪を滑らせてターンすると、再び向かってきた。淡い街灯に照らされたライダーは、豊中の部屋にいた男だった。ノーヘルで、口許《くちもと》には笑み。

三砂のすぐそばで誰かが声を上げた。それが合図かのようにバイクが急加速、銃口がこちらを向き、通り抜けざまに小さな発砲炎が瞬いた。

墓石の陰に身を隠すと同時に、着弾の火花に囲まれる。声の位置とバイクの進行方向を考え、その中間点に向かって突き進んだ――が側方から不意に迫る気配を察知する。青竜刀を振り上げた男。咄嗟《とっさ》に方向を変えた――途端に前方から別の気配が湧き、闇からナイフが突き出される。横に飛んだが、その切っ先が腰骨をかすった。

憎らしいほど呼吸が合った連携だ。通りに出ればバイク、戻れば青竜刀。ここは強行突破の局面だった。

身構えると、ナイフ男が墓石を蹴《け》って強引に方向転換し、身を低くして迫る。三砂は体勢を崩しながらもバールを抜き、ナイフ男の手の甲に打ち付けた。骨を砕く感触があったが、そのままタックルを受け、もつれ合ったまま地面に叩《たた》きつけられた。側頭部に衝撃。一瞬意識が飛びかけたところに、背後から首に腕が巻き付いてきた。

「不要开枪《すなよ》！」

青竜刀男が北京語を発しながら迫る。三砂は背後の男の顔面を狙《ねら》い、後頭部を打ち付けた。鼻を折った感触。男がわずかに怯《ひる》んだ隙《すき》に、バールを握り直すと、肩越しに尻《しり》側の平刃を背後の顔をめがけて突いた。手応《てごた》え。呻き声とともに腕が緩んだ。二撃、三撃を打ち込み、男から離れ、すぐさま半身になった。青竜刀が頭上にあった。

左右、後方どこに飛んでも射程内だった。ならば――躊躇《ちゅうちょ》せず青竜刀男の足もとに頭から跳び、前方回転受け身をとりながら平刃の部分を上に突き上げた。

気色悪い手応えとともに、不協和音が折り重なった悲鳴。同時に青竜刀男が股間を押さえて地面に転がった。振り返ると、ナイフ男も左目を押さえてのたうち回っていた。

バイクが急速に近づいてきた。通りから、墓地の通路に入ってきたようだ。三砂は自分の血がついたナイフを拾い、墓石を越えながら、一直線に北へ向かった。

こめかみが痛んだ。腰が痛んだ。だがパニックになっていない自分を確認した。

ヘッドライトが、何度か進行方向を舐《な》めた。振り返る。バイクは墓石と墓石の間をターンしながら接近してきた。通路は石畳で、碁盤の目状に整備されていて、バイクの走行にはさほど障害となっていないようだ。

モーター音と、タイヤが石畳を激しく擦《こす》る音が間近になり、近くの墓石の間にダイブすると、○コンマ数秒前にいた空間に着弾の火花が散り、バイクが走り抜けた。一瞬見えたタイヤは、オフロード用のブロックタイヤだった。

後輪を派手に滑らせてターンしたバイクは、再び三砂に向かってきた。

自分の勘を信じて、とりあえず逃げた。

男は巧みなバランス感覚でバイクを操り、的確な読みで三砂の進行方向を塞ぎ、思った方向へ進めない。

進退窮まり焦る――いや、焦った演技をする。そこに墓石を乗り越える際に、バランスを崩す演技も加え、通路に膝《ひざ》を突いた。正面から眩《まばゆ》いライトが急速接近する。

不安定の状態から放たれる銃弾など、当たりはしない。フィリピンでの経験が、三砂をより冷静にさせた。

体を左右に揺らし、集中しながらバイクを待った。時の流れが鈍化し、音が消えた。

五メートル、四メートル。光の中に、銃口が見えた、瞬間、横に飛んだ。同時にバールを横に突き出し、手を放した。

スローモーションのようにバールが前輪に吸い込まれていく。直後、激しい金属音が響き、前輪が強制的に回転を止められ、バイクは猛牛のように尻を跳ね上げると、前方に回転しながら墓石をなぎ倒し、動きを止めた。

男はどうなった――墓石の陰から顔を出したところ、横合いから膝が飛んできた。咄嗟に避《よ》けたが、小さなマズルフラッシュとともに、着弾音が追ってきた。

直前でこちらの意図を見抜き、バイクから飛び降りたようだ。

三砂は墓石より低い姿勢で、目的の脱出路へ向かう。その間にも容赦なく銃弾が降り注ぐ。リロードもスムーズで、確実に距離も詰められる。そして、レイジーヴォルト＝墓石に手を突いて飛び越えている時に、ついに銃弾が肩口をかすった。

受け身を取りながら地面を転がる。身を起こすと同時に横に飛ぶ、数十センチの場所に着弾。そこで男は銃を捨てた。撃ち尽くしたのだ。

三砂の得物は拾ったナイフだけ。最も嫌悪する武器だが、どうやら使う以外選択肢はなさそうだ――低い姿勢で左足を蹴り、ナイフを右手に男に向かった。

一気に詰まる距離。目を狙ったつま先を顔をスライドさせて避け、拳《こぶし》の打ち下ろしを右肘《ひじ》で受け、跳ね返すと、そのまま右手を横に一閃した。手応えはあったが、衣服を切ったに過ぎない。

男はバックステップして距離を取ろうとしたが、それは三砂の読み通りだった。三砂はタイミングを合わせて左足を蹴り、男が着地した瞬間に、右肩を前に出し、最長のリーチで刃先を男に突き出した。男は半身を捻《ひね》ってかわそうとしたが、刃先のほうが速かった。手応えはあった。しかし、肉を切る感触はなかった。

男はさらに後方に跳んだが、中途半端だ。三砂はタックルで男を仰《あおむ》向けにテイクダウンさせた。しかし、素早くナイフを持つ右手を押さえられ、膠着《こうちゃく》状態になった。改めて思い出す。ナイフ以上に、近接格闘技は苦手な分野だと。

案の定、左右の揺さぶりに対応できず、下からの頭突きが側頭部に入った。三砂はいったん男から離れた。男も後方に跳び、立ち上がると、片膝を突いた三砂を見下ろした。

ここでようやくサイレンの音が響いてきた。

男はかすかに笑みを浮かべ静かに後退《あとじさ》ると、闇の奥へと溶け込んだ。いい状況判断だ。そして、男は徹頭徹尾落ち着いていた。

三砂も呼吸を整える間もなく園内を西へと突っ切り、塀と自動販売機を利用し、霊園の北西端にある管理事務所の屋根に上った。

給水タンクの陰に隠しておいたリュックを開け、ミニライトを取りだして点した。ジャージの肩と腰の部分が裂け、血でぐっしょりと濡《ぬ》れていたが、地面に滴るほどではなかった。肩はかすり傷。腰は縫合は必要だろうが、深くはない。リュックからタオルを取りだして傷口にあてがい、ガムテープで固定した。

霊園のいちょう通りに赤色灯が侵入してきた。三砂は覆面を取り、上着を替え、全《すべ》てをリュックに突っ込んで背負うと、通り側に降り立った。人通りの有無を確認し、生け垣の内側に隠しておいた自転車を引きずり出すと、都電荒川線と併走する道路に出て、目白方面へ一気に坂を下った。

待ち伏せと追っ手の組織立った動きから、正体を知られたのかと思ったが、豊中の言動は送死人の実在、顔ともに知らないようだった。

そして、豊中とともに部屋で待ち伏せ、バイクで追い込んできた男——三砂はその顔をかつてどこかで目にしていた。

櫻木凜奈、黄皓然、阿久根の顔、池袋の裏路地の光景が浮かんでは消えた。

次に浮かんできたのは、宗田恭介《そうだきようすけ》。

五年前の記憶だ。櫻木凜奈のMDMAの入手ルートを追う中で見つけた売人。当時二十三歳だった。

いくつかのクラブイベントで、MDMAで女を釣っている男がいるという噂《うわさ》を追い、顔見知りのキャッチが、金と引き換えに宗田という名前を教えてくれた。

だが、あの男は宗田ではない。宗田に連なるどこかで、あの男に会ったのだ。

宗田は、女優やアイドルと性的関係を持ったことを吹聴していた。

——櫻木凜奈とやったんだって。

彼を知る取材対象の一人が言っていた。

——そんなの嘘《うそ》に決まっているんだけど、嘘でも彼女を穢《けが》すのはふざけてる。

その取材対象者は、眼球が泳いでいた。声も裏返り気味だった。理性を総動員し、怒りを抑え込んでいるような印象だった。

そして、重要な情報をもたらした。

宗田の行動範囲は池袋一丁目と二丁目。ＭＤＭＡの受け渡し方法は、コインロッカーだった。街頭、サウナ、銭湯、スポーツジムなどあらゆる場所のコインロッカーが使われた。現金と交換で、鍵を渡す手法だった。

宗田の顔、姿、鍵の受け渡しを写真に収めた時点で、須賀に相談した。

そこで紹介されたのが、阿久根だった。

阿久根は警察との連携を提案した。ただし、優先的に情報を流す条件を警察に呑《の》ませた上で。

三砂は阿久根とともに池袋署を訪れ、写真を提示した。条件は受け入れられた。

そして、宗田の内偵捜査が始まった。阿久根を通じ、情報が入ってきた。

宗田がＭＤＭＡを仕入れている相手が、西池袋にあるサウナの従業員であることが判明した。その男がシェンウーの関係人であること。

警察は従業員の行確も開始。その従業員の立ち寄り先の一つが、池袋三丁目の『第二イケガミビル』だった。

従業員は〝配達人〟の一人だった。宗田はその従業員からＭＤＭＡを購入、周囲に売りさばいていた。

そんな中、宗田が何者かに襲撃され、重傷を負った。襲撃者は宗田を張っていた捜査員によって逮捕された。

それが、周郷治。

『原因は櫻木凜奈だな』

宗田襲撃を知った阿久根は言った。『周は櫻木のお守りに失敗したんだ』

櫻木はシェンウー幹部の情婦だった。噂としては語られていたが、三砂自身は信憑性《しんぴょうせい》を疑っていた。だが、事実だったようだ。その幹部がいない時は、周が櫻木の相手をしていたという。櫻木凜奈を自由に遊ばせすぎた結果、宗田と関係を持ち、再びＭＤＭＡを常用させた。しかもシェンウー系のＭＤＭＡ。それで、周は幹部の怒りを買ったと。

『櫻木凜奈とやったんだって』

流れてゆく記憶の中、再び脳内でリフレインした。そして、完全に思い出した。あの冷静さ、冷徹さとのギャップがありすぐには気づけなかったが、豊中とともに三砂を待ち伏せ、バイクで追い詰めた男は、そう証言した宗田の知人だった。

3　同日未明　――鴻上綾

広いリビングに死体。ベランダ側の窓ガラスが割れ、破片の飛び散り方で、ベランダから発砲されたことがわかる。

飛び散った脳漿《のうしょう》と頭蓋骨《ずがいこつ》の破片に、多くの捜査員が口許を押さえていた。

「被害者は豊中明夫。久和組の元幹部」

顔を確認した鴻上は、現場の目白署捜査員に告げた。撃たれたのは肩と頭。頭には二発撃ち込まれていた。射入口の位置と角度から、肩を撃たれ倒れたところを、ヘッドショットで止《とど》めを刺されたというところか。

テーブル下の床に、拳銃が落ちていた。ルガーのリボルバーだ。確かめると、シリンダーには銃弾が装塡《そうてん》されたままで、一発も撃たれていなかった。

鴻上は部屋を出ると、通路で鍵山に電話を入れ、豊中が死んだことを告げた。

「わたしが確認しました」

雑司が谷の発砲を知らせてきたのは、鍵山だった。鴻上は北斗苑からその足で、この現場を踏んだのだ。

『捜一が出てくる』

鍵山はうんざりしたように言った。傍若無人の捜査馬鹿集団。組対の捜査に横やりを入れてくるだろう。捜査本部が設置されれば、そこで主導権の奪い合いが始まる。優秀な連中ではあるが、うざさもこの上ない。

「それで、楊文勇のほうはどうなっていますか」

『容態は安定した。死にはしない』

襲った連中はまだ見つかっていないという。『鄭と高岡のグループに動きはない』

「高岡は」

『病院にいる』

捜査員が張り付いているという。

「常田和将もいますか」

『楊文勇の容態を確認したあと、すぐに病院を後にした』

「行方は」

『まだ摑《つか》めていない。全力で探している』

電話を切った。眼下の路地では機捜の連中が目撃者を探していた。階段を下りると、一〇一号室の玄関ドアがわずかに開いていた。捜査員が、話を聞いているのだ。

――屋根伝いに、人が……。

そんな言葉が、漏れ聞こえてきた。

鴻上はドアを開けた。三十くらいの男と、奥の部屋にパジャマ姿の女性。話を聞いていた捜査員に、組特鴻上と告げ、応対に出ていた男に向き直る。

「屋根伝いに逃げたのね？」

突然の闖入者《ちんにゅうしゃ》に男は目を白黒させたが、「ええ」と応えた。

「どんな感じに？」

「ものすごく器用に迷いなくというか……バットマンとかスパイダーマンみたいに」

「体格や人相は？」

「突然のことだったし、よくわからなくて」

男は銃声のような音に気づいて、小さな裏庭に出ると路地に飛び降りる人影と、そのすぐあとにマンションの屋上や住宅に飛び移りながら逃げる人影を見たという。

「飛び降りた人は、屋根の男を追いかけていたの?」

「いや、別々の方向に逃げていきました」

「ありがとう。邪魔して申し訳ない」

鴻上は男と捜査員に声をかけ、マンションの敷地から出た。

片方はおそらく送死人だ。ならば、豊中の抹殺を企図していたのだ。

五年前、久和組に違法薬物を卸していた組織の人間が、立て続けに死んだ。結果、空白領域は手つかずのままになった。

そして、廃業し姿を消していた豊中の再登場と、再登場直後の死。

これは久和組の空白領域再侵攻を頓挫《とんざ》させるための殺しなのか――

『雑司が谷一丁目付近。霊園の中で、懐中電灯かバイクのライトのような光が右往左往して、人が争うような声が聞こえたとの通報』

車輛から、無線の交信が聞こえてきた。

計画的襲撃なら、雑司ケ谷霊園を侵入と逃走に使うのは理にかなっている。送死人でもそうするだろう。しかし、争うような声?

「組特の鴻上だ。その通報は何分前?」

車輛脇で無線を手にしている捜査員に聞く。

「十分ほど前だと……」

「誰か確かめに行った?」

「ここの騒ぎと同一かもしれないので、その確認が……」

「わたしが行く。一人でいい、誰かついてきて」

ハンディライトを借り、走った。雑司が谷一丁目付近なら、いちょう通りが最短距離だった。十メートルほど遅れて、制服の警官が追いすがってきた。左右にライトを向け、目を凝らす。百メートルほど進むと、ライトの光になにかが反射した。通りから十メートルほど外れた霊園敷地内に、男の足のようなものが見えた。

踏み込むと、墓石を抱くように大男が倒れていた。数メートル先の通路には、中肉中背の男が顔を押さえて呻いていた。顔面から首にかけて、血にまみれていた。大男を見ると、股間から激しく出血していた。

「負傷者二名。まだいるかもしれない。救急車と応援を」

追いついた制服警官が、慌てた様子で無線で状況を伝える。

大男の脇には、青竜刀が落ちていた。これがライトの光を反射したようだ。土が露出している部分には、争ったような足跡が入り乱れていた。

大男に意識はなかったが、かすかに息があった。

「ここは頼む」

鴻上はホルスターの拳銃に手をかけ、周囲を警戒しながらゆっくりと墓石の間を歩いた。

二十メートルほど進むと、真新しい轍《わだち》を見つけた。石畳と石畳の間の土が露出した部分だ。バイクか。その轍をたどり、さらに奥へ入っていくと、墓石にのし掛かるような状態で倒れているバイクを見つけた。フロントカウルが酷《ひど》く傷つき、一部割れていた。そして、前輪には大型のバールが絡まっていた。

誰かが、バイクに乗った人物と戦ったのだ。

さらに周囲を照らすと、サプレッサー付の拳銃が落ちていた。二メートルほど離れた墓石の陰には、革のケース。

鴻上は手袋をつけると、革のケースを拾い上げた。財布だった。革の表面が、鋭利な刃物で切られたようになっていた。中には少量の現金とカード類、そして、運転免許証が入っていた。

落とし主は、宮木涼成《みやきりようせい》。生年月日から年齢は二十六歳。住所は練馬区小竹町一丁目四×—××。西武線江古田《えこだ》駅の近くだ。

豊中の部屋から逃げた男は二人。その片割れか、或いはこの宮木という男が送死人なのか。状況は混沌《こんとん》としているが、鴻上の標的は三砂瑛太だった。

捜査員が集まりつつあった。

「こっちに拳銃が落ちている!」

鴻上は叫ぶと、捜査員が二人やって来た。片方は鴻上が情報源としている、目白署刑事課の女性捜査員、浅利《あさり》だった。

「組特の鴻上さんですね。目白署の島田《しまだ》です」

年嵩《としかさ》の男が名乗った。「反社の抗争ですかね」

「まだ何とも言えないけど」

鴻上は運転免許証を島田に手渡した。「ここに落ちていました。ヤサを急襲してみては」

「行きましょう、主任」

浅利が勢い込んだ。少なくとも一人が死に、二人が負傷している。

送死人の犯行なら、護衛がいる中への強襲と考えられた。らしくない犯行だが、それ故、相棒を連れてきたのか。ならば、倒れていた男二人は、久和組の関係人か。

島田が、無線で宮木涼成の行方確認と自宅捜索を具申する。

容疑は銃刀法違反と不法侵入。妥当な線だ。

「宮木のヤサについては、情報を共有したい」

島田が反応する前に、情報源が「わかりました」と応えた。

「わたしは別の心当たりを。結果はお伝えします」


劇場通りに入り、シネマ・ロサ前でタクシーを降りると、エビス通り沿いのビルのエントランスに入り込んだ。地下一階から四階までが店舗で五階と六階が住居になっている。

エレベーターで六階に上り、荷物や家具だらけの通路を抜け、六〇五号室のインターホンを押した。反応はない。部屋の明かりは消えている。寝ているのか、いないのか。

「三砂さん！　いらっしゃいますか」

声をあげながら、インターホンを何度も押した。

三軒手前のドアが開いた。

「なんですかい、こんな夜中に」

寝間着姿の老人が顔を出す。

「警察の者です。三砂さんは帰っていませんか」

「瑛さんかい……この時間なら、まだ呑んどるな。弦さんが誘いに来とったからの」

辻先弦だ。

「どこの店かわかりますか」

「さあ、だいたいこの辺のどこかだけど」

周囲には二十四時間営業か朝まで営業している店舗が多い。

「よく行く店はわかりますか」

「さあてな……この辺の店ならどこにでも行くよ、安いとこばかりだけど」

鴻上は礼を言うと、階段を駆け下りた。

送死人にはどれだけのサポートがついている。あの老人が仲間なら、嘘の可能性もある。

三階のフロアに入った。『明華商店』と書かれた看板。ガラス扉は固く閉じられ、店内は常夜灯以外は消えている。周囲を歩いてみたが、事務所は見あたらなかった。

一階まで降りると、地下一階から四十代に見える女性が上がってきた。

「なに？　店はもうぜんぶ閉まっているけど？」

女性は訝《いぶか》るように聞いてきた。「なにかご用？」

「明華商店のご主人はどちらに？　警察の者です」

バッジを提示した。

「警察がなんで？　もしかして暴れちゃってる？」

「ご存じなんですか」

階段脇の壁に『明華食堂　地下一階』と矢印が書かれていた。

「ご存じも何も旦那《だんな》なんだけど」

女性は明石頼子と名乗った。

「さっき、上のお兄さん誘って飲みに出たから」

明石頼子は言ったが、行き先はランダムで、どこにいるかわからないという。

「それで主人が何か？」

「用件は、一緒にいる三砂さんのほうで」

「ああ、取材の件かしら？」

「そうですね」

「朝には戻ると思いますけど……」

それを鵜呑《うの》みにすることは出来なかった。組特隊本部へ協力を求めようと思ったが、今夜の状況を考えれば得策ではない。

鴻上は一人、朝まで営業している飲食店を、片っ端から回った。

十軒目を出たところで、情報源からメッセージが入った。

《宮木の自宅は空》

《テーブルの上に実包五発と薬物らしいパケ》

続いて、ビデオ電話が着信した。浅利の顔が映る。

『今、捜索中ですが変なものを見つけました』

分厚く使い込まれたシステム手帳が映し出された。『なにかの記録みたいですね。タイトルが書いてあります』

《涼成紀》と角張った筆致で書かれていた。

『櫻木凜奈のファンでしょうか。彼女に対する思いがずっと書かれています。ちょっと病的な感じ』

新しい順に浅利の手がページを捲《めく》ってゆく。細かな書き込みと、キャプチャしたような写真で埋め尽くされた紙面。高い頻度で櫻木凜奈の写真が現れた。

そして、目に入ったのは、ドレッドヘアの男。

「ストップ」

甲斐達彦、と名が書かれていた。そして写真の上には、《Complete》の印が捺《お》されていた。「文面に寄って」

《凜奈に麻薬を売りつけた男。処分対象》と書かれていた。

殺害完了という意味なのか——それだけの理由で?

「写真が貼《は》ってあるページ、全部見せて」

浅利の指がさらにページを捲ってゆく。次々と現れる写真。顔が判別できたのは田尾旭、豊中明夫、時代が遡《さかのぼ》り周郷治、宗田恭介、そして、父、鴻上匡の写真だった。

ただ、ほかに《Complete》の印が捺されているのは田尾だけだった。

『コンプリートは自ら手を下した対象でしょうか』

浅利も同じことを考えているようだったが、鴻上の耳にその声は届いていなかった。

豊中のキャプションには《凜奈に麻薬の味を思い出させた悪鬼　淘汰《とうた》!》。宗田の写真のキャプションには、《凜奈に麻薬を売った極悪人　神の怒り》と書かれ、周のキャプションには《凜奈を不幸に誘《いざな》った不届き者　神罰》、そして鴻上匡のキャプションには、《裏切り者　神罰》。

意味がわからなかった。

4　同日　――三砂瑛太

三砂は右半身を下にして畳の上に横になったまま、明華食堂の女性事務員が届けてくれたタブレット端末に向かっていた。

「痛くない?」

和服をアレンジした制服に前掛け姿の女性が聞いてきた。

「大丈夫です」

ズボンとパンツは膝まで下ろされていた。

女性は慣れた手つきで、腰の切創を縫合してくれている。

ロッカー以外の調度品がほとんどない質素な部屋で、ドアの向こうは騒がしかった。西口公園に近い居酒屋の店員控え室だ。喧噪《けんそう》は主に厨房《ちゅうぼう》からだ。辻先と取り決めてあった退避場所だった。
記憶を辿《たど》り、過去の取材記録を幾つか呼び出した。すぐにヒットした。
フォルダ名は『櫻木凜奈関連』。最終更新は五年前。
取材した関係者のデータが並んでいた。
宗田に対し、怒りと強烈な嫉妬、或いはコンプレックスを抱いていた男。
名は宮木涼成。話を聞いた当時は、大学生だった。五年でずいぶん様変わりした。それを言ったら、三砂自身もそうなのだが。
豊中の部屋で見た宮木は、瘦《や》せ、目が爛々《らんらん》と光っている印象だった。何かを妄信し、強烈な使命感を帯びているような。
宗田の後輩の友人、それが宮木だった。
《宗田が友人にMDMAを渡すところを見たが、自分は使ってはいない》
《仕入れ先はわからない。友人たちには安く売っていた》
《一人で宗田と会うことはなかった》
三砂は自身が残したメモを読んでゆく。
《だいたいはやった女の話。自慢話》
《上草涼花《うえくさりょうか》、佐野彩愛《さのあやめ》、櫻木凜奈、日野《ひの》ミカサ》
アイドル、女優、モデル。当時反社や不良分子との交際が噂されていたメンツだった。

三砂は宮木に話を聞いてから、宗田のマークに入ったのだ。そのあとは怒濤《どとう》の日々で、一斉摘発を迎えた。

宮木についいては今日、顔を見るまで存在すら忘れていた。だが、銃の持ち方は手慣れ、二人倒されても動じず、巧みにバイクを操りながら三砂に銃弾を放った。そして、近接格闘も明らかに三砂より腕前が上だった。

「終わったよ、パンツ上げて」

女性は三砂の尻を平手で軽く叩くと、そそくさと出て行った。

入れ替わりに、辻先が入ってきた。すでに顔が赤い。

「傷には悪いと思うが、呑んでおけ」

辻先は胡座《あぐら》をかくと、日本酒の瓶《びん》とグラスを三砂の前に置いた。「女の刑事が、お前を訪ねてきた」

鴻上だ。雑司が谷の襲撃を知って、自分の仕事かどうか確認に来たのだろう。

「相模《さがみ》の爺《じい》さんと頼子がきちんと対処したが、効果は疑問だったと頼子が言っている」

三砂は起き上がり、身なりを整えると、立て続けに日本酒をグラス三杯あおった。

「金城は」

「まだ連絡はない」

何度電話をしても、メッセージを送っても、反応がなかった。

「殺《や》られた可能性は」

「結論を急ぐな。金城はああ見て、身の処し方を知っている」

それは、三砂自身にも求められているものだ。「平常心を失うな」

「待ち伏せていた男の正体が割れました」

三砂は気持ちを切り替え、ディスプレイを辻先に向けた。「五年前、櫻木凜奈にＭＤＭＡを売った男の知人です」

「知らない顔だな」

「櫻木凜奈の件、依頼者は誰ですか」

「櫻木凜奈自身だろうな」

辻先は乾いた口調で応えた。「依頼は常田だったが、彼女は以前、常田の情婦《おんな》だった」

櫻木凜奈は、シェンウー幹部の情婦――驚きはしなかった。

五年前、三砂は櫻木凜奈の線から、ＭＤＭＡの流通ルートを追い、結果的にハブステーションの摘発に至った。言うなれば、彼女が発端で大きな損害が出たことになる。

「それに今回上映を控えている映画には、こっちも少なくない金を出している」

制作委員会の中に、息のかかった企業がある――「芸能界への復帰と映画は多少なりとも損害を回収しようという意図なんだが、また手を出した。それも久和組筋のクスリに」

豊中の帰還と黄皓然の出所を考えると、あまりにもタイミングが良すぎた。

「これは私の想像だが、常田は彼女に自裁を迫ったんだろう」

死ねば、遺作として上映できる可能性が残る。「それで、彼女は自分ではできないと泣きついたのかもしれない」

それで送死人の出動か。

考えてみればおかしな依頼だった。MDMAを渡し、櫻木凜奈がそれを口にした時点で殺してくれという条件だった。だから、窓を開けさせるために、わざわざ面倒な手順を踏んだのだ。

『都市伝説かと思っていたのに』

『死ななきゃいけないんだ、やっぱり……』

彼女の言葉には、覚悟の揺れが見て取れた。もし本当に櫻木凜奈自身が依頼者なら、最後の誘惑に負けた自分を罰したことになる。

「だが、豊中の帰還と黄皓然の動きを事前に察知できていれば、断ったんだがな」

久和組の罠《わな》に乗せられた可能性か――

5　同日早朝　――宮木涼成

全ては因果、そして応報なのである。

悪事を働いた者には、必ず報いがある。その報いを与える者が、正義なのである。

宮木涼成は改めて自己確認した。

江戸《えど》川橋《がわばし》の公園の片隅。木製の柵《さく》に寄りかかって神田《かんだ》川《がわ》を見下ろし、息を整えた。

革パンの尻の部分が切り裂かれていた。特にポケットの部分が欠損し、入れておいた財布がなくなっていた。

あの覆面男を取り逃がしたから、財布がなくなった。これは失敗の報い。スマホを落とさなかったのは、連絡をしなければならないから。

神威《かむい》に電話し、状況と顛末《てんまつ》を報告した。

『よくやった』

神威が言葉をくれた。それで随分と心が静まった。

「ただ二人の友が警察の手に落ち、送死人は逃がしてしまいました」

『スペアを取れば問題ない』

「でも財布をなくしたのは、報いです。神威さんの完璧《かんぺき》な作戦を完璧に実行できなかった報いなんです」

豊中を泳がせておけば、必ず悪魔の使いが自らやってくる。それを待ち伏せれば、一網打尽に出来る。誅すべき豊中を餌《えさ》に使おうというのだ。にわかには信じられなかったが、その通りになった。送死人が襲撃に来る日時まで神威の言った通りだった。

五年越しの想《おも》いを込めて豊中の頭に銃弾を撃ち込むことはできたが、画竜点睛《がりようてんせい》を欠いた。申し訳なかった。

神威は、唯一想いを理解してくれた存在だった。

だから神威のために働くことにした。神威の手足となりながら息を殺し、腕を磨き、神威に頼み、凛奈を死に追いやった者全てを殺す許可をもらう。

いつか。いつか。

『今日はもうひとつ仕事がある。気を抜くな』
宮木は我に返った。
「そうでした」
『時間がわかった。午前五時、府中刑務所だ』
あと二時間半。『もうすぐ新しい友が、君を迎えに行く』
そう、今日は黄皓然という男も殺さなければならなかった。

第六章　導火線、黄皓然

1　七月二十日　土曜　――三砂瑛太

東の空が白み始めていた。三砂は再び、徒歩で現場へ向かっていた。今度は記者の一人として。傷は少し痛むが、気取られない程度に動くことはできた。

《東池袋で発砲か　負傷者の情報も》

メディア関連は共同通信の一報が入っているだけだ。さらに、シェンウーの楊文勇が襲撃されたという。こちらはまだ報じられてもいないが、命に別状はないようだ。

鄭と高岡はそれぞれ手勢を集結させ、様子を窺《うかが》っている。

少し遠回りして東池袋から、現場を探すふりをしながら、『パークサイド雑司ヶ谷』に接近する。高架下の路上に警察車輛《しゃりょう》に加え、事件をキャッチしたマスコミ各社の車輛も集まり始めていた。マンションへ続く路地は封鎖されていて、制服警官に止められた。

三砂は別の路地を抜け、雑司ケ谷霊園側に出てみた。こちらも狭い通りを警察車輛が埋めていた。霊園内に目を向けると、中央部が投光器で広く照らされ、複数の捜査員が動いているのが見えた。負傷した二人と青竜刀《せいりゅうとう》、電動バイク、拳銃《けんじゅう》が見つかったのだろう。

記者らしく取材を始め、まずは外にいた近隣住民に話を聞いて回った。

《何度も銃声がした》
《誰《だれ》かが逃げていくのが見えた。二人だった》
《逃げた奴《やつ》を男が追いかけていった》
情報が集まってゆく。そして、顔見知りの捜査員にも取材をかけた。初動捜査中であり、一様に口は堅かったが――
《霊園で見つかった男の身元は不明。鋭利な刃物で突かれたような傷》
《死んでいた男は、元反社――》
死んでいた？
豊中は致命傷を負ってはいなかった。金城が撃ち込んだのは、肩への一発だけだ。
三砂は現場マンションのエントランス側に回った。外付けの階段前に毒島の姿があった。管轄は目白署のはずだったが、シェンウーを巡る事件との関連を調べに来たのだろう。
頃合《ころあ》いを見て、視線を合わせた。
「楊文勇のほうに行ってると思っていました」
「また地獄耳か。高岡の事務所を張っていたら、連絡が来てここに直行してきた。全く忙しい夜だよ」
毒島は口をへの字に曲げた。「君は呑《の》んでたみたいだな」
「深酒してなくて良かったです。サイレンに気づきましたから」
三砂はミントタブレットを口に放《ほう》り込んだ。「発砲事件ですか。死人が出てるって話ですが。

元反社の男って」

「ああ、夜明けとともに帳場が立つ」

「抗争ですか」

「まだ何とも言えないな」

「死因は？　やはり銃撃で？」

「頭を撃ち抜かれていた」

言葉が喉《のど》に詰まりかけたが、表情は保った。

「元久和組の豊中が池袋に戻ってきたという情報がありますが、もしかして豊中ですか？」

「そこまで摑《つか》んでいるのか。だが、発表まで伏せておいてくれ」

「霊園のほうも関連しているんですか？　ケガした男が収容されたと」

「身元は不明だが一人は目を、一人はキンタマを抉《えぐ》られていた。ひどいもんだ」

感触の生々しさはナイフほどではなかったが――思い出したくもなかった。

「目撃者は」

「いないが、霊園の騒ぎでも通報があってな。なぜそこにいたのかわからんが、組特の鴻上が男たちを見つけた」

鴻上綾――「楊の襲撃現場にいたと思ったら、次はここだ」

「鴻上さんはどこに？」

流れの中で一応聞いておいた。彼女も一連の事件の中に送死人の匂《にお》いを嗅《か》ぎ取り、三砂の所在を確認しに明華食堂に現れたのだ。

「さあ、どこに行ったのか。昨日は滝野川署に押しかけたと言うし、動きが読めないやつだ」

滝野川署には、甲斐達彦殺害の捜査本部があった。櫻木凛奈と甲斐が結びついたのかもしれない。

「豊中が戻ったのは、池袋《ここ》でまたドラッグビジネスを始めるためだという噂《うわさ》もあります」

話を振ると、毒島はわずかに目を細めた。

「それは本当か」

「シェンウー筋がそう疑っていた、という感じです」

「それは当然疑うか……」

毒島は「わかった」と小さくうなずいた。

毒島との情報交換を切り上げ、現場の動画を撮りつつ、発砲事件の取材を始めたと須賀にメッセージを送った。第一報は被害者の名を伏せる。縛りはそれだけでいいだろう。

いちょう通りに入った。数十メートル進んだところで封鎖されていた。通りの左右に捜査員と鑑識が仕事に入っていた。つい数時間前の記憶が、わずかに三砂の筋肉を硬直させた。

考えてみれば、『パークサイド雑司ヶ谷』は、襲いやすく、この雑司ケ谷霊園があることで進入路と逃走路の予想が容易だった。三砂は疑いもせずいつもの手順で計画を組んだが、それこそが罠《わな》で、見事に釣られてしまったようだ。

『捕まえたか！』

豊中の言動は完全に自らを囮《おとり》とし、待ち受けていたものだ。正体は知らないまでも、送死人の存在と、行動パターンを知った上で、絵図を描いたとしか思えなかった。

だが、豊中が死んだ。殺したのは三砂でも金城でもない。

ならば、宮木か？

送死人と豊中を同時に殺すことで利益を得る者は誰だ。豊中が囮か餌《えさ》ならば、送死人が豊中を殺し、その送死人を返り討ちにすることで利益を得る者。

豊中を殺して利を得るのはシェンウー。

送死人を殺して利を得るのは久和組。

相打ちを演出したかったのか？　しかし、黄皓然の扱いはどうするつもりだ。刑務所からの情報によれば、黄はこのまま帰国できない。緑水幇《ルウシュイバン》は日本に独自の販売ルートを持っていないため、誰かと組まなければならないが、それが豊中の死で宙に浮くことになる。

久和組＝冬月会系以外の反社組織――横浜青浜会《せいひん》も神戸大友組《おおとも》も、緑水幇と誼《よしみ》を結ぶことは出来るだろうが、地均《じなら》しもないままいきなり池袋に割り込むとは思えない。

ならば、因縁《いんねん》があるシェンウーと再び手を組まざるを得なくなる。緑水幇の節操なき利益至上主義。しかし、その黄皓然を殺せばどうなる？

シェンウーと緑水幇は全面抗争になる。緑水幇は日本に地盤がないとは言え、戦闘部隊を送り込むことは出来る。

シェンウーと緑水幇の戦争で利益を得るのは――久和組だ。

2　同時間帯──鴻上綾

黎明の街が高速で過ぎてゆく。

「何人でもいいです。出せるだけ、拳銃を携帯して」

鴻上はヘッドセットマイクに告げる。

『今から招集しても間に合わないだろう』

鍵山は困惑気味に応《こた》えた。池袋署も目白署も組特もすぐに動けないことはわかっていた。『府中署に連絡する』

だが緊急で動かせるのは、当直の連中だけだ。

「府中刑務所には」

『状況は説明するが、出所日時の変更は法務省の許可が必要になる』

間に合わない前提で行くしかない。

「状況はしっかりと伝えてください。黄皓然が襲撃される恐れがあると」

ハンドルに固定したスマホの終了ボタンに触れ、運転に集中した。バイクは新青梅《おうめ》街道を西進、江古田にさしかかっていた。

鴻上は一度自宅マンションに戻り、愛車ＳＲ４００を駆っていた。それが最速だと思った。時間は午前四時四十分を回っていた。もうヘッドライトなしでも十分走れた。

宮木涼成のノートに無造作に残されていた名前。豊中明夫と黄皓然。宮木には、この二人を殺す理由があった。すぐに黄皓然の出所日を探った。愕然《がくぜん》とした。出所は、二十日午前五時。

あの現場に財布が落ちていなければ、見過ごしていた。

そして、黄を殺せば戦争が始まる。状況的には、シェンウーと緑水幇の。

豊玉《とよたま》から千川通り、吉祥寺《きちじょうじ》をかすめ、交通量がまばらな小金井街道から東八道路を疾走する。容赦なく時間が過ぎてゆく。国分寺街道に入り、府中刑務所の裏手にさしかかった時点で、午前五時を十分ほど回っていた。

高い塀を右に見ながら外縁を半周し、府中街道沿いの正面に回った。広い駐車スペースの奥に、厳重な造りの出入口があった。車輛はなく、刑務官が二人立っていた。

迷わず乗り入れ、驚く刑務官の前で停《と》まり、ヘルメットを取った。

「警視庁組対特捜の鴻上です」

バッジを掲げた。刑務官が敬礼を返してきた。「黄皓然はもう出て行きましたか」

「先ほど何事もなく」

一人が応えた。「お迎えの方の車で」

「事情は聞いていますか」

「連絡は受けたんですが、規定もありますし、本人が大丈夫だというので」

刑務官は鴻上の到着を待っていたという。だが、出所の時点で、黄皓然は受刑者ではなく一般人となる。本人の意思に反し刑務官が無理に行動を制限すれば、それは権力の濫用、人権侵害となる。刑務官を責めるのは筋違いだ。

「警察は」

「黄の車が出たところで、戻られました」

近くの交番の巡査が来たというが、現場レベルまで事の重大さが伝わっていなかったようだ。

「車が出たのはどのくらい前ですか」

「五分は経《た》っていないと思います」

車は北へ＝国分寺方面に向かったという。車種はプリウス。乗っていたのは、運転手ともう一人。いずれも支援団体の職員だったという。

鴻上は礼を言うと、再びエンジンを吹かし、府中街道を北に向かった。

数十秒で路上に異変を発見した。中古車販売店やガソリンスタンド、レストランが両側に並び、住宅が途切れた一角だった。中古車販売店の展示スペースに、不自然な形でプリウスが頭を突っ込んで停まっていた。

歩道に乗り上げてバイクを止め、降車する。前に回ると、フロントガラスにコンクリートブロックの破片がめり込み、蜘蛛《くも》の巣状にヒビが走っていた。

運転席では六十代とおぼしき男が、ひどく狼狽《ろうばい》した様子でハンドルに突っ伏していた。後部座席では、中年の男が肩を押さえてぐったりとしていた。

運転席のドアを開けると、運転手は声を上げてのけぞった。

「警察です。何があったんですか」

「急にワンボックスが割り込んできて……人が降りてきて……石を投げて、銃を撃って……」

後部座席の男を見る。押さえる手の間から出血していた。

「黄皓然の迎えか」

運転手は痙攣《けいれん》したようにうなずいた。「あなたにケガは」

今度は首を横に振った。

「それで黄は」

「逃げた……」

「どっちへ！」

男は西へ延びる路地を指さした。

「降りてきたのは何人！」

「二人か、三人か……わからない」

フロントガラスには、コンクリートブロックとは違う小さな破孔も穿《うが》たれていた。

「すぐ救急車を呼ぶ。あなたは後ろの人の止血を。気をしっかり持って！」

運転手の肩を摑んで言い聞かせると、救急要請し、府中署に連絡を入れた。

「黄皓然が襲撃された。黄は逃げているが、襲撃者は銃を持っている模様。わたしは黄の救出に当たる。至急応援を」

場所を告げ、一方的に電話を切り、走った。路地には《車輌通り抜けできません》の看板。府中街道と並行する武蔵野《むさしの》線の高架を潜《くぐ》り抜けると、緑地に囲まれた公園に出た。しかし、遊歩道のほかに公園内では生活道路が交差していて、道路に沿った生け垣が見通しを遮っていた。

人の姿は見えないが、濃密な気配は感じ取れた。

拳銃を抜いた。組対仕様のシグザウエル。

北側には樹木に覆われた緩斜面。生け垣に沿って公園中央に向かうと、男の叫び声が聞こえ、直後に籠《こ》もった破裂音が聞こえてきた。サプレッサーが付いた銃声だ。

――助けて！

黄皓然の声だった。居場所がわかるリスクを冒して周辺住民が気づき、通報してくれることに賭《か》けているのだ。公園の南と西側は住宅に囲まれていたが、距離は数十メートルあった。

複数の人間が走る気配。また、助けてと声が上がり、籠もった銃声が続く。生け垣の隙間《すきま》から、走る男の後ろ姿が見えた。

「我是警察《警察だ》！」

鴻上も声を張り上げ、走った。公園は緩やかな上り勾配《こうばい》になっていた。

「ファン！」

黄の名を呼ぶと、直後に生け垣がピシリと音を立て、すぐ先でアスファルトの細片が弾《はじ》けた。

鴻上はつんのめるように、路面に伏せた。

警察と知りながら撃ってきた――

「ファン！」

もう一度声を上げ、身を低くし再度走った。背後で着弾音が連続した。住宅街側の生け垣の間に、黒いシャツにキャップの男が見えた。黄皓然でも宮木涼成でもなかった。黄が住宅街に逃げ込まないように、押さえとして配置されたようだ。

鴻上も生け垣の陰に身を隠す。折り重なる葉の隙間から、黒い男が発砲してくるのが見えた。距離は三十メートルほどか。

「銃を捨てろ！　すぐに応援がくる」

警告をし、飛び退《の》くようにまた位置を変える。今まで身を置いていた場所に、着弾。

セーフティーを解除し、空に一発撃った。

黒い男は怯《ひる》まずに撃ち返してきた。手順は踏んだ――生け垣越しに、男がいる辺りに二発撃ち込み、黄らしき男の声がしたほうに走った。道路を横断し、植え込みを越え、広場を横切る。黒い男は鴻上を追いながら、立て続けに撃ってきた。

構わず「ファン」と叫ぶ。

反応がない。

黒い男の射撃は徐々に正確になり、着弾が鴻上に近づいてきた。鴻上は腹を決め、振り返り立ち止まると、左足を一歩前に出し、ウィーバースタンスを取り、黒い男に銃口を向けた。

男がわずかに怯み、撃ちながらも走る速度を緩め身を低くした――が、その時点ですでに照準をつけていた。顔のすぐ脇《わき》を、空気を切り裂く音が過ぎるが、鴻上は構わず引鉄《ひきがね》を絞った。

乾いた銃声と反動の直後、黒い男が痙攣《けいれん》するようにのけぞると、膝《ひざ》をついた。それでも銃口を向けてきた。二発目を撃った。今度は苦しげに両手を地面についた。それだけ確認すると、鴻上は再び走り出した。

「我射了一个人《一人撃ち倒したぞ》！」

黄と襲撃者に聞こえるように声を放った。「警察也很快就会来《もうすぐ警察が来る》」

「ここだよ！」

北側に位置する雑木林から、日本語が聞こえてきた。雑木林へは一本道が延びていた。狭いが車道だ。

「早く来て！」

車道は斜面を避けるように左にカーブし、そこから分岐した遊歩道が一直線に緩斜面の谷間に入っていて、声は遊歩道の奥から聞こえてきた。

遊歩道に入った。舗装はされていたが、幅は二メートルほど。鬱蒼《うっそう》とした谷間の左＝西側で、草を踏む足音が交錯していた。道を外れ、斜面を登った。残弾は四発。斜面を登り切ると、木々の間を追う者と追われる者が見え隠れしていた。そこに割って入るべく、道なき雑木林へ入り込んだ。蒼《あお》く育った下生えの枝先が、露出した顔、首筋、腕を傷つけてゆく。

逃げているのは白いシャツの男。一瞬だったが、その横顔は黄皓然だった。

十数メートル離れ、モノトーンのチェック柄シャツを着た若い男。手にはサプレッサー付の自動拳銃。免許証の顔と似ているような気がした。

黄は樹木の陰を巧みに使い、右に左に方向を変え、チェック柄の銃弾を避《よ》けていた。しかし、北側に見える住宅街に向かう気配はなく、雑木林の中を周回しているような動きだ。

住宅街への出口側にも人が配されている可能性があった。だがそちらへ対処する時間はなかった。

「銃を捨てなさい！　扔掉枪《銃を捨てろ》！」

鴻上は日本語と北京語で警告した。チェック柄は躊躇《ちゅうちょ》せず鴻上に銃口を向け、連射してきた。地面に突っ伏した。至近の木の幹が爆《は》ぜた。転がり、位置を変え、二発応射した。

だが、チェック柄は怯みもせず黄を追った。もう一発、チェック柄の背を撃った。幹が爆ぜただけだった。それでもわずかな時間は稼ぐことが出来たらしく、黄は西へと進路を変え、頂を越えると、車道のほうへ下りてゆく。

そこで、サイレンの音が聞こえてきた。

チェック柄の判断は速かった。すぐに北へ離脱していった。冷静な男だった。鴻上は黄を追って、斜面を駆け下りた。黄は車道で膝をつき、大きく肩を上下させていた。

「ケガはない？」

鴻上もフェンスを越え、車道に降り立った。鴻上を見上げた黄が、目を見開いた。

「お前、あの時の女！」

そして、立ち上がると、観念したように両手を挙げた。

「撃たないから手を下ろして。今は護《まも》るためにきてる」

鴻上は銃を構えたまま、周囲の気配を探る。

ガサリ、と車道の左側の茂みから音がした。

「逃げられないぞ。出てこい」

銃口を向け、鴻上は警告を発した。

「待ってください！」

動揺した男の声が、樹木の裏側から聞こえた。

両手を挙げて出てきたのは、三砂瑛太だった。


三砂が出てきた茂みからは、新たに男が一人、倒れているのが見つかった。

「だから、黄さんの動向を追っていたんですよ」

三砂は困惑と不安の表情を浮かべて弁明した。「今日が出所日であることは知っていたので、タクシーで駆けつけた次第です」

すでに応援が到着、公園沿いの道路には警察と救急の車輌が連なり、捜査員たちが周囲の捜索を始めていた。逃げたチェック柄を逮捕すべく緊急配備の指令も下り、あとは結果を待つだけだ。

公園内で撃ち倒した男も、茂みに倒れていた男も、救急車で運ばれた。

「そしたら、黄さんを乗せた車が襲われて、僕も追ったんです。もちろんタクシーの運転手には警察に伝えるようお願いして、逃げるように言いました」

「じゃあ倒れていた男は」

茂みの男を倒したのは、三砂だった。

「正当防衛ですよ。黄さんを探していたら、林の中で鉢合わせして……」

持っていた小型のビデオカメラを、思い切り頭に打ち付けたという。

車道脇では、すでに現場検証が始まっていた。男が倒れていた傍らには、中国製のトカレフが落ちていた。黒い男自身は、身分を示すものは携帯していなかった。

しかし――鉢合わせしたとは言え、男は拳銃を所持していた。ただの素人がそんな男に接近し、戦闘不能にすることが可能なのか。

「……覚えてませんよ。こっちも必死だったし、何が何だか。気がついたら大事なカメラがおシャカです。殴った人には悪いですけど」

三砂の動揺は、一見演技には見えなかったが。

もし三砂が送死人で、黄皓然を消しにきたのなら、宮木の存在の意味はなんだ。倒した男が宮木の仲間なら、宮木の仕事を妨害したことになる。

いや、その方が辻褄《つじつま》が合うと鴻上は思い直した。送死人がシェンウーの意を受けて動いているのなら、黄を護り、宮木を撃退すれば、シェンウーは緑水幇との戦争を回避できる。

「これは日式のドッキリというやつなのか?」

猜疑《さいぎ》心を隠そうともしない黄が、癖のない日本語で割り込んできた。「自由になった途端に、なんだこれは」

五年前、三砂は黄を追い、鴻上は黄を撃った。

「夜中に豊中が襲われた。知ってるでしょ、豊中明夫」

黄の口許《くちもと》が引き締まった。元久和組の薬物担当を知っているようだ。

「だから、あなたも危ないと思って、駆けつけたの」

「日本の警察はよくわからない」

「豊中さんとは、どんな仕事をするつもりだったんですか」

不意に三砂が聞いた。

「豊中？　知らないよ。名前は知ってるけどさ」

「出所したら一緒にビジネスをするんじゃなかったんですか」

「ビジネスって、なんのビジネス」

「麻薬ビジネス」

鴻上は、三砂と黄の応酬をあえて黙って見ていた。

「麻薬はもうやらない。刑務所は嫌だからね」

黄が鴻上を一瞥《いちべつ》した。

「豊中さんから連絡は受けていないんですか」

「受けてないし、昔も受けたことないよ」

鴻上の目からも、黄が嘘《うそ》をついているようには見えなかったが――

「じゃあ何をするつもりなんですか」

三砂は質問を続ける。

「アニメだよ。アニメ映画の買い付けと、グッズを本国に売る。その仲介」

天津藝影集団《てんしんげいえい》――黄は中国系の映画配給会社の代表に就任するという。「もちろん合法的にだよ。資金を貯《た》めて、いずれ製作にも乗り出す」

黄は同社の日本進出の基盤づくりをすると語った。

「これ新しい名刺。お礼がしたいからいつでも連絡してきてね」

黄が三砂に名刺を渡した。《天津藝影集団　代表取締役・CEO　黄皓然》と記されているのが見えた。

「あなたがドラッグから手を引くのは、緑水幇の総意なのか」

鴻上は聞いた。三砂が驚いたように視線を向けてきた。

「なんでお前に言う必要がある?」

黄は素っ気なく返してきた。

3　同日　――三砂瑛太

池袋北口に戻ったのは、午後二時半だった。

府中署の事情聴取は午後一時過ぎまで続いた。なぜあの現場にいたのか、警察はそれに不審を抱いていた。当然だ。

取材中、豊中が殺害されたことを知り、黄皓然のことに思い至り、府中刑務所に急行した。巻き込まれただけだと繰り返し話した。信じてもらえず、毒島から情報を得たので、連絡を取って欲しいと頼んだ。

『一応信じてやるが』

毒島の口添えを受けた取調官は、不満そうだった。男を負傷させたことについては、正当防衛が認められ、その面でのお咎《とが》めはなかった。

トキワ通りの金券ショップを覗《のぞ》いたが、金城の姿はなかった。

「店長いないかな。今晩あたり」

カウンター越しに、店員に猪口《ちょこ》を傾ける仕草をして見せた。

「ちょっと連絡取れなくて困ってるんす」

店員の男が応えた。彼は通常の求人で応募してきて、シェンウーとは無関係だ。「時々気まぐれに旅行とかいったりするんで、気長に待ちます」

三砂は礼を言って店を出た。日差し。霊園内に死体や痕跡《こんせき》が見つかっていない以上、逃げ切ったか拉致《らち》されたかの二択で、後者の場合、厄介なことになる。

情報が漏れ、正体が露見する。それを前提に動くしかなかった。

三砂は近くの電子機器販売店で必要なものを購入すると、バイクを駆った。


「それなに?」

心美が聞いてきた。

「非常アラーム」

三砂はダイニングのイスに乗り、玄関の天井近くに小型の警報装置を取り付けていた。

「別に、この辺治安悪くないよ」

麦茶のグラスを手にした心美が見上げてくる。

「用心に越したことはないさ」

「確かにお母さん、よく鍵《かぎ》かけ忘れるけど、わたしがかけるから大丈夫だよ」

警報装置はオンライン対応で、侵入者の感知やスイッチを押すことで警報音が鳴り、同時に三砂のスマホにも通知が届くように設定していた。

「転ばぬ先の杖《つえ》？」

「お、いい言葉知ってるな」

三砂は警報装置を付け終えると、イスから降りた。

「はい」と心美が麦茶のグラスを差し出してきた。三砂は受け取ると、一気に飲み干した。額から頬《ほお》にかけて汗が伝う。

「警報ボタンは心美が持ってな」

三砂はグラスをテーブルに置くと、キーホルダー型の小さな警報ボタンを心美に渡した。

「なんか、死亡フラグじゃん」

軽く心臓をつままれたような気がした。「自分が死んだあとのことを考えてるみたいな」

「前々からちょっと不用心だと思ってたんだよ、一階だしさ。心美も少しは防犯意識持ったほうがいいよ」

常識的なことを上手《うま》く言えたと思った。

「ふうん」

メッセージの通知音が鳴った。須賀からだった。

《臨時会議、来れるか？》

「お仕事？」

心美が聞いてきた。「土曜日なのに」

「平日に休みがあるから、帳尻《ちょうじり》は合ってるんだよ」

三砂はスマホをポケットに入れ、ヘルメットを手に取った。

「でも、今日はありがとう。心配してくれて」

心美は思わせぶりに体を揺らす。「お父さんて、こんな感じで心配するものなのかな」

「お父さんなら、もっと優しいさ」

正解を探りながら応えた。

編集部があるビルの地下駐車場にバイクを入れ、そこで辻先に電話を入れた。

「宮木の行方は」

『逮捕されたという情報は入っていない。今は防犯カメラを洗って連中の足取りを確認しているようだ』

辻先は辻先で、警察の中に情報源を飼っている。『墓場で見つかった二人も身元不明。まだ話せる状態じゃないようだ』

「そちらに警察は……」

『来たが、黄の件なら聞かれたから応えたと伝えた』

警察の事情聴取で、府中の銃撃戦の現場にいたことについて、黄を追っていて、出所日を辻先から聞いたと応えていた。

「お手数をおかけしました」

『いや、賢明な判断だ』

「金城のほうは……」

『連絡はない』

「では東久留米に、警備を用立てられませんか」

一瞬の沈黙。辻先はその意味を理解している。

『住宅街は難しいが』

不自然にならないよう、人を配す難しさは重々承知していた。同じ場所に長時間車を停めるのも、監視可能な場所を確保するのも。

「僕が常時いてやれば一番いいんでしょうが」

『櫻木の件、お前の取り分なくなるぞ』

「構いません」

電話を終えると、編集部で普段着仕様の希美と合流し、会議室で待機した。

「君も休日に大変だね」

「休日出勤は前職でも当たり前でしたから。今は毎日が驚きの連続で、むしろ積極的に関《かか》わっていたいんです」

五分ほど待ち、須賀と阿久根が談笑しながら会議室に入ってきた。

「よう、災難だったな」

須賀が手を挙げ、テーブルに着いた。大ざっぱにだが、状況は伝えていた。

「だが、黄皓然に目を付けるとはたいしたもんだ」

阿久根も声をかけてきた。「辻先氏の援助を受けたのか?」

「出所日に関しては」

「雑司が谷と府中、半歩リードというところだな。特に府中の映像は、臨場感がすごいな」

須賀は満足げだった。

「命がいくらあっても足りない感じです」

雑司が谷の発砲事件は、朝から多くのメディアが大きく報じていた。

深夜の銃撃戦。一人死亡、二人負傷。大破したバイクと落ちていた拳銃、青竜刀。多くのテレビ局が現場から中継リポートをしていた。

三砂も、雑司が谷の現場から府中刑務所へ向かうタクシーの中で、『News Cargo』に現場リポートの動画、画像、情報を送っていた。そして、府中の公園で銃撃戦第二ラウンドに巻き込まれている頃、泊まりの編集部員によって記事化され、アップされていた。

府中の銃撃戦は今に至っても、発砲事件があり二人が負傷したこと以外、個人名も、背後関係も報じられていない。明らかに警視庁側が情報をブロックしていた。

「黄皓然の件、どこまで出せそうだ。感触は」

須賀が聞いてくる。

「捜査中の案件ですし、事情聴取のあとも、黄さんの名前は出すなと釘《くぎ》は刺されています。でも、遼寧省の支援団体の人もケガをしていますし、出所した元受刑者が襲われたと書くくらいは大丈夫だと思います」

だが支援団体の線から、他メディアが黄皓然に行き着くのは時間の問題と言えた。

「黄は麻薬を卸していた。それで殺された豊中は昔久和組で麻薬を売っていた。その豊中が池袋に戻った途端に殺されて、数時間後には黄が襲われたんだぞ。雑司が谷と関連がある確率は高いじゃないか。ここは一気に行っていい場面だと思うな」

須賀が阿久根を一瞥し、再び三砂に視線を向ける。「組特隊が滝野川署の帳場と連携しているという情報が入った」

須賀の顔を見ればその情報をもたらしたのが阿久根だとわかる。組特が関わっているのなら、鴻上が動いた可能性を考える必要があった。

「滝野川署は櫻木のマンション付近とフェロー関連の拠点を洗っているようだ」

須賀の口調が徐々に浮つき始めていた。「櫻木凜奈にクスリを売ったのが、甲斐達彦の可能性もあるわけだ。櫻木は元シェンウー幹部の女で、甲斐はフェローかもしれない。全部シェンウーが仕組んでいるんじゃないのか？　それを第一回の前面に立てられないか」

「事はそう単純じゃないですよ。レア情報を単体で出したところで、繋《つな》がりがわからなければ、構成のしようがありません」

三砂は冷静に応えた。「憶測の記事は書きたくないですし」

「三砂の言う通りだな」

阿久根もうなずく。「書き飛ばせる週刊誌とは違うしな。まずは各事件の繋がりを見つけることが重要であって、先入観を持ってはいけない」

「気持ちは察して下さい」

須賀は悪びれもせず笑う。

「雑司が谷の件だが、シェンウーなりが関わっていれば、ケガをした二人は、観光を装って入国した中国人の可能性があるな。今頃警察は、都内のホテルを虱潰《しらみつぶ》しに当たっているはずだ、中国系の宿泊客で、帰っていない者がいるかどうか」

阿久根の指摘は的確だった。

「雇われの殺し屋だと思いますか?」

三砂は阿久根に聞く。

「だろうな。パスポートが発見されても、写真以外はでたらめの偽造品の可能性が高い」

阿久根は須賀に視線を送る。「手の込んだことをしたのは、出所した黄皓然と豊中が池袋で計画していた新たな麻薬ビジネスを潰そうと考える勢力を迎え撃つためと考えられないか」

「シェンウーが仕掛けたと?」

須賀が身を乗り出す。

「状況的には、不自然ではないな。跡目争いの混乱の前に、不穏な動きは押さえておこうと考えたとしてもおかしくはない」

だが鄭にも高岡にもそんな動きはない。唯一動きが読めないのが、常田和将なのだが。阿久根にも須賀にも、黄のアニメビジネスは伝えていなかった。それが事実なのか判断ができていなかったからだ。

「たぶん、これだけでは済まないだろうな」

「黄はまた狙《ねら》われると？」

「そこは慎重に考えよう」

阿久根は落ち着いた口調のまま。「もし豊中と黄の合流が久和組の方針に沿ってのものなら、シェンウーは豊中を殺すことでビジネスを潰すことに成功したと言える。先送りとも言えるが、孟会長の容態を考えると、それでも価値はある」

「黄皓然を襲ったのもシェンウーだと？」

須賀の質問はピントが外れている。阿久根も小さく首を傾《かし》げた。

「黄は緑水幇の首領の甥《おい》だ。殺せば戦争になる。それでシェンウーに何のメリットがある？　大陸の組織とは言え、構成員も資金力もシェンウーの十倍近い規模だ。まともに相手するなど正気の沙汰《さた》ではないな。だから豊中を狙った。しかも合流前に。黄を刺激しないためであることは明らかだよな」

なるほど、と須賀がうなずく脇では、希美がメモを取っている。「考えられることは、豊中が殺られたことの、久和組の仕返し。シェンウーが殺したことにすれば、緑水幇がシェンウーを潰してくれる」

「でも、賭《かけ》ですね」

三砂は言った。阿久根も「そうだな」と応えた。「久和組の仕業とわかれば、緑水幇の刃《やいば》は白分に向かってくるからな。だから今の話は、現状与太話と考えてくれて構わない」

「いや、十分面白いですよ。これそのまま記事にしたいくらいに」

阿久根は言ったが、黄皓然の命が狙われたのは事実。しかも宮木涼成に。

三砂は考えていた。黄皓然が生きていて起きること、黄が生きていては困る連中を。

「というわけで、今から久和組を訪ねてみるか」

阿久根は反応をうかがうように須賀と三砂を交互に見た。「連載第一回の目玉になるかもしれない」


アポが取れたのは奇跡なのか、状況がそうさせたのか。

三時間後、三砂と阿久根は南池袋の会員制クラブで、鳥谷正二郎《とりたにしょうじろう》と相対していた。

十五分くらいなら相手してやる。それが先方の返事だった。

ボディチェックを受けたあと通されたのは、個室だった。大理石を使ったバーカウンターとテーブル。ブラウンのグラデーションと白が基調の、高級感溢《あふ》れる空間だ。

暗色のシャツに明色のネクタイの鳥谷は、ソファの中央に座ったまま、興味深げに視線を向けてきた。少なくとも直接的な敵意は感じなかった。

「蛎崎の狗《いぬ》と、孟の狗が雁首揃《がんくびそろ》えるなんて、笑えるな」

鳥谷の肌は小麦色に焼けているが、傷一つ、染み一つなくみずみずしかった。ヒゲはなくツーブロックのエグゼクティブカットは実業家然としていた。そしてどこか、高岡と似た空気を感じた。機を計り、必要な時には躊躇せず実力行使に出る——

「狗とは心外だな」

阿久根は臆《おく》することなく言い返した。「君らがいつシェンウーに仕掛けるか、ずっと待っているんだがな」

鳥谷の背後にはボディガードが二人。微動だにしない。

「そういやあんた、蛎崎に散々悪態ついて辞めたんだったな。悪い悪い。今はチンケなマスゴミの狗か」

「早速本題に入る、こっちは取材なんでな」

「孟会長はあと何ヶ月くらいもちそうだ？」

阿久根を無視するように、三砂に聞いてきた。重くはあるが威圧的ではなかった。

「何もしなければ秋か冬と聞いています。ただ辻先が治療を説得していて、それを会長が呑めば、何ヶ月か延命できると思いますが」

三砂は正直に応えた。どのみち反社組織の情報収集能力は、時に警察をも凌駕《りょうが》する。

「そうか、大事にするように伝えてくれ」

三砂は「わかりました」と応えた。

「それで何が聞きたい、阿久根さんよ」

「今の池袋《ここ》の状況、どう見ている」

「ずいぶんざっくりとした聞き方だな。それでジャーナリストが務まるのか？」

「これで応えられないとは、何年ヤクザやってる」

「何が起こるか、興味深く推移を見守っている。これでいいか」

三砂は一応メモを取った。

「豊中が死んだことについては」

阿久根は続けて聞く。

「状況も事情もわからないしな、応えようがない」

阿久根は手短に、儀礼として状況を説明した。射殺されたこと。付近で銃撃戦があったこと、そしてその数時間後に黄皓然が、銃を持った男に襲撃されたこと。

鳥谷はひとつひとつに大げさに驚いて見せた。

「豊中は黄皓然と合流しようとしていた。現場は城北総業が借り上げていた社宅なんだが、お宅の関連だろう？　城北総業」

「黄皓然は知っているが、動きについては関知してないな。豊中も同じ」

「豊中が城北総業の社宅にいたことは？」

「知ってるか？」

鳥谷は背後の男に聞いた。

「仕事を斡旋《あっせん》してくれと頼まれ、運転手として雇い入れる予定だったと聞いています」

男は決められたセリフのように応えた。「株と仮想通貨で失敗し、困っていたと聞いています」

鳥谷は阿久根に視線を戻すと、「だそうだ」と応えた。

「元幹部が運転手か？」

「自分から廃業して、今は素人さんだ。昔のよしみで雇い入れただけ感謝して欲しいところだ」

「黄皓然の件は」

「言った通りだ。関知していない」

これ以上の情報は出ないだろう。だがこの取材、鳥谷と会って話すこと自体に意味があった。

阿久根自身も、鳥谷の顔を見ることが目的であり、鳥谷もそれを承知している。

そして、送死人としても、鳥谷との対面は貴重な経験だった。その人間性に合わせて殺し方を練ることができる。機会があるのなら。

「じゃあ、そう書くしかないか」

「真実とはつまらんものさ」

「シェンウーとはあんた方にとってはどんな存在か、一言もらえるか」

「欲望に正直で、目的達成に最短距離を選ぶ無粋な連中さ。駆け引きと空気の読み合いを楽しめなければ、面白くないだろう？」

「それは半グレ全体に言えることじゃないかな。この十年で業界もずいぶん変わっただろう」

「変わったんじゃねえ、余裕がないんだろうよ、遊ぶだけの。元々生きるか死ぬかのところで集まった連中だろう」

「だから手を出さないのか、出せないのか」

「我々には遊び心と余裕があり、機が熟すタイミングを待つことができるということだ。暴力で全《すべ》て駆逐するという、ワンイシューではないんでね」

建前に聞こえるだろうが、三砂はその中から幾ばくかの本音を汲《く》み取った。

そろそろ時間だったが、扉の外から急《せ》くような足音と、「困ります！」と非難するような声が聞こえてきた。

ボディガードの一人が、扉の前に移動した。

ノック。執拗《しつよう》なノック。

「どなたですか」

ボディガードが尋ねる。

「警察。そこに重要参考人が来ているのは知っている」

鴻上の声だった。「彼に用があるだけ」

「重要参考人とは」

「三砂瑛太。そいつはシェンウーの手下。それがなぜここにいるのか、訳を聞かせてもらえる？」

「あの声、組特の鴻上さんですね。ここ何日かつきまとわれています」

三砂が小声で言うと、阿久根が小さくため息をついた。

「開けろ」

鳥谷が告げると、扉が開いた。

「これはどういうことですか?」

部屋に入ってきた鴻上の視線が、ちらりと阿久根に向く。「阿久根さんまで」

「取材だ。俺の仕事は知っているだろう」

「会長顧問の呑み仲間を連れてですか?」

ジャケットにパンツ。疲れた様子はない。

「彼も記者だ」

「そう言えば、そうでしたね」

鴻上の物言いは、わずかだが芝居がかっていた。そして、視線が鋭さを増し、今度は鳥谷に向けられた。「初めまして鳥谷さん。鴻上綾です」

「知ってるぞ、日本一のマメ使いだろう」

銃弾を消費する者という意味だ。「撃つのは中国人ばかりだがな」

「限定はしていないので、機会があればあなたにも」

ふざけたことを言っているが、周辺視野でボディガードの位置や力量を計っているのが見てとれた。「この時期に、シェンウーの息のかかった者を通すなんて、どんな魂胆?」

「阿久根さんから取材の申し込みがあったから受けた。それだけだ。昔世話にもなったしな。おつきの助手が彼だとは聞いていなかった」

鳥谷は応えると、背後のボディガードに「終わりだ」と告げた。

グリーン大通りに出たところで、鴻上は立ち止まった。

「目的はなんだ」

阿久根が訝《いぶか》しげに聞く。

「鳥谷正二郎の顔を見ておきたかった。それだけ。阿久根さんも同じですよね」

阿久根は呆《あき》れたように首を横に振ると、力なく息を吐《つ》いた。

警察が反社組織の事務所、拠点を警戒するのは当然のこと。

「三砂は口実か」

「理由なしにヤクザとは会えないし」

鴻上はあっさりと認めた。「でも彼の関与を疑ってるのは確か。銃を持った玄人を、素手で伸《の》したんだから」

「黄皓然に利する行動を取ったと？」

阿久根が薄く笑みを浮かべる。「五年前に追い詰めた相手を今度は助けたと？」

「本当に偶然なんですから」

三砂は口調に狼狽をまぶし、応えた。「出会い頭で向こうもびっくりしていたし、パニックになって持ってたカメラ振りまわしたら、幸か不幸か……」

「それでいいけど、今は」

三砂は鴻上の目的を考えた——この状況下で、シェンウーと敵対する久和組の幹部、鳥谷の様子を見ることは重要だが、それにしては所作もどことなく不自然だった。

鴻上は鳥谷と話しにきた割に、鳥谷とキッチリ相対していなかった。体の正面は、常に阿久根を向いていた。鳥谷に話しかける時でさえ。

鳥谷に向けられていたのは常に左半身。

会話の内容は他愛《たわい》なく、情報を引き出すにはほど遠い。阿久根も三砂も、鳥谷から重要な情報を聞き出せるとは露ほども思っていなかった。言うなれば、鳥谷と会ったという取材上の形式を整えるための面会だ。顔を見る、としても向こうも取材用の顔を作るだけだ。それは、鴻上が乱入してからも変わっていない。

三砂はそっと鴻上の胸元を見た。ジャケットに内ポケットの存在が確認できた。仮に、そこに何らかの機器を仕込んでいたとしたら意味はあるのか――

毒島も言っていた。反社構成員との接触が禁じられる中、鴻上綾は積極的に接触していたと。

「どうだリョウ、お前も今回の事件に、送死人がからんでいると思っているのなら、情報を共有しないか」

阿久根の提案に、鴻上はわずかに虚を衝《つ》かれたように息を止め、唇を結んだ。そして、真意を測るような視線。

「ただ、今、送死人が存在するなら、それはお前の親父《おやじ》が追っていた送死人じゃない」

鴻上の眼球がわずかに動き、三砂をかすめた。

「お断りします」

鴻上は表情を消し一礼すると、人ごみに消えた。

4　同日　――鴻上綾

鴻上は直接、落合の自宅マンションに戻ると、ジャケットの内ポケットからICレコーダーを取り出し、個人用のノートパソコンから、音声データを科捜研の協力者に送った。ここ数年欠かせないルーチン作業だ。

府中署での聴取のあと、組特の鍵山管理官宛《あて》に、捜一から厳重な抗議がきたという。それは鴻上の、報告無しの単独行動に関してだった。

要は勝手に関係人＝黄皓然を巻き込んだ銃撃戦を行った事に対する抗議だ。

ばかか――捜一は今日午前、豊中明夫殺害及び雑司ケ谷霊園銃撃事件に関し、目白署に捜査本部を設置、組対を押しのけて雑司が谷の現場に乗り込み、豊中と宮木の自宅を捜索、組対が積み上げた資料、情報を強奪したあげく、我が物顔で捜査を仕切り始めた。

だが、鴻上が動いたのは、捜査本部設置前の初動段階だった。どう考えても言いがかりだった。

鍵山からは待機を命じられ、一度組特隊本部に戻り拳銃を返却、分駐所で待機していたが夕方になっても連絡がないため、自主的に情報収集を行っていた。

甲斐達彦殺害の捜査本部は、夕方までに『トライデント2』とその周辺の防犯カメラの映像の解析を終え、櫻木凜奈死亡前の少なくとも三日間、甲斐達彦が映っていないことを確認した。

そして夜になり、警戒中の組対捜査班から、久和組の拠点に入る阿久根と三砂の情報を受けたのだ。

ふと、自分が発する臭気に気づいた。連日の猛暑の中、丸二日以上風呂《ふろ》に入っていなかった。楊文勇襲撃、豊中明夫殺害と府中での銃撃戦。濃密すぎる二十四時間だった。

リセットが必要——鴻上は父の遺品であるICレコーダーと音声データが詰まったフラッシュメモリをデスクの小物入れに収め施錠すると、そこで緊張感が切れたのか、全身に重い疲労感がのしかかってきた。

手が震え、衣服を脱ぐのもままならなかった。バスルームへの移動も膝が笑った。強烈な吐き気で、胃が収縮を繰り返した。

トイレで胃の中のものを全て吐き出した。温《ぬる》めに設定した湯を浴びたところで、足が体を支えきれなくなり、その場にうずくまった。

府中の公園。早朝。一人だった。明らかに玄人の男が向けてきたのは、殺傷能力が高い自動拳銃だった。脅しや威嚇ではなく、自分を殺すために撃ってきた。

跳ね返したつもりの恐怖が、今になって降りかかってきた。嗚咽《おえつ》が漏れた。

大丈夫、大丈夫——念仏のように口の中で唱える。わたしは強い、わたしは強い……。

徐々に水温を上げ、呼吸を整えた。恐怖を散らし、押さえ込む。震えが収まったのを確認し、ゆっくりと立ち上がり、髪と体を洗った。

足先、指先まで、いつもの鴻上綾に戻してゆく。

そして思いを募らせる。父はどんな思いで銃弾を受けてきたのか——実直で正義感にあふれた警察官。改めてその存在の大きさを感じた。

しかし、宮木のメモに残された、裏切り者という言葉。

杓子《しゃくし》定規で、教科書や道徳書に載っているようなことしか言わなかった父。同じ時間に起きて、新聞を読み、食事をして、仕事をした。趣味はなく、休日は個人的な職務日記をまとめることに終始した。家族旅行の記憶はなかった。

母は文句も言わず、激務の父を支えた。自我や個性という言葉が見当たらない性格で、時に警察署に着替えを届け、洗濯物を引き取ってきた。父を支えるだけの人生のまま倒れ、呆気《あっけ》なく逝《い》った。

それでも父は変わらなかった。淡々と生活し、食事、家事と母が担っていた部分も自分自身でするようになった。

そして、素行が乱れた娘を怒鳴りつけることもなく、その行為が引き起こす、周囲への迷惑、娘自身の将来への影響を、理詰めで淡々と言って聞かせた。

正しいことをしなさい。

父は幾度となく繰り返した。そんな父を疎ましく思ったこともあった。父がいる警察という組織を嫌悪もした。

しかし、十年前の新宿戦争で、考えが変わった。

新宿署で、取り締まりの最前線にいた父は、路上で発生した発砲の中に飛び込み、通行人を避難誘導する中、身を挺《てい》して銃を持つ男を押さえ込んだ。杓子定規に警察官の行動規範を遂行して。

三発の銃弾を受け、病院に運ばれた。

ベッドの上から、受験生を持つ父親として、杓子定規に娘の受験を心配した。

父は警察官として、父親として正しいことをしていた。

正しいこと。正義。厄介な言葉だった。

その当時、鴻上綾にとって『正義』とは、疚《やま》しいことをする時に振りかざすものだった。免罪符。我田引水の理論武装。

父の正義とはなんだったのか。

それが知りたくて、鴻上綾は警察の門をくぐる決心をした。

『俺が存在も不確定な殺し屋を追っていることは知っているだろう』

警察官となって二年が経《た》ち、ようやく要領が見えてきた頃、父が言った。久しぶりに実家に帰り、向き合った時間。一斉摘発の直前でもあった。

――そう、聞いてる。

鴻上綾は応えた。噂として、嘲弄《ちょうろう》を含んだ忠告として、耳に入ってきていた。

『これが捜査記録だ。いずれ、お前に預けることになるかもしれない』

目の前に差し出された、五冊のノート。

ノートは丹念に不審死を追った捜査記録だった。多くの警察官、一般人、反社組織構成員に話を聞き、細かいメモが紙面全体に書き込まれていた。

それからすぐに父は死んだ。三砂を追い、離れてしまった現場で。

手に入ったのは父の死後、二年経ってから。

今、フラッシュメモリには新たなデータが蓄積されつつあった。高岡、鄭、東方に、今日烏谷正二郎が加わった。

バスルームを出ようと、シャワーハンドルに手を伸ばしたところで、水音に混じって、物音が聞こえた気がした。

シャワーの水を出したまま、左手で歯ブラシのブラシ側を握った。

衣服は寝室に脱ぎ捨てたまま。バスタオルを巻いたところで、体の動きを阻害するだけ。鴻上は裸のまま足だけをしっかりと拭《ふ》き、そっとバスルームのドアを開けた。自分以外の息遣いと気配を感じた。

奥のリビングに人影。見た瞬間、手前のキッチンに駆け込み、フライパンで窓を割り、そのままフライパンを外に投げ、手元にあった皿も外に投げ、「誰か来て！　一一〇番を！」と大声を上げた。

気がつくと、すぐそばに男が迫っていた。

宮木涼成だった。

顔面を狙い歯ブラシを振り下ろしたが、かわされた。想定より動きに無駄がなく、反応が速かった。その顔が左右にぶれた次の瞬間、首筋に衝撃を感じ、同時に意識が遠のいていった。

第七章　鴻上メモ

1　七月二十一日　日曜未明　――宮木涼成

神威の情報は正確だったが、女が派手な音を立てて襲いかかってきたのは計算外だった。

半眼で痙攣《けいれん》する肢体。引き締まったいい肉体をしていた。動きも俊敏で、行動は理にかなっていた。

宮木はスタンガンをポケットにしまった。

部屋の主、鴻上綾だ。警視庁組織犯罪対策部・特別捜査隊の警部補。櫻木凜奈と同じ二十九歳。美しくはあるが可憐《かれん》さは皆無で、険のある鋭敏な目鼻立ちはアイドル向きではない。黄皓然襲撃では敵対行為を取りはしたが、それは彼女の職業故のこと。私怨《しえん》はない。

――大丈夫ですか？　何かあったんですか？　一一〇番しましょうか？

外から男の声が聞こえてきた。彼女の計算通り、近隣の住民が動き出したようだ。

パソコンかハードディスク、フラッシュメモリがあれば破壊するか押収しろ――急な命令で、ほぼ無計画なままここに来ていた。怪しい抽斗《ひきだし》は見つけたが、施錠されていて、短時間での解錠は無理だ。拘束して、心身に負荷をかけ在処《ありか》を吐かすという手も、彼女の機転によって不可能になった。

ストライクが取れぬなら、スペアを取る。神威の教え通り、ここは早々に退散し、次の機会を狙《ねら》うしかない。その前に――宮木は寝室に脱ぎ捨ててあったシャツを彼女に掛けてやり、窓から脱出した。

路地裏に隠しておいたバイクに乗り、北へ向かう。行き先は、埼玉県内の潜伏場所だった。日が暮れるまで、府中市武蔵台《むさしだい》にあるアパートの二階に潜伏して、警察の捜索をやり過ごしていた。黄皓然を襲撃した公園から北へ五、六百メートルの位置だ。女子学生が一人で住んでいて、防犯意識が甘くベランダから侵入できると事前に神威から情報をもらっていた。

襲撃失敗のあと、そこへ向かい二階ベランダの窓を割り、鍵《かぎ》を開けて侵入した。寝ていた女子学生の拘束は容易だった。そろそろスマホの自動発信で一一〇番通報され、助け出される頃《ころ》だろう。

しかし送死人、黄皓然の処分、そして今回の侵入と、三度続けてのタスク失敗となった。反省材料ばかりが積み重なってゆく。

荒川を渡ったところで、神威に結果を報告するメッセージを送った。

《自宅には戻るな》

返信はそれだけだった。

財布を落としたのだ、当然のことだ。ただ、あえて指示してくるのは、まだ使うとの意思表示にほかならない。

宮木はスマホに黙礼をすると、再びバイクを走らせた。

2　同日午前 ——三砂瑛太

宗田恭介は、戸田市郊外にある倉庫に勤務していた。

広い流通ハブで、事業棟脇《わき》の車輛《しやりよう》口からは、ひっきりなしに大小のトラックが出入りしていた。宗田はそこで小型の自走牽引車《けんいんしや》を運転し、台車に載せた貨物を所定の場所に運ぶ仕事をしていた。

三砂は敷地の片隅の喫煙エリアで宗田と相対した。

「最近は随分動くようになったけど、まあ自業自得ですよ」

作業衣姿の宗田は、震える左手を懸命に御しながらタバコに火を点《つ》けた。「牽引車は右手一本でなんとかなるんで」

今日は休日だったが、仕事はシフト制で、平日に休みが取れるという。

現在は二十八歳。髪は短く刈り、頰《ほお》回りも胴回りも、倍ほどになり、五年前の優男風の面影はまるで残っていない。

一斉摘発の直後、周郷治の襲撃を受け、殴打され、眼窩底《がんかてい》、鼻骨、顎関節《がくかんせつ》を骨折する重傷を負った状態で助けを求め、路上に出たところで軽トラにはねられた。それで頭と首筋を強打し、今も左半身に麻痺《まひ》が残っているという。

「ここは障害者枠で入ってるんで、真面目《まじめ》に目立たず出しゃばらずでね。ここにぶち込んでくれたヤツの顔を立てないといけないし」

五年前のことを聞きたい、と三砂は正面から告げた。

「クラブでちょっと目立って、末端でMDMA《エクスタシー》売るようになって、根拠のない全能感ていうのかな、それで足もと掬《すく》われて。高い授業料だよな」

だが、打ちひしがれている様子はなかった。「今ならもっと上手《うま》くやれんのにな」

重傷を負い、身体機能に障害を持ったが、有罪判決に変わりはなく、ケガが回復しリハビリがある程度進んだところで短期間服役、出所して一年が経《た》っていた。

そして、宮木の現状だ。

「宮木？　面倒なヤツだったな。櫻木凜奈にクスリ売ったことに激ギレしててさ、それで俺《おれ》のこと売りやがった。アイドルが清いとか処女だとか、そんなわけねーっつの。ばかじゃねーのってこと。MDMAほしさに向こうから来たっつーの」

売られた相手が目の前にいるが、宗田の口は止まらなかった。

話を総合すると、宮木はアイドル・櫻木凜奈に執心し、櫻木凜奈との関係を吹聴《ふいちょう》した宗田に接近し、その話が事実かどうか問い詰めてきたという。

「あの時、櫻木がシェンウー幹部の女って知ってたら手なんか出してねーし、MDMAも売るわけねーし……」

シェンウーが流しているMDMAをこともあろうか、シェンウー幹部の情婦に売ってしまったのだ。

櫻木凜奈が逮捕された際は、受け渡しを防犯カメラのない小さな区民集会室のコインロッカーに設定し、さらに櫻木凜奈自身も宗田の氏素性を知らなかったため、捜査の手は宗田に届かなかった。しかし数ヶ月が経ち、宮木の口から、全《すべ》てが漏洩《ろうえい》した。

宗田はシェンウーから灸《きゅう》を据えられたあと縁を切られ、周郷治に襲撃された。

「あの後、オゼさんとこトツして返り討ちに遭ってたみたいだし。世話になってたくせに、なんなんあいつ」

オゼ——記憶の奥に引っかかりを覚えた。

「オゼ？」

「オゼ・ミノル。ほら、五年前のブクロの摘発んとき、刑事撃った人」

思い出した。尾瀬稔《おぜみのる》だ。だが名前と罪状以外は、その後のゴタゴタで知る機会はなかった。今も収監されているだろうが。

「あなたとの関係は」

「櫻木凛奈を紹介してくれたの、尾瀬さんなんだよな。結構な額紹介料としてぶんどられたけどさ」

宗田は、得意げに語り続ける。「そのときはちょっといい気分だったんすよ、俺をいっぱしの商売人と認めてくれたって感じで。でも今考えれば、儲《もう》けたいけど自分に火の粉が飛んでこないようにってことなんだろうけど」

「彼もクスリを売っていたのかい？」

「いや、売る側と買う側のマッチング。芸能人とか、アーティストみたいな奴《やつ》らとか、でかい会社の偉いさんとか、その息子とか娘とか結構知っててね。緑水の人たちとも交渉してた。手数料とって」

「仲介人？」

「そうそう。その筋では割と有名な人だったみたい」

「それで、宮木と尾瀬稔の関係は？」

「友達が尾瀬さんとこでバイトしてた。その友達……確かカイ君とか言ったな」

カイ――甲斐達彦。

「この男のことかな」

スマホに画像を表示し、宗田に見せた。

「そうそう、こいつ。似合わないのにドレッドにしてた。尾瀬さんがやってたマッサージ屋のボーイで、配達を手伝ってもらったこともあるよ」

配達とは、MDMAを指定のコインロッカーに届けることだった。

「逆にカイ君が忙しい時は、宮木が代わりにマッサージ店に入っていたこともあったかな」

五年前、尾瀬は宗田に櫻木凜奈を紹介し、MDMAを売らせた。そして、宮木は尾瀬が宗田に櫻木凜奈を紹介したことを知り、尾瀬を襲撃、返り討ちに遭った。その後、宮木の証言から三砂が動き、結果的にシェンウーのドラッグ流通ルートが潰《つぶ》された。

そして、摘発の時はハブステーションの中にいて、警官＝鴻上匡を射殺した。

情報が断片的すぎて、整理が必要だった。

「ところでフェローってグループ知っているかな。甲斐達彦が最近までそこでMDMAを売ってた。君たちがいなくなったテリトリーでね」

「フェロー？」

宗田は首を傾《かし》げた。

「もしかしたら宮木君も今はそこの仲間かもしれない」

「尾瀬さんのとこに何人かいたから、そいつらかな」

「その人たちの情報、いただけませんか」

三砂は謝礼の支払いを提示した。

「当時の仲間とはもう切れてるし、連絡自体禁じられているけど、取材なら仕方ないな」


倉庫の正門前で希美と落ちあった。

「勤務態度は真面目ですし、何も問題ないと上司の方は言ってました」

希美には、宗田の周辺取材を担当してもらっていた。「でも、同僚の人たちとはあまり話さないみたいですね。出勤して、仕事して、帰るだけみたいな。仕事終わりで呑みに行ったりということもないようです」

業務上の最低限の会話を交わすだけだという。

「宗田の事情のことは？」

「交通事故でケガをしたということ以上は、あまり知らないようでした」

同僚たちからしたら、関心はそれほどないけど、多少は気になる存在——希美は、同僚視点からの宗田をそう評した。三砂もそれ以上の情報は期待していなかったが……。

「あの、同僚の方の一人が、彼がよく連絡を取っている相手を知っていたんですが」

含みのある言い方だった。

「親しい人がいたんだ」

「いいえ、彼のスマホを盗み見た人がいまして」

その人物は、宗田がSNSでメッセージを送っているところを、後ろからそっと覗《のぞ》いたのだという。

「何度も同じ人にメッセージを送っていたんで、友達か恋人だと思ったそうです」

佐古聖、という名前だという。サコ・セイ、あるいはタカシかヒジリか。これだけでは性別もわからない。

宗田は今も保護観察官の監督下にある。危険人物である可能性は低いとは思ったが――

「一応調べておこうか」

「わたしが担当でいいですか?」

気負いが籠《こ》もっていた。「今は力を溜《た》める時期だと思っているので、少しだけ頑張りたいんです」

「じゃあ、頼むよ。頑張りすぎない範囲で」

希美とは現地で解散し、池袋へ戻った。

社長は屋上。

明華商店ビルに戻ると、そう言われ、関係者以外立ち入り禁止の屋上に出た。

辻先は、屋上に設置したパラソルの下、リクライニングチェアに身を委《ゆだ》ね、のんびりと葉巻をくゆらせていた。赤いアロハに白いハーフパンツ。

「今日は割と過ごしやすいな」

「尾瀬稔の件です」

サイドテーブルには氷の入ったピッチャーがあり、中に缶ビールが突っ込んであった。

三砂は近くに立てかけてあったパイプイスを広げ、座った。戸田を出る時に、情報が欲しいとメッセージを送っていた。

辻先は葉巻を置いた。

「尾瀬は以前から緑水幇が日本で行うビジネスの仲介をしていた。元々〝燐虎〟と取引をしていたんだが……」

〝燐虎〟は新宿歌舞伎町に拠点を置いていた中国遼寧省系の反社組織だった。歌舞伎町では主にコカインと覚醒剤《かくせいざい》を流通させていた。

「新宿戦争で燐虎が潰されたあとは、取引先をシェンウーに切り替えた。緑水幇とシェンウーをつないだのは、尾瀬と旧燐虎の連中だ」

旧燐虎の構成員の幾人かは新宿戦争後シェンウーに降《くだ》り、鄭グループに属しているが、尾瀬はフリーの仲介屋だったという。宗田の話と一致していた。

「甲斐という男がシェンウーにいたことはない。尾瀬が個人的に雇っていたんだろう」

辻先によれば、尾瀬は殺人と麻薬取締法違反で、事件翌年に収監。

「でもずいぶん速いですね」

メッセージを送って一時間ほどしか経っていない。

「五年前、一度周辺を洗った。当然だろう」

要らぬ火の粉を防ぐためだったが、思いのほか難航したという。尾瀬は徹底的に素性を隠していた。警察は現在に至っても、尾瀬の正確な経歴を摑《つか》んではいないのだ。

ただシェンウーは、尾瀬が使っていた北京語のわずかな訛《なま》りから出身地を推定、本土の組織の協力を得てようやく探り当てた。

「尾瀬は中国遼寧省の残留孤児二世。一九八一年に母親とともに帰国。彼の場合は来日となるが、その時はまだ五歳だった。母親は在留中に結婚したが、夫とは死別。こっちに来てからも、母子共々苦労していたようだ」

尾瀬稔という名は、自称のようだ。

「尾瀬は母親と違い、すぐに日本語を覚え、中学卒業後は様々な職業を転々としていたようだが、それなりに苦労はしていたようでな……」

虎舞羅王のように群れることなく少年期、青年期を過ごし、風俗店の勤務でノウハウと人脈を築き、二十代で高級デートクラブを経営。管理売春、覚醒剤取締法違反で三度の逮捕歴があり、二度服役。

「シャブで女を管理していた」

ここでも特定の反社、準反社の傘下にはならず、個人もしくは少数の仲間だけで渡ってきた。反社組織は敵ではなく、仕事、情報、女の販売先だった。

「それで一時、周郷治が尾瀬を対燐虎用に情報源として使っていた。周は懐柔したと思い込んでいたようだが、結果的には失策だった」

周は新宿戦争の準備段階で、燐虎とその周辺の情報を得ていたという。

「周は新宿戦争のあとも尾瀬を情報屋として使っていたんだが、慢心でもしてたんだろう、自分の情報も抜かれてしまった」

三砂はすぐに思い至った。五年前――

「櫻木凛奈に関する情報を抜かれたんですね」

櫻木凛奈がＭＤＭＡを欲しがっている。その情報が宗田に売られ、櫻木凛奈が再びＭＤＭＡを常習するようになり、やがて逮捕され、シェンウーは大きな損害を被った。

仲介屋である尾瀬がハブステーションにいたことに疑問はないが――

「話を聞く限り、慎重で狡猾《こうかつ》な人物に思えますが。警官を撃つイメージが湧《わ》きません」

「尾瀬は黄皓然の案内役兼ボディガードだった」

緑水幇とシェンウーを仲介した。それはわかるが、納得できなかった。

「お前の疑問は、我々の疑問でもあった。だから尾瀬を調査したんだ」

尾瀬が警官を撃ったお陰で、警察は必要以上に攻撃的になった。無関係の構成員まで、適当な罪状を背負わされ、逮捕された——辻先は語った。

「尾瀬は、周ではない誰《だれ》かの意を背負っていた。証拠はないが、あり得ると考えている」

「尾瀬と面会したいですね」

おそらく無期刑を喰《く》らっているだろう。

「いや、彼は死んだ」

収監の翌年、獄内で自殺したという。

ならば守られていた張本人に聞くしかなかった。


黄皓然は、奥まった個室で待っていた。

「よく来たね」

黄は上機嫌そうに声を掛け、席を勧めてきたが、両脇を固める男は、鋭い視線を三砂に向けてきた。白シャツにネクタイ姿だったが、ざらついた空気をまとうその姿は、どう見ても堅気ではない。

新宿三丁目にある中華レストランだった。名刺の連絡先に電話すると、二つ返事でここを指定された。

三砂は一礼して、黄と向かい合った。特に合図はなかったが、三砂の着座とともに、酒と料理が運ばれてきた。肉が中心の北京料理が並ぶ。

黄は髪を切り、開襟のシャツでこざっぱりとしていた。

両脇の男を、黄を支援する団体のボランティアであると紹介した。どちらも三十代前半くらいか。短い挨拶《あいさつ》だったが、やや中国系の訛りがある日本語だった。

「再会に」

黄が音頭をとり、ビールで乾杯した。

食事中、黄は刑務所での待遇に対する不満を、途切れることなくまくし立て、刑務官を口汚く罵《のの》り、両脇の男に同意を求めた。

デザートが運ばれたところで、黄が真顔になった。

「私を刑務所に送り込んで、なぜまだ生きているのかと思ったら、シェンウーの子分になったからか」

「少し、お世話になっています」

否定はしなかった。「五年前のことは後悔しています。誰かは知らずにただ追いかけただけですから」

「記者の仕事はわかってるよ。お互い運が悪かったんだよ。辻先さんを頼るの、生きるためには賢明な選択だ。頭がいい」

黄は笑顔で杯を掲げる。「そのお陰で、きのう命を救われたのは事実ね」

「あそこにいたのは取材のためですし、男を殴ってしまったのは、偶然です」

「でもね、あなたが一人倒したお陰で、私は逃げ道ができた」

三秒が男を倒したのを見計らったかのように、黄は斜面を降りてきた。

黄はテーブルに両肘《りょうひじ》を突き、わずかに身を乗り出す。

「しかし、お礼が尾瀬さんの情報なんて、本当に変わった人だね」

「記事を書くための情報が必要なので、それ以外の事も聞きますけど」

「こっちも聞きたいことがあるよ」

三砂はうなずいた。

「昨日お迎えに上がったのは？」

「遼寧出身者の互助会だね、運転手は」

「後ろの方は」

撃たれた男だ。

「この人たちの友達ね」

黄は両脇の男を指し示した。要するに護衛役だ。「それで、誰が襲ってきたかわかるかい？」

「宮木涼成という男です」

三砂はジャケットの内ポケットから写真を取りだし、黄の前に置いた。

護衛の男が、ちらりと顔を見合わせた。

「確かにこの男だったね。警察は摑んでいるか」

「まだ直接の証拠を摑んだわけではなさそうです」

襲撃直後の緊急配備の網にはかかっていない。単に逃げ足が速く、運がいいのか、組織的なバックアップができていたのか。

「この男、久和組か？」

「それはわかりませんが、もし襲撃が成功していたら、大変なことになっていたと思います」

黄は写真に目を落とし、わずかに思案したあと顔を上げた。

「刑務所にいる間、鄭さんの代理人と何度かあったよ」

過去を謝罪し、やんわりとだが復縁の道を探ってきたという。「でも、一度失敗しているしね、伯父さんも縁起を担ぐ方だし」

伯父さんとは、緑水幇の首領のことだろう。仮に黄の殺害が成功していたら、その後の混乱は想像もできなかった。

「もうドラッグビジネスはやらないのですか」

確認のために、改めて聞いた。

「やらない。昨日も言ったでしょう」

黄は即答した。「今は日本のアニメばかりだけど、もう本土でも製作が始まってる。急がないといけない。日本の優秀なスタッフも大勢引き抜く。日本のアニメのいいところを学んで、中華はアニメ大国にもなる。私たちはその先駆けになる」

天津藝影集団――調べたらすでに一部のアニメスタジオに出資し、中国が舞台のアニメの製作も始めていた。

「日本の警察は弱くて優しいけど、真面目でしつこい。もう嫌だね」

なぜか両脇の男もうなずいた。「あの女は例外だけどね。誰でも撃つのが趣味なのか？」

「銃口を向けられたら撃つんだと思います」

「あの女が手本になったら日本の警察もっと嫌いになる」

全てが本音だとは限らないが、表事業に乗り出すことは、確かなような気がした。

「フェローというギャング団は知っていますか」

「ふぇろ？」

黄は首を傾げ、護衛と顔を見合わせた。護衛も、小さく首を横に振った。

「正式な呼び名ではないのですが」

三砂は警察や反社組織の一部でそう呼ばれていること。新興で、得体が知れない若い組織であること。大々的にではないが、シェンウーが失った販売ルートでドラッグビジネスに乗り出していることを告げた。

「勝手にしろだね。私はもうクスリの係を外れたからね」

「じゃあ襲った人たちは黄さんが豊中と組んで、また池袋でドラッグビジネスを始めると、勘違いをしたんでしょうか。豊中は、黄さんの出所に合わせて準備していたように見えましたから」

「知らないよ、そんなこと」

「アニメのことは、誰かに話しましたか」

「関係のない人には話してないさ。話す必要ないだろ？　君に話したのが最初だよ。あの刑事が盗み聞きしていたけど」

「製作会社の話は」

「事業計画は面会に来たウチの弁護士に渡してたよ。日本の代理店設立とか、準備は滞りなく進んでいるよ、法律の範囲内でね。調べればすぐわかることだよ」

黄の言葉が事実なら、豊中の動きも待ち伏せも、黄とは無関係のところで動いていたことになる。ならば、出所後の黄が豊中と合流しないことで、豊中にも周囲にも、ドラッグビジネスの話が存在しないことが発覚する。

だから黄を殺す意味があった。敵はドラッグビジネス計画が存在すると思わせ、シェンウーと送死人を釣った？　だとしたら宮木は誰に雇われている？　トンネルを抜けた途端に、濃霧に突っ込んだような気分だった。

「では、この男を知っていますか」

甲斐達彦の写真をテーブルに置いた。「以前尾瀬稔氏の下で働いていて、最近は北池袋でMDMAを売ってたんですが、殺されたんです。フェローの甲斐と言います」

「この男、尾瀬さんの下にいたというか、恋人だったよね」

黄は甲斐の写真を指さし、左右の男に確認するように視線を送ると、片方の男がうなずいた。

「尾瀬稔氏の下にいたことは確かなんですね」

「よくは知らない。時々尾瀬のお使いしていたのはわかった」

「実は、昨日黄さんを襲った宮木涼成も、同じ時期に尾瀬氏の下で働いていたようなんです」

「そうなのか？　私は見たことなかったよ」

黄が左右の男に確認すると、男たちは首を横に振った。

「では、尾瀬氏はどのような経緯で黄さんのボディガードになったんですか」

「護衛と言っても、日本にいた間だけね」

黄曰《いわ》く、尾瀬は来日した際に成田で出迎え、自分が通訳だと名乗ったという。「こっちもボディガードは連れてきているし、日本語わかると言ったんだけど、慣例だし、道案内も兼ねているからって」

「慣例と言いますと？」

「私以外の担当が日本に来た時は、尾瀬さんが通訳をしていたみたいだね。でも彼がいて良かったとは思うよ。北京語も私たちとそんなに変わらなかったしね」

尾瀬のお陰で、様々なクラブやキャバクラ、遊興施設に顔パスで入れたという。

しかし、周に使われてはいたが、尾瀬はシェンウーの所属ではなく、あくまでもフリーの仲介屋。

「尾瀬は何者で、何があったのか教えていただけませんか」

三砂の申し出に、黄はわずかに目を丸めた。

「なぜ知らない？　当事者なのに」

「思い出したくなかったもので」

三砂が応《こた》えると、黄は「なるほどね」と笑った。「生き延びた代償だね、それは」

一斉摘発当日、尾瀬は窓から黄を逃がしたあと、自らはクローゼットに隠れたという。

そして、クローゼットを開けた鴻上匡警部補に、銃弾を撃ち込んだ。

「あれに関しては、素直に捕まれば良かったのに」

「黄さんのために撃ったんでしょう」

発砲事件、ましてや警官を撃てば、そこに捜査員が集中するのは自明の理だ。逃げる黄を助けるための行為のはずだ。結果的に警察とは関係のない三砂が追い詰めはしたが。

「警察に、お前が撃てと命令したのかって、強く強く詰められてね。こっちは違う違うって、百万回言ったね。ま、尾瀬さんが自分の一存だと言って、裁判でもそれが認められて、ほんとこっちは気が気じゃなかったよ」

「彼は人を撃つような人間でしたか？」

「他人の心の中はわからないよ。でも損得勘定はできる人だった。少なくとも私はそう感じていたよ」

尾瀬は何者かに弱みを握られていた。それが辻先の考えだった。

『母親の存在を突き止められたんだろう』

屋上を出る前、辻先は言っていた。

『国の支援があったとは言え、人権意識など今と比べたら随分と希薄な時代だったからな。母親は姉を頼って帰国したんだが、その姉もすぐに死んだ。ほかの親族からしたら、尾瀬の母子は荷物だった』

尾瀬が裏稼業に手を出したのは、正業に限界を感じたからだと辻先は分析していた。『しかし、尾瀬にとってはただ一人の肉親だ』

だが深入りして、エスカレートして、箍《たが》が外れてしまった。
『その母親はどこに』
『高崎の特養にいる。ただ認知症で意思の疎通は難しい状態だ』
『彼は本当に自殺だったんですか』
『確認はできていないが、消された可能性はあるだろうな』
誰かが絵図を描いているのなら、それができる力を持っているということだ。
食事は表面上和やかなうちに終わった。
黄に、自分を襲った連中が何者なのか調べてほしいと依頼されたこと以外は。

新宿駅に差し掛かったところで、メッセージが着信した。
毒島だった。
《組特の鴻上が自宅で襲われた》
《本人はかすり傷で、襲ったのは府中にいた男だと言っている》
宮木涼成。
前日に豊中を殺し、数時間後には別の仲間とともに黄皓然を追い込み、さらに鴻上。
——短時間でいいので、情報交換を。
そう返信した。
指定されたのは、目白だった。

目白駅で降り、ＪＲの線路を見下ろす小さな公園で待っていると、住宅街の間から毒島が姿を見せた。その背後には、ジャケットを手に掛けた、白シャツの男。

とんだ大物が釣り針にかかった。

三砂は毒島に会釈しつつ、白シャツの男に向き直った。「組特の鍵山管理官ですね。その節はお世話になりました」

五年前は組対五課に所属、一斉摘発の際は一班を率いシェンウーの麻薬販売ルートの捜査をしていた。毒島と鴻上匡は、鍵山捜査班の両輪だった。

「随分と情報通になったじゃないか」

鍵山は木陰に入り、息をついた。

「辻先さんにお世話になっているうちに自然と」

三砂は周囲を見渡し、公園利用者に声が届かないことを確認した。

「毒島さんは、こんなところで油売っていていいんですか」

「捜一さんが意気込んでいてな、夕方に公園で休憩できるくらいの自由は利く」

捜査本部の雰囲気が予想できた。

「鴻上さんの具合は？」

「かすり傷だ。それ以外は何もされていない」

毒島は応えた。

「府中の男って、黄皓然さんを襲った人ですよね」

「ヤツと撃ち合った本人がそう言っている。今確認作業中だ」

毒島の中に、若干の動揺が見て取れた。

「何が目的だったんでしょう」

「捜査資料だろうと鴻上は言っている。保管場所をこじ開けようとした痕跡《こんせき》があった。奪われてはいなかったが」

「どの事件の？」

「自分が関《かか》わったあらゆる事件のメモを保管していて、どれを狙ったのかはわからないそうだ」

保管されていたのはＩＣレコーダーとフラッシュメモリだという。

「データの半分以上は父親から引き継いでいるそうだ」

「例の殺し屋の？」

三砂が聞くと、毒島は鍵山と視線を合わせ、「そうだ」と応えた。

「それはそうと甲斐の件、役に立ちましたか」

「鴻上が、甲斐の取引場所とみられる公園を見つけた」

応えたのは鍵山だった。「遊歩道を利用すれば、防犯カメラに映らずにここに来ることができる。櫻木凛奈の麻薬入手先が甲斐達彦なら、捜査が進展する可能性がある」

「甲斐はフェローですか」

鍵山に聞く。

「関係が深いと滝野川から報告が来ている」

「それと、気になる情報を入手したんですが」

宮木に関する情報の共有が必要だった。「五年前、尾瀬稔の下で働いていた学生がいたんですが、それが甲斐達彦と宮木涼成という男です」

毒島の眉《まゆ》がわずかに動いた。

「五年前も取材したんですが、甲斐が櫻木凜奈にMDMAを売った疑いがある以上、もう一度話を聞きたくて探しているんです。でも行方がわかりません。そちらは宮木について、何か捜査か事情聴取はしていますか」

毒島と鍵山が、一瞬顔を見合わせた。そして、鍵山がうなずいた。

「我々も彼に話を聞きたいと思っている」

毒島は言った。

「事件に関連していると？」

我ながら白々しい——だが三砂は、記者の表情を続ける。

毒島と鍵山は、再び顔を見合わせる。やはり、何かを握っているようだ。

「実は、宮木の部屋からは甲斐殺害をほのめかすメモが出てきた」

毒島は言った。「これはオフレコにしておいてくれ」

雑司ケ谷霊園内に財布が落ちていて、中から宮木涼成の免許証が見つかったという。

「すぐに宮木のヤサを捜索。そこで目白署が実包、ＭＤＭＡ、宮木の手書きらしいメモ帳を見つけた」

確かに宮木との乱戦の中、ナイフで革を切り裂いた感触があったが、それがポケットを破損させたようだ。奇跡なのか必然なのか——

「それで、メモには標的とおぼしき人名が書かれていた」

「デスノートみたいですね」

軽口を叩いたが、毒島も鍵山もにこりともしなかった。

「甲斐のほかにも、関係者の名が多数書かれていた。その中に豊中の名もあった」

ここで三砂は、驚愕《きょうがく》の表情を作った。

「豊中って、雑司が谷の……」

「ああ、宮木は豊中殺しの被疑者の一人だ。それで府中で黄皓然を襲い、鴻上を襲った疑いもある」

「五年前はただの大学生だったんですよ⁉」

記者らしく食い下がって見せたが、三砂は改めて思った——感情剝《む》き出しで狂気すら感じさせた宮木が、冷静冷酷な殺人マシーンへ変貌《へんぼう》した裏側には、何があったのか——

「三砂、シェンウーから宮木……いや豊中でもいい、情報を拾えないか」

情報の交換か。それが毒島との約束だった。

「なんとかしてみます」

「すまないな」

「警察としては、宮木の行方が最優先になったと？」

「そうなる」

毒島は応えたが、表情を曇らせた。「だから、鴻上への風当たりが少し強くなった」

侵入してきた宮木を捕らえることができなかった――

「入浴中で無防備だった。それでも彼女は歯ブラシの柄を使って、宮木の制圧を試みた」

近隣住民が窓から逃げる男を目撃していたという。「彼女を責めることはできない」

「それだけ事件の核心に近づいたとも言えますよね」

三砂が応えると、毒島は「そうだな」と乾いた口調で応えた。

「それで、その前に君と会っていたそうだね」

鍵山が三砂の表情をうかがうように切り出した。「久和組の鳥谷と一緒に」

これが、わざわざ鍵山がここに来た理由のようだ。

「鳥谷さんには、取材で会いました。そこに勝手に入ってきました」

「そこまでは阿久根から聞いた」

「どのようなご関係で？」

「元同僚だ」

もしかしたら鍵山は阿久根の情報源の一人かもしれなかった。「何を話した？」

「儀礼的なことです。捜査に有益な情報はなにも」

「阿久根も同じことを言った。知りたければ、連載を読めと」

鍵山は薄く笑う。「鴻上は何を話した」

「話らしい話は。顔を見に来ただけと僕らには言いましたが」

「どうにも抽象的だな」

鍵山は失望したように、小さく息を吐《つ》いた。

3　同日夜　──鴻上綾

新宿区内の病院から下落合を管轄する戸塚署での聴取、その後分駐所で一人待機していた。状況はめまぐるしく動いているが、行動の自由を奪われ、焦燥が募る。

そこに着信があった。個人用のスマホ。科捜研の協力者だった。

《90％以上の確率で一致》

了解、と返信した。

午後七時を過ぎ、鍵山から目白署の捜査本部に出頭するように命令がきた。

つるし上げか──鴻上は分駐所を出た。

講堂に設置された特捜本部には、捜査一課、組対五課、目白署、池袋署の捜査員が入り混じっていた。資料の情報を検討する小集団、角突き合わせて意見を飛ばし合う集団。おそらく七十人規模。むせ返るような喧噪《けんそう》だった。

鴻上が姿を見せると、それが静まった。

「組特隊の鴻上です。聴取でしょうか、それとも着任でしょうか」

鴻上は幹部が並ぶ雛壇《ひなだん》に向かって言った。

「適当なところで待て」

雛壇にいる捜一の管理官が、仏頂面で告げた。再び捜査員たちが、各々の仕事を再開した。中には見知った顔も多かった。組特からは鴻上一人だけだが、池袋署組対から一個班が追加投入されたようだ。

後方の空いている席に体を預け、腕を組み目を閉じた。

やがて一課長と組対五課長、鍵山組特隊管理官、最後に刑事部長である蛎崎が入室してきた。ざわめきが上がる中、起立がかかった。

鴻上の存在は無視されたまま、報告と検討が重ねられ、蛎崎は無言のまま報告を聞いた。

最重要人物は宮木涼成。その足取りと周辺捜査について、長い時間が掛けられた。自宅と実家周辺には、複数の捜査員が張り付いているようだ。

黄皓然にも、宿泊先に警備の捜査員が派遣されていた。

宮木の自宅の捜索で、交友関係を示すものはなし。櫻木凜奈の写真集や映像作品、グッズ多数発見。大学時代からの友人、知人などの証言から、熱狂的なドルオタ――そんな人間性が浮き彫りになる。現在無職、収入源は不明。

「……武蔵台のアパートに侵入してきた男が……」

捜査員が新たな情報を報告する。午後、府中市内で一一〇番通報があり、女子大学生が救出された。朝方男が侵入してきて、拘束されたという。

状況、場所、年格好から宮木涼成の可能性が高い。周辺の防犯カメラによる足取りの追跡と手堅い方針が決まってゆく。

そして、銃撃戦があった『パークサイド雑司ヶ谷』と雑司ケ谷霊園周辺の地取りだが、周辺住民の目撃情報によると、銃声直後にベランダから逃げた人影は二人。一人は屋根伝いに逃げたという。その直前にもう一人が、ベランダから出て行った。いずれも人相、性別は不明だが、身のこなしや体格から男性だったという声が複数。

室内にはリボルバーが落ちていて、壁には弾痕《だんこん》が残っていた。リボルバーには発砲の形跡はなく、壁の弾丸については、未発見の銃器から発射されたものと鑑定された。

「鑑識の結果、豊中の体内に残された弾丸と、当該リビングの壁に残された弾丸は同じ銃から発射されたものであることがわかりました」

一課捜査員が報告する。

霊園で見つかった二人の身元はいまだ不明のまま。マンションと霊園からは自動拳銃《けんじゅう》と複数の銃弾、薬莢《やっきょう》が発見され、一部は霊園に落ちていたサプレッサー付拳銃のものと施条痕が一致した。

霊園の中には複数の着弾痕があり、回収された弾丸は、全て落ちていた拳銃のものと一致。

「残された足跡と、着弾点、バイクのタイヤ痕の位置関係を考えると、バイクの運転手が、走って逃げる何者かを銃撃した可能性が高いと思われます」

刑事部長の出席で勢いづいているのか、一課が中心となって会議は進む。

「豊中は発見されていない銃と、霊園に落ちていた銃で撃たれ、殺害された。これは確定だな」

一課管理官が言った。異論は出てこない。「侵入し、発砲後逃げた賊は二人。それを豊中の関係人が追ったと考えていいだろう。現場の負傷者は豊中の用心棒だろう。豊中の背後関係は」

「五年前に廃業して以後、反社との関係はなく、ここ数年は個人で事業をしていますが、事務所の維持費にも苦労している有様で」

組対捜査員が応える。

「そんなカタギをプロが撃ち殺すか？　青竜刀《せいりゅうとう》を持った用心棒がいたんだぞ。組織を背負っているから殺《や》られたんだろうが」

「そうだ」と一課の連中から声が上がる。

「久和組がまた池袋で麻薬を売るという話もあるようだが……」

一課管理官は続ける。「逃げた二人のうち一人は宮木。豊中を殺し、黄皓然を襲ったのは、豊中のビジネスをぶち壊すため。ならば宮木は誰に雇われている。シェンウーなのか、違うのか聞いている。お宅らは何のためにここにいるんだ？」

「状況はそんなに単純じゃない」

組対五課長が凄《すご》みを利かせた。それで一課管理官も、追撃の手を休めた。

組織犯罪に関しては、一課が思う以上に組対の見立ては確かだ。豊中は、もうどこにも繋《つな》がっていない。黄自身もそう話していた――

「鴻上君、鴻上君」

呼ばれていることに気づいた。

鴻上は顔を上げた。呼んでいたのは一課管理官だった。

「君には問いただしたいことが数あるが、まずは聞きたい。君は唯一宮木と接触しているが、彼をどう思う」

半笑い気味。ついでに聞いてやっている——そんな雰囲気が漂っていた。

「純粋に目的を果たす。それ以外に興味のないように見えました」

鴻上は立ち上がると、背筋を伸ばし、応えた。

「何をもって、そう思うに至ったのかね」

「府中の現場では、宮木に向け三発撃ちました。二発撃ち返してきましたが、あくまでも牽制《けんせい》で、彼は足を止めることなく黄を追い込みにかかっていましたので」

声はよく通った。わずかだが、空気が変わった。

「なるほど……」

管理官の口調がわずかに揺れるが、表情で繕った。

「昨夜の件も、わたしを襲ったのは、わたしが反射的に逮捕を試みたからです。宮木の目的はおそらくわたしが所有する捜査メモですが、目的は果たせませんでした。わたしはスタンガンで失神させられましたが、それ以上のことはされていません。目的以外のことに興味がない、果たせなければ迷わず撤退。その傾向は府中でも見られました」

裸の自分にそっとシャツを掛ける宮木を、鴻上は朦朧《もうろう》とした意識の中で見ていた。

「プロということだな」

管理官は最もわかりきった言葉を選んだ。「雑司ケ谷霊園の件については、君が最初に現場に入ったようだな。見解は」

「身元不明者を負傷させた者についてですが、足跡の様子を見る限り、墓石を乗り越えたり、高いターン技術を持った者と推察され、それはここで行われた報告と合致すると考えています。おそらくですが。パルクールに長《た》けた人物と考えています」

目撃証言にあった、屋根伝いに逃げた人物だ。「現場ですが、電動バイクでもわかるように、周到に準備され、襲撃と迎撃が実行されたと考えられます」

襲撃側は派手に、迎え撃つ側は静かに。そんな構図が見えた。

「豊中の頭を撃った銃と、逃げる何者かに向けられた銃は同一。しかもサプレッサー付。一方で、室内に落ちていたリボルバーは一発も放たれておらず、現場マンションに残されていた弾痕は、豊中を撃った銃と、未知の拳銃のものだけ。つまりその二つの銃の持ち主が互いに撃ち合った事を意味します」

そう、これは単純な襲撃事件ではなかった。

「屋根伝いに逃げた人物と霊園内を逃げ回った人物は、その体技から同一。しかも、追っ手に対し銃を撃っていません。ならば室内に落ちていたリボルバーは、霊園内を逃げた人物の所有物と考えるのが自然でしょう。未知の銃を持った者は、路地を逃げた人物」

多くの捜査員が、手持ちの資料を検《あらた》め始めていた。

「わたしは豊中が久和組と繋がっていないという組対の見立てを支持します。その上で、外部から襲撃した二名と、豊中、サプレッサー付の銃を持った男、霊園の負傷者二人の合わせて六人が、互いに戦ったと考えます」

「君の言い方だと、逃げた賊二人は豊中を殺していないというふうに聞こえるんだが」

一課管理官が呆《あき》れたように問いただしてきた。

「わたしはそう判断します」

あちこちで冷笑混じりのざわめきが上がる。「じゃあ豊中は仲間に止《とど》めを刺されたのかね」

「そう言っています」

鴻上の冷厳さをまとう直言に、ざわめきが止《や》んだ。「サプレッサーも電動バイクも、刃物を持った用心棒も、静かに殺すために用意されたもの。つまり、襲撃者を待ち伏せていた。最初から広い霊園を利用するつもりで。明らかに計画的犯罪です。中心にいたのは宮木」

宮木のシステム手帳に残されていたリスト。

「豊中を殺し、襲撃者を待ち伏せ、追跡したのは宮木」

「確かに彼のメモには、豊中の名があったが……」

捜査本部は、襲撃者の片割れが宮木と考えていたが、仮に宮木がシェンウーに雇われていたとしても、黄皓然まで殺そうとするのは、明らかにシェンウーの利益に反する。組対が宮木とシェンウーを結び付けない理由もそこにある。

むしろ襲撃者のほうがシェンウーの利益に沿って動いている。

「豊中の肩を撃った者と、頭を撃った者は敵対していた」

豊中と黄皓然のビジネスを潰すなら、なにも二人を殺す必要はない。

豊中が負傷し、警察が介入すれば、麻薬ビジネスは頓挫《とんざ》する。襲撃側が密殺という手段を執らず、派手に銃声をさせたのは、そのためだ。肩に撃ち込まれた一発は、あくまでも豊中の行動力を奪うためのもの——鴻上は自身の見解を述べた。

「豊中を殺し、襲撃者を電動バイクで追いかけたのは、宮木涼成」

「それでも無理がある」

捜一管理官は不愉快そうに断じた。「宮木の目指すところはなんだ。君の筋読みでは、彼の行動に矛盾が出てくる」

「宮木は最初から豊中と襲撃者の両方を殺すつもりだった。そのための計画です。無論お膳立《ぜんだ》てをは宮木を雇っている何者か。宮木は味方のふりをして豊中に近づき、彼を餌《えさ》に襲撃者を待ち伏せた」

「シェンウーでなければ、誰が宮木を雇ったのかね？　久和組か？」

「その可能性はありますが、今はわかりません」

一課管理官は聞いていられないという風情で肩をすくめ、同調するような小さな笑いが起こった。

鴻上の脳内には、巧みに逃げ回る三砂の幻影が映し出されていた。

さらに彼は府中にも現れた。黄が命を落とすやの局面で、彼を救う行動を取った。

シェンウーと大陸の巨大組織との戦争を未然に防ぐために。

ここであえて主張しよう——

「黄皓然の背後には緑水幇がいます。黄を殺せばその兵隊たちが、日本になだれ込んできます。それはシェンウーも望まない。襲撃者は標的を豊中に絞るはずです。そしてシェンウーには、本隊が動けない時に仕事をする暗殺者が存在します。襲撃者のうちの一人は、送死人と呼ばれる暗殺者。本事件の全貌《ぜんぼう》を知りたければ、まず彼を探すべきです」

一課の連中は呆気《あっけ》にとられ、同じ組対の連中は複雑な表情だった。

「懐かしい名前が出たね。君は父の遺志を継いだのか」

その空気を破ったのは、蛎崎だった。「鴻上匡君は、誠実で優秀な警察官だった。多少融通は利かなかったが」

新宿戦争では新宿署組対課長代理として現場に臨み、池袋の一斉摘発では本部組対五課長として指揮を執った男。今は本部組織犯罪対策部長となった。キャリアとしては珍しく現場の泥にまみれることを好むと聞く。

「警察官のあるべき姿という意味では、遺志を継いでいます」

「勇ましいな。仕事熱心はいいが、時には同僚と体を大切にしなさい」

鷹揚《おうよう》な上司を演じたつもりか――

捜査会議終了後、講堂を出る時、「豊中の件で久和組とシェンウーを叩《たた》けないか」という蛎崎の声を背中で聞いた。どこか軽く、冗談めいた口調。そして、廊下に出たところで――

「また誰か撃たれれば、天下ご免で一気に潰せるはずだ。五年前はできただろう。宮木も彼女に一発でも撃ち込んでくれていれば……」

変わっていない。強引と豪腕を取り違え、現場捜査員を駒《こま》としてしか認識していない。

『まず撃たれろ。泥を舐《な》めろ。それで世間は支持してくれる。勝負はそこからだ』

父が録《と》った蛎崎の訓示が音声データとして残っていた。

さらに危険な音声データも――

「冗談でも言ってはなりません」

鍵山の声が漏れてきた。「どこで漏れるかわかりません」

その後別室で三十分ほど、一課管理官から宮木の侵入と襲撃について聴取を受け、管轄である戸塚署で行った聴取と同じ内容の話をして、解放された。


目白署周辺には、学校や事業所、マンションが多く、飲食店などはＪＲ目白駅前まで行くしかなかった。ただ、一階と正面玄関前はマスコミがたむろしている。

鴻上は裏の駐車場から外に出た。

駅へと向かう路地に、人影が二つ立っていた。壮年男性と若い女性の組み合わせだった。

「捜査会議は終わったようだね」

阿久根功武だった。

阿久根はとなりの女性を、一緒に仕事をしている記者と紹介した。

「News Cargo の香椎と申します」

女性は名刺を差し出してきた。香椎希美。

聞けば、阿久根も『News Cargo』で連載を始めるという。

「シェンウーの一代記を書くんだが、幸か不幸かこの状態だ。それで三砂にも手伝ってもらっているんだ」

「昨日は失礼しました」

鴻上は頭を下げた。

「揺さぶりという意味では、いいタイミングの乱入だったとは思う」

阿久根も本部組対時代に、父とともに新宿戦争の前線に投入され、シェンウーとは因縁《いんねん》が深い。父は不意に発生した銃撃戦の中に飛び込み、重傷を負ったが、阿久根は、雑居ビル二階の拠点に籠城《ろうじょう》した八人のシェンウー構成員のうち、幹部を含む五人を取り逃がすという失態を犯した。

電話連絡のため約一分、持ち場を離れたからだ。

脱出に成功した五人は直後、敵対組織〝燐虎〟の拠点を襲撃、一般市民にも犠牲者が出た。阿久根は持ち場を離れた理由を、情報源との連絡とした。しかしその情報源については、頑として口を割らなかった。警視庁は、阿久根の失態を隠蔽《いんぺい》した。

「お変わりありませんか」

鴻上が阿久根を見知った時、離婚歴がある独身だった。

「まあ、三流警官は辞めた後自分で食い扶持《ぶち》を確保しなければならないからな。彼女の会社に拾ってもらって、本まで出させてもらって、そこは幸運だった」

新宿戦争終結後、阿久根は依願退職した。父も阿久根を気に掛けていた。いくらか退職金も出たようだが、酷《ひど》く塞《ふさ》ぎ込んでいると父が話しているのを聞いたことがあった。

失ったのは矜持《きょうじ》や地位だけではない。おそらく信頼関係にあった情報源を失った痛手が彼を苛《さいな》んだのではないか。同じ組対捜査員となった鴻上は、そう思うようになっていた。

「今日は取材にきたんだ。帳場が本格的に動き出すのが今晩からだと踏んでね。どうだね、少しネタを分けてくれないか」

「駅前のコンビニまで行きます。その間なら」

「結構だ。ご一緒しよう」

肩を並べ、暗い路地を歩いた。だが、阿久根は積極的に話しかけてはこなかった。若い記者も、ただついてくるだけだ。もてあます時間。

「あまり、話せることはないと思います」

鴻上は言った。

「いや、こちらも特ダネなんて考えてないから」

阿久根は過去を述懐するような遠い目をする。「一課とは上手くやっているかい」

「それは、なんとも」

「こういう案件は組対に全権任せればいいのにな。それで霊園の件、どうなってる?」

「難航しそうな感触です」

「君のことだ、送死人が関与したとでも主張したんだろう」

「そう思うのは当然だと思います」

鴻上は言葉を濁した。

「シェンウーの内紛だが、どこまで摑んでる？」

「目立った動きはないようです。事務所や拠点は重点的に警戒していますから」

阿久根は人目がないか確認するように周囲を見回した。

「常田が姿を消しているのは知っているか」

楊文勇襲撃後、北斗苑に踏み込んだ時、常田の姿はなかった。

「鄭派の兵隊は確かに少ないが、常田はここ数年で、暗殺部隊を錬成したという噂《うわさ》がある」

初耳だった。確かに鄭と常田が兵隊不足を放置しておくとも思えなかった。「警察辞めてから、堂々と反社とも会えるようになったからね、腐れ縁の情報源もあるんだ」

阿久根が言い添えたところで、着信があった。鴻上は「失礼」と言って数歩離れた。組特隊の緊急用グループメールだった。

《孟武雄の容態急変》

病院を警戒している捜査員からの急報だった。

第八章　火と毒

1　七月二十二日　月曜　――宮木涼成

蒸し暑く、垂れ込めた雲の底を街の灯《ひ》が淡く照らしていた。

宮木は立教通り沿いのビル壁に寄りかかり、スマホを手にしていた。ワイヤレスヘッドセットをつけ、ぼそぼそと喋《しゃべ》り続け、時折声を上げて笑う。ただ、ディスプレイは何も映していない。

通り過ぎていく人々も気に留めない。巡回の制服警官が二度通ったが、見向きもしなかった。ただ時を待った。

神威から指示が出ていた。「行け」と。

いくつかの情報を伝えられ、あとの裁量はすべて任せると告げられた。宮木は意気に感じるとともに、全身が、静電気のような緊張に包まれていた。負傷し司直の手に落ちた友人たちは、必要な犠牲だった。

神威からの情報通り、半袖《はんそで》の腕からシェンウーを示す蛇と亀《かめ》のタトゥを覗《のぞ》かせた男二人が眼前をすぎ、交差点を左折し、豊島税務署のほうへ消えた。

鄭からの増援だ。税務署に近い西池袋公園に面した雑居ビルに、デリヘルの待機所があった。

鄭グループの拠点の一つだが、警官の姿が見えなかった。巡回しているのかもしれないが、手薄なことは確かだ。

《警察の重点警備は池袋二丁目一帯》

これが神威からの情報だった。鄭グループの北斗苑や高岡グループの拠点はその周辺に集中していた。要は警察の裏を衝《つ》けということなのだ。

もうすぐ仇《かたき》を討てる――

『君、名前は？』

『りょうせいです』

凛奈の声が、不意に蘇《よみがえ》る。櫻木凛奈と初めて握手した、十年以上前のイベントの。

『頑張って下さい！』

学校では出たことがない声量で、彼女は少し驚いていた。宮木自身も驚いた。

ほかと比べて、彼女のブースの列は極端に人が少なかった。ステージのポジションもだいたいが後列の端だ。

『ありがとう！　りょうせいってどんな字書くの？』

逆に質問されるなど思ってもいなかった。名前を呼ばれるとも。

『涼しいに、成功の成です』

『いい名前だね。暑い日も涼しそう』

『そう、ですか？』

休日は部屋に籠《こ》もって映画鑑賞。ラジオやイベントで事あるごとに発言していた。

『好きな映画監督とかいるんですか……』

『最近はジェームズ・ガン。愛してるのは六〇年代と七〇年代の五社英雄《ごしゃひでお》』

どちらも悪趣味な作風の監督だった。無論いい意味でだが、女の子の趣向とは思えなかった。

『ガチですね』

『そう、ガチ。ていうかわかるんだ。やばいよね』

その時の、秘密を共有したような笑顔と空気は忘れることができなかった。

『やばくないです。好きなことはガチればいいんです』

人を励ましたり意見を言ったりしたのは、その時が人生で初めてのことだった。そして、あの握手会の直後、櫻木凛奈は不祥事でグループを脱退した。しかし、立ち直り、ガチのレッスンと勉強の末、女優になった。

『悩んでいた時、ちょっと背を押されることがあって』

初めての映画出演のインタビューで、彼女はそう語っていた。自分が背中を押したなど、おこがましすぎるが、自分の言葉が数ミリでもその背を押したのなら、自分にも生きていた価値があったと思った。

そして、彼女はその卓越した演技力でたちまちトップ女優になった。

しかしそれは、悪い大人達の悪魔のような勧誘のせいで道半ばで潰《つぶ》された。

決意は微塵《みじん》も変わらなかった。

首尾よく導火線に火が付けば、櫻木凛奈を追い込んだ組織全《すべ》てが壊滅させられる。神威が壊滅させてくれる。そして、櫻木凜奈に直接手を下した『送死人』を抹殺する。

そのあとの人生など、どうでもよかった。

2　同日同時刻　――三砂瑛太

三砂は劇場通りをゆっくりと歩いた。

手には家電雑貨量販店の紙袋。行き交う人と車。交錯する光と雑多なノイズ。いつもの夜の光景だが、路上にはいつもより制服警官の姿が目立った。

確実に警戒態勢が厚くなっていた。

スマホが振動した。明石頼子からのメッセージが着信していた。

《馬《ま》さんが鄭君のところに挨拶《あいさつ》に行ったよ》

規律委員の横浜新華僑《しんかきよう》の代表だ。

孟会長危篤。端《はた》から見れば、衝突が近いと予測し、旗色を鮮明にしようという動きだ。

これで鄭グループは四票。過半数まであと一票だ。残り五票のうち、楊文勇は意識不明で、高岡グループを除く残り二票は、発足メンバーを支援してきた長老たちだが、鄭、高岡の主流派からは距離を置いている。

《馬さんは正興の顔を見に行っただけ》

自らの動きで、周囲の反応を見ようというのだ。挨拶という事実だけを見て短絡的に動く者がいる――必ず。

警察にも、孟会長危篤の情報は流れていた。

さて、どう出るか――立ち止まり、スマホを見るふりをしながら路地の奥にある北斗苑を覗く。

やはり、店の周囲を固める警察官の数が増えていた。

――営業妨害だ、ばか野郎！

店長の罵声《ばせい》が聞こえてきた。三砂は路地には入らず、劇場通りを直進した。

警察は、動くなら高岡グループと考えるはずだ。劣勢の挽回《ばんかい》のため、実力行使に出る可能性が高まるからだ。だが、今の高岡なら動かない。それだけの分別と分析能力があった。問題は、高岡の禁を破り、妄動する配下がいるかどうか。

ここまで鄭、高岡両陣営の事務所、拠点にはそれぞれ五人程度の警察官が増員されていた。ただ、三砂の考えが正しければ、警戒の配置転換で、警備が薄い箇所が生じ、そこで何かが起こるはずだった。

残された鄭の拠点は池袋三丁目――三砂は西口の五差路を渡った。立教通りには入らず、西口公園をかすめ、劇場通りを南進した。そして池袋署、西池袋通りと大きく迂回《うかい》し適当な場所で右折、住宅街の路地を抜け、西池袋公園を窺《うかが》った。

適度な木陰と子供用の遊具がある、林立するビルに囲まれた南北に細長い公園だ。昼間は親子連れも多いが、夜は別の顔になる。

三砂は公園沿いの歩道を、ゆっくりと北上しつつ、周囲に目を走らせた。街灯が煌々《こうこう》と点《とも》っているが闇《やみ》の部分も点在する。数人の若者がだべり、身元身分目的不明の男女、外国人風が点在するようにたむろしている。

この公園に面した雑居ビルの一室に、鄭グループのフロントが経営するデリヘルの事務所兼キャストの待機所があった。その階上には同じ経営者の街金《まちきん》がある。だが制服はおろか、私服警官の姿もなかった。

これで、疑心が確信に変わった。

公園中央部付近に、見知った顔が二人。腕にタトゥ。鄭グループの若者だ。お互い距離を取り、スマホを手に、時折どこかと連絡を取り合いながら左右に目を光らせている。

三砂は税務署の前を過ぎ、公園の北側に回った。北端には二階建ての備蓄倉庫兼消防団の本部と、その並びに公衆トイレがあった。人通りは多少あるが、公衆トイレはケヤキに囲まれ、見通しは限定的だった。人の目を確認し、紙袋を肩に掛けると、素早くケヤキを登り、倉庫の屋上に降り立った。公園の北半分が一望できた。三砂は身を伏せながら、監視を始めた。

タトゥの二人の動きもよく見えた。

池袋の中心部にほど近く、池袋署から直線距離で二百メートルあまり。何があっても短時間の勝負となるだろう。三砂は息を潜め、その時を待った。

午後十一時を回り、公園内の人間も入れ替わる。だべっていた若者が消え、酔いつぶれたサラリーマン風と大学生風の男女がふらりとやってきた。

サラリーマン風は崩れるようにベンチに身を預けて眠り始め、大学生風は四メートル離れたベンチで、べたべたとくっつき始めた。

三砂は集中力を切らすことなく、公園を監視した。

そして、見覚えのあるシルエットが、立教通り側から現れた。黒のTシャツにキャップ。緊張感も殺気も発散することなく、通行人に紛れる男。

宮木だった。

ビールのロング缶を片手にスマホで誰《だれ》かと会話しつつ、ふらふらと公園に入ってきた。遊具に腰掛けたり、立ち上がって高笑いしたり、アルコールが入り、誰かと電話で馬鹿《ばか》話をしているように見えるが、時折視線をシェンウーの二人に向けていた。

そして、わずかずつではあるが、二人へ近づきつつあった。その動きは実に自然で、タトゥも最初こそ宮木を注視したが、すぐに警戒心を解いた。

あの二人を襲う気だ――

三砂は気取られないようわずかに身を起こし、紙袋から半透明のピエロの面を取りだすと、顔に装着した。

今は宮木の視界の外。三砂は確認すると、ケヤキを足がかりに、公衆トイレの屋根に飛び移り、裏手から着地した。そのまま身を低くし、木立と植え込みの陰に隠れながら宮木に接近する。

要はタトゥ二人組が、自分たちが襲われたと自覚しなければいい。

そして、二人までの距離が十メートルを切ったところで、宮木の動きに変化が生じた。流れるような手つきでロング缶の上蓋《うわぶた》を剝《は》がし、中から何かを取りだした。ナイフだった。

宮木は指先で柄を持つと、マジシャンのような早業で、ナイフの切っ先を手首の内側に隠した。タトゥの二人は気づかずに、あさっての方向を見ている。

三砂は紙袋から果物ナイフを取りだすと、宮木とタトゥの間に割り込むように、公園中央に走り込んだ。直後、宮木が三砂に気づいた。

「おーい兄ちゃん！　有り金全部置いてけや」

三砂はへっぴり腰で宮木に果物ナイフを向け、ラリったような声を張り上げた。我ながらオールドタイプの路上強盗だと思った。

「邪魔だ」

小声が耳に届いた直後にナイフの先端が眼前に迫っていた。三砂はそれを紙袋で受けた。響く金属音。中には厚底のフライパンが入っていた。

「何だよ、やんのか？」

素人感丸出しのステップを踏み、宮木にナイフを向ける。宮木の無駄のない二撃目、三撃目を紙袋で防ぎ、いったん距離を取った。これで、第一段階の目標は達成。宮木の敵は三砂になった。

宮木が微笑《ほほえ》んだ。

「お前、墓場の覆面だな。そうか、送死人か」

体格と動き、三砂の意図に気づけば、簡単に導き出せる解答だ。

だが、宮木に一瞬の逡巡《しゅんじゅん》が見えた。眼前の送死人か、背後のタトゥか優先順位で迷ったのだろう。その瞬間を三砂は見逃さなかった。

中のフライパンを取りだし一閃《いっせん》、ナイフを持つ右手を叩《たた》いた。十分な手応《てごた》え。しかし、直後に足を払われ、膝《ひざ》をついた。体勢を崩したまま、後方に跳び退《の》くと、三砂がいた空間を、宮木の右足が薙《な》いだ。想像以上に鍛えられた男のようだ。

——ケンカだ!

周囲が騒然とし出した。大学生風がスマホを向けていた。

「見せもんじゃねえぞ、ゴルァ!」

三砂は喚《わめ》きながら、ジリジリとタトゥに接近した。「みんな殺してやる! 誰かおれを死刑にしてみろ!」

タイミングが重要だった。今逃げれば、タトゥが襲われる。遅れれば、警察の追尾を受ける。

逃走ルートを脳内でシミュレーションしながら、宮木との距離を測る。

——おかしなのが来ている。

背後でタトゥの一人が、仲間に連絡を取るのが聞こえてきた。

宮木は構えを解き、静かに左右を見渡すと、きびすを返し走って逃げた。

「てめえ何やってんだコラ!」

今度はタトゥの片割れが凄《すご》んできた。数十メートル先で、サイレンの音が一回鳴った。警戒中だったのか、覆面パトカーが先に来た。潮時だった。

三砂は税務署と隣接するマンションの間に走り込み、雨樋《あまどい》と窓枠を利用し三階屋上に上り疾走、裏手の倉庫の屋上に飛び降り、勢いをつけ路地を飛び越えると、立教大学の敷地内に着地した。

そのまま無人となった大学、付属小学校の構内を障害物を越えつつほぼ一直線に横断し、面を取ると、山手通りへと抜けた。

そこで辻先に電話を入れた。

「鄭さんと高岡さんの様子は」

『変わりなしだ』

要するに一触即発の状態が続いているということ。

「宮木が西池袋公園に現れました。警察の警備は薄かったと言わざるを得ません」

『お前の想像通りか』

誰かが警察の警戒態勢を変更させ、鄭グループの構成員を襲わせるためのお膳立《ぜんだ》てをした。それができるのは、警察内部の人間だけであり、しかも、わざわざ〝生贄《いけにえ》〟二人を公園に配置した。

敵は警察と、シェンウーの中にいる——誰を信じればいい。

三砂の手持ちの人脈。池袋の生き字引的な毒島か、警察と反社双方に人脈を持つ阿久根か、執拗《しつよう》に自分を追ってくる鴻上か。

リスクと成果を天秤《てんびん》に掛けた。解答は自《おの》ずと導き出された。

3　同日深夜　——鴻上綾

「間違いありません、宮木涼成です」

鴻上は告げた。ディスプレイから顔を上げると、居残っていた捜査員たちが仏頂面で鴻上を見下ろしていた。

捜査本部のパソコンに映し出されているのは、池袋署から送られてきた動画データだ。

一時間前に西池袋公園で起こった強盗未遂事件の映像。現場に居合わせた大学生が撮影し、提供してきたもので、手ぶれが酷《ひど》かったが、補正すると宮木とピエロのお面を被《かぶ》った男がナイフ戦を繰り広げていた。

――ピエロもふざけているようだが、相当な使い手だな。

――一歩も引かないところがプロっぽいな。

「そこで停《と》めて」

鴻上の指示で、パソコンを操作している浅利が、動画を一時停止させた。ピエロ男の背後に、腕にタトゥの入った男が映っていた。鴻上はその男を指さした。

「シェンウーの構成員です。鄭グループの」

周囲が低くざわめく。

「どういうことだ」

問いかけてきたのは目白署刑事課強行犯の島田だった。「路上強盗じゃないのか」

宮木もピエロ男も逃走し、まだ見つかっていない。

「この公園沿いには、鄭グループの拠点があります。孟会長の容態急変を受けて、警戒していたのでしょうが……」

「ここに人を配していなかったのか？」

島田が、残っていた本部組対捜査員に詰問した。

「池袋二丁目を重点警戒という方針で、配置転換しましたが」

組対捜査員が困惑気味に応《こた》えた。「この周辺は重要ではなく、代わりに機捜の巡回を強化すると」

「宮木の目的は何だ」

島田が組対捜査員に聞く。「自分が手配されていることは知っているだろう。なぜ池袋に戻った」

「宮木は警戒が薄い場所を衝いてきたと考えられませんか」

鴻上は応えた。「シェンウーの構成員を標的にするために」

各所で呻《うめ》きと疑問の声が上がった。

「なぜそう考える?」

島田が聞いてくる。

「内紛の引鉄《ひきがね》になります」

鴻上は改めて考える。豊中と黄皓然の両方を殺す理由は、シェンウーへの圧力だ。それで雑司が谷での仕掛けも筋が通った。豊中と黄皓然の新たな麻薬ビジネスをでっち上げ、シェンウーと久和組双方を刺激し、抗争のトリガーとする。さらに孟会長の病状を利用し、内紛を勃発《ぼっぱつ》させる。池袋北口の駐車場の爆発も、楊文勇襲撃もそれに沿った動きだ。

宮木を操る敵の真の狙いは、シェンウー壊滅。必要なのは池袋の秩序の破壊と混沌《こんとん》の生成。そして、敵の正体はそれで利益を得る者。

シェンウーの急拡大は、多くの敵を作った。潰された組織の一部はシェンウーに吸収されたが、その中に従属を装った反抗的分子がいてもおかしくはない――

「では、このピエロ男は何者だ。強盗が偶然居合わせてシェンウーは命拾いしたのか」

島田がディスプレイを指さす。

「送死人と考えられます」

鴻上の言葉に、嘆息の声が重なった。

「彼は意図的に宮木の行動を監視もしくは予測し、シェンウーの構成員襲撃を未然に防いだと考えます」

鴻上は確信を得ていた。「彼は雑司が谷にも現れ、宮木の邪魔をしました」

「それで、その送死人の目的は何だね」

島田が聞いてくる。

「昨日も申し上げましたが、池袋の秩序と均衡を守ることです。具体的には、シェンウーと久和組の抗争を誘発させないこと。シェンウーの内紛を防ぐこと」

「まるで我々の味方みたいな言いぐさだな」

誰かが揶揄《やゆ》するように言った。

「結果的に、目的は同じなのでしょう」

鴻上は応える。「ピエロ男は、壁や塀を身軽に越えて、すぐに見えなくなったとの目撃情報もあります。これまでの送死人の特徴と一致します」

　実際の姿を映像に収めることができたのは、鴻上にとって大きな前進だった。そして、宮木の背後にいるものが、おぼろげながら見えてきたような気がした。


　鴻上は目白署を出てタクシーを拾った。

　孟武雄危篤の報を受け、鴻上は昨日未明から先ほどまで、高岡グループの拠点警戒チームに組み込まれ、数人を率い巡回の指揮を執った。ここ数日の連続勤務で疲労の極にあるのは確かだった。しかし、現場検証で荒らされた自宅に戻る気にはなれなかった。

　西口五差路で降車し、コンビニでショーツとキャミソールを買い、劇場通り沿いのサウナで入浴と着替えを済ませると、午前三時を回っていた。分駐所で三時間ほど仮眠を取り、仕切り直すつもりだった。

　サウナを出て、徒歩で分駐所が入るビルの前に差しかかった。

　名前を呼ばれた気がして、立ち止まった。振り返っても、薄暗い路地に人影はなかった。

『鴻上さん』

　性別不明の機械的な声だった。音源は近くの塀付近で、探すと塀の上にスマホが置かれ、スピーカーの通話状態になっていた。

「誰？」

　手に取り、応答した。

『警察内部に、宮木涼成に情報を流している人物がいるようです』

「誰だ、まず名乗れ」

『これは確度の高い情報です』

もう一度周囲を見回した。しかし人の姿はなく、気配も感じられなかった。

「送死人か」

『孟武雄は危篤ではありません』

「どういうことだ、何を言っている」

『反応したのは警察と宮木だけです』

声は一方的に告げるだけだった。

「ピエロはお前だろう」

『情報の流れを追えば、絵図を描いた者に辿《たど》り着くと思います』

音声合成ソフトであらかじめ録音した音声を流しているだけのようだ。

スマホにしても〝トバシ〟で、おそらく海外のプリペイドSIMを使い、端末もIMEI＝端末識別番号が書き換えられ、使用者を特定できないようにしている。そして、発信側の端末も同様の処理がしてあるはずだ。

「続けろ」

『五年前と同じことが起こりつつあると考えています。尾瀬は何者かに脅され、警察官を撃ちました』

「誰に脅されていた！」

思わず声が出てしまった。

『尾瀬稔と宮木、甲斐は繋《つな》がっています。この端末は持っていたほうが有益だと思います』

それで切れた。

鴻上はスマホをポケットに入れ、分駐所には向かわず、きびすを返した。


南大塚の東都医大病院前でタクシーを降りた。

正面玄関前に制服の警官が二人。駐車場や病棟の要所に、私服警官が数人。組特の連中が駆り出されていた。

「組特の鴻上。辻先弦と話しに来た」

立哨《りっしょう》の制服警官に告げ、救急外来の受付で身分と用件を告げると、警備員に緩和病棟へと案内された。渡り廊下を挟んで別棟になっていた。病院というより、ホテルのような造りだった。

ロビーに東方がいた。警備員はそこで帰った。

「なんだい、こんな時間に」

東方は、病室へと続く廊下の前で、通せんぼうをするように立ちふさがった。

「孟会長は？」

「何時だと思っている、非常識な」

「容態は」

「面会謝絶だ」

緊張感はあるが、ヒリついたものではなかった。

東方の肩越しに見える病室も、変化がないように見える。

「部屋にいるのか？」

「当たり前だろうが」

「あんたこそ、ここにいていいのか」

本来なら、拠点に詰め実働部隊の指揮を執るべき立場だ。

「おれが会長の側《そば》にいるのがおかしいか？」

病室の向かいにある患者の家族用控え室から男が一人、出てきた。

辻先弦だった。やはり、ここにいた。孟武雄の盟友であり、三十年前は孟の鋭刃《えいじん》と言われていた。シェンウー創立に直接関《かか》わることはなかったが、孟会長との個人的関係は変わらない。今は中華食材店と食堂を経営していて、池袋に根を張る新華僑にも影響力が強い。

そして何よりも、三砂瑛太の庇護《ひごしゃ》者でもあった。

「騒がしいですね」

辻先は穏やかな口調で言い、鴻上を一瞥《いちべつ》した。「私が対応しよう」

東方が「申し訳ありません」と辻先に一礼し、脇《わき》に控えた。

「本部組特の鴻上です」

鴻上も一礼した。

「夜間の院内警備は不要と伝えたはずですが」

「孟会長の容態を確認に」

「ならば、夜が明けてから出直して、病院に尋ねるのが筋でしょう」

鴻上に正規の手続きを経るつもりなど毛頭なかった。

「先ほど示唆を受けたんです、病状について」

辻先が振り返る。控え室から女性が二人が出ていて、鴻上を監視するように立っていた。孟会長の世話係と思ったが、その目つき、呼吸、立ち居から、武術の修練を積んでいることが見て取れた。世話係兼護衛か。ならば刃物や銃器の訓練を受けていてもおかしくはない。

辻先は彼女たちに「ここは頼みます」と告げ、鴻上を一般病棟のロビーに案内した。

無論人の姿はなく、明かりが半分落とされ、非常口の表示と自動販売機だけが煌々と光るなか、長イスに並んで座った。

「孟会長は危篤ではないと告げられました。反応したのは警察だけだと」

「誰から？」

「わたしは送死人だと思っています」

「なるほど」

辻先は足を組み、リラックスした様子で応えた。

「五年前の出来事が、今再現されつつあるとも」

辻先は動じることなく、「ははぁ」と相づちを打った。

「鉄は熱いうちに打ちたい性分なので、すぐに容態を確認に来ました。辻先さんがいて幸運でした」

「五十年来の友人なんでね。治療を受けろと毎日説得している。闘える病気だと」

「危篤ではないのですね」

「今は緩やかに下っている。それだけです」

ならば危篤は誤情報——警察が誤断したのか、意図的に誤情報が流されたのか。後者なら辻先の協力なしでは成立しない。

そして、辻先は、池袋の秩序崩壊を望んでいない。

「孟会長は規律委員会の選挙が速やかに何事もなく行われると信じているのですか」

「当然でしょう。だから死を受け入れている。仲間を信じたから、今がある」

侵略は激しく短期決戦で。あとは隙《すき》を作らずじっくりと防御に徹し、時を待つ。それが孟会長の手法だ。いわば、毒蛇のような俊敏な攻撃性、亀甲《きっこう》のような分厚い防御力を併せ持つ。

その毒蛇の先兵が高岡良介であり、亀甲の要が鄭正興。十年前の新宿戦争が毒蛇の特性を示したのなら、五年前、一斉摘発で版図が奪われたにもかかわらず、実力で取り戻さなかったのは、亀甲の防御力が発揮されたと言えるだろう。

その高岡と鄭が袂《たもと》を分かち、相争うのを辻先が傍観するはずがない。

孟会長危篤の誤情報は、敵を探るために放たれた辻先の矢だ。そして、警備は何も知らない池袋署地域課と、自分が所属する組対特捜——それが確認できただけでも、ここに来た意味があった。

「時間を割いていただき、感謝します」

鴻上は立ち上がった。「鄭正興と高岡良介が衝突しないよう、力を尽くせると思います」


徒歩で帰途についた。

五年前の再現。なぜ再現の必要がある？　望んでいた利益を得られなかったからだ。

誰の利益？

『必要な情報は提供します。鑑識もコントロールできます。毒をもって毒を制すのです』

男の声。十年前の日付が刻まれた録音データ。幾つもの会話と音楽が流れる中、指向性のマイクを使い、デジタル処理をしたのか、言葉はクリアに聞き取れた。

《七月十日》。録音場所は西池袋一丁目のクラブ。

『ウッテ頂けませんか。誰でもいいです。立件はしません。乱戦の中、不幸な事故ということで』

『ええ、わかりました』

返答する、別の男の声。

『道具はその場に捨てて下さい』

『それでいつ？』

『二、三日中に。これも日本を浄化するためです』

父は詳しく語らなかったが、今ならわかる。父は潜入に近い捜査をしていた。

意図的に録音したのか、偶然だったのか。

父は新宿戦争のあと、送死人の捜査という名目で、規則を破り、多くの反社構成員と接してきた。

その父が死に、鴻上が警察官としての経験を積んだ頃《ころ》を見計らって、捜査資料が届いた。新人警官の小娘に、いきなり重く危険な捜査資料を引き継がないところ、父らしい心配りだった。

そして、警部補となった鴻上は、父に倣い『ええ、わかりました』と応えた声の持ち主を特定するために、理由を作っては反社組織の構成員を中心に会い、ICレコーダーで声を拾い、弱みを握った科捜研の協力者に、分析と解析を行わせてきた。

それが今、実を結びつつあった。

何者かが描いた絵図面。それは、シェンウーと久和組、或《ある》いは緑水幇との抗争誘発。そして、シェンウー内紛の誘発。

この二つの目的で一番の利益を得るのは久和組。そして警察だ。

五年前、一斉摘発でシェンウーの力をある程度削《そ》ぐことに成功したものの、孟会長は反撃に出ず、警察は介入の好機を失った。代わりに父を英雄に仕立て、成果を強調した。久和組は失地を奪い返すことができず、違法薬物の卸先の幹部の不審死により、ビジネスの機会を失った。

そして、シェンウーは依然として健在。

だが、孟会長が間もなく逝く。そのタイミングを見計らって、空白領域で久和組系のフェローがクスリを流し始めた。フェローからＭＤＭＡを買っていたとみられる櫻木凜奈が死に、シェンウーの構成員が襲われた。

全てが一点に収束してゆく。嚙《か》みしめる歯が、ギリギリと音を立てていた。

見えてきたのは十年前の新宿戦争から連なる、何者かの野望の足跡。父は巻き込まれ、その正体を摑《つか》もうと孤独な戦いを続けた。馬鹿正直に正義を貫こうとして。

無駄にはできなかった。

何があっても父の戦いを無駄にはしない――

分駐所前で手に入れたスマホをリダイヤルした。

通話状態にはなったが、向こうは息を潜めていた。

「おい送死人」

鴻上は構わず言った。「お前がセフィーロ池袋の壁面を、落書きに紛れ込ませてモルタルと凝固剤でホールドを造って登り、トライデント２に飛び移って十七階までよじ登って、櫻木凜奈の部屋に侵入したのはわかっている」

正確には、飛び移った側＝『トライデント２池袋本町』によじ登った痕跡《こんせき》は見つけられていない。なぜ櫻木凜奈が警戒せずにベランダの窓を開けたのかわかっていない。だがこれだけははっきりした――

「誰の依頼だった。依頼者が誰かによっては、おまえは今回の騒動にまんまと利用されたことになる」

先方は沈黙のまま。「わたしへの共闘を申し込んだのは悔しかったからか。それとも奪う必要のない命を奪った罪の意識か。シェンウーの中にも敵はいるぞ。お前に仕事を依頼できる人物は限られているはずだ」

反応はないが、肯定の沈黙と解釈した。

「宮木は狂信的なドルオタだったぞ。特に櫻木凜奈の。彼女を殺させたのは、宮木にお前を殺す動機を与える意味もあったのかもしれない。墓穴を掘ったな」

通話が途切れた。一定の心理的効果は与えられたようだ。返答は必ずある。鴻上は明け方の春日通りをゆっくりと池袋に向け、歩いた。

着信があったのは池袋六ツ又交差点だった。

『櫻木凜奈は自殺。これは揺るぎません』

合成音声が流れてきた。送死人は、こちらが決定的な証拠を摑んでいないことに絶対の自信を持っているようだ。

「なるほどわかった。それでいい」

『ただ、常田和将が彼女を気にしていました』

つまり、常田が依頼者。鄭正興の懐刀――『単純に、組織の利益を優先したかったのかもしれません』

他意はなく、映画が公開中止になることへの対策。

これをどう考えるべきか――

「鄭と高岡の殴り合いを阻止するという一点では、お前と同じ思いを抱いている」

鴻上は告げた。「それと、宮木からすると、わたしの父は裏切り者だったそうだ」

通話が切れた。

立て続けに得た情報の整理が必要だった。

だが、鍵山も信用できなくなってきた。

しがらみなく話せる捜査員は——次に向かったのは北斗苑だった。

ここの警戒が一番厚く、制服、機動隊員含めて三十人余が要所で立哨していた。

野元晋《すすむ》は、ビルの主のように、シャッターが閉まった北斗苑の前で仁王立ちしていた。

どこにも与《くみ》しない、孤高なのか偏屈なのかわからない、純正対ヤクザ捜査員。

「お疲れ様です」

一礼した。

「なんだ貴様」

「暇なので、お手伝いに」

「そんなんだから、宮木を逃がしたんだ」

視線を鴻上に向けることなく、周辺を警戒したまま。集中力にもブレはない。そこはさすがと言えた。

「裸だったのとろくな武器がなかったので、十分な対処ができませんでした」

「そうか。まあ、無事でなによりだが」

「心配して下さるんですか」

「お前も警察官だろう」

一応は仲間、というわけか。

「宮木はわたしが捕まえます」

「威勢だけはいいな」

「だから教えて頂きたいことがありまして」

野元も五年前、父とともにシェンウーの薬物販売ルートの捜査に当たり、一斉摘発の日は『第二イケガミビル』の裏手で、ハシゴを下りてきたシェンウー構成員を捕らえた。

「だったらお前も周囲を見張れ。話はそれからだ」

「わかりました」

並んで、視線だけは夜更けの街を見回す。妙な光景だとは思ったが――「シェンウーの中で、誰が一番野心家でしょう」

まずはジャブだ。

「そりゃ鄭だろう」

「ですが、火力では高岡に遠く及ばない」

「バランスを考えたのさ、孟のじいさんが」

野心のない高岡に武力を預ける。個々のグループのためではなく、組織のために火力を使うという意志の表れだ。

「それはなぜでしょう」

「もう内紛し放題の組織じゃいかんと思ったからだろう。実際、新宿戦争を経て、図体がでかくなった」

そして、新宿戦争で功を上げた者が、今の最高幹部連中だ。

鄭正興、高岡良介、常田和将。

特に常田は燐虎の拠点を襲い、幹部を含む構成員三人を射殺した部隊を率いていたと言われていた。自身は前面に出ず、証拠も挙がらず、殺人での起訴には至らなかったが。

たぶん自分は送死人と同じ疑念を抱いている――

孟会長容態急変が送死人、或いは辻先が仕掛けた罠《わな》と仮定するなら、警察はそれを鵜《う》呑《の》みにして警備をここに集中させ、シェンウーは西池袋公園に、襲ってくれと言わんばかりに生贄二人を配置した。

孟会長の容態急変に踊らされたのは、警察がその場にいたから。

では、警察の警備態勢変更に合わせて、生贄を配置したのは誰か。

病院に詰めていたのは、東方清彦。しかし、東方は警備専門で、孟会長の直接警護など、病室内のことは辻先が仕切っているようだった。

「例えば東方はどうでしょう。わたしには野心家に見えます」

「新参だから、自分を強く見せたいのさ」

野元は否定しなかった。聞けば、周郷治の没落と入れ替わるように、周のポストに入り、頭角を現したという。

「シェンウーの生え抜きではないですよね」

父が残した新宿戦争時の資料に、その名はなかった。

「高岡がスカウトした一人だろう。使えるヤツは誰でもヘッドハントした。それが虎舞羅王の方針でな、それはシェンウーと合流してからも変わらなかった」

野元によれば、東方は新宿戦争後、高岡が拾った人材だと見られていた。「確証はない。こっちも全部を把握しているわけじゃないからな。だが、鄭は血と絆《きずな》を大切にして身内以外は信用しない傾向にある」

鄭グループはあくまでも先代・李将星の流れを汲《く》んでいるのだ。

「高岡のスタンスは、孟武雄のスタンスでもある。身内の絆ではなく、実力重視。孟は実力で会長の座をぶんどったんだからな」

「東方の出自は」

「燐虎の関係だろう」

実際に前線で戦ったのは、高岡率いる虎舞羅王だ。実力重視で、敵に強者がいれば、引き込む可能性はある。「関係者のほとんどが死ぬか収監されたからな、今もはっきり確認ができていないがな」

しかし、仮に燐虎出身で忠義が深く、壊滅させられたことへの復讐《ふくしゅう》を計画したとしても、十年も待っていられるものなのか――組織の中でのしあがりながら。

「高岡は、東方を警戒していないのですか」

「高岡自身、シェンウーと敵対していた虎舞羅王の出だ。孟会長が信じてくれたからこそ、今がある。だから高岡も信じると決めた男を信じる。それで痛い目に遭っても後悔しない」

緩い風が吹いた。

「もうひとついいですか?」

「お前が遠慮するとはな」

「五年前なんですけど、父が先頭で踏み込むのは誰が決めたんですか」

野元が黙り込んだ。気になり顔を見ると、目が合った。

「なぜそんなことを聞く」

宮木のメモにあった《裏切り者》の文字。何を裏切ったのか。

「興味が一つ。それと、父が謀殺された可能性が一つ」

「お前……正気なのか」

「父からいろいろ引き継いでいまして」

目をそらさない。「父が十年前新宿で、工作を行っていたことをご存じですか?」

「情報収集担当だったとは聞いている」

「それが現場にいて撃たれたんです。表に出てはいけない存在が、堂々と警察官の行動を取ったんです」

「現場とは流動的なものだ。お前も散々経験してきただろう」

「あの時、新宿署は犠牲を望んでいました」

送死人を信じるのなら——信じたから、ようやく確信が持てた。同時に、父が暗黒面に落ちたのではないとも。

「誰ですか？　決めたのは」

「本当は俺が先頭の名誉を得たかったがな、あいにく裏口だった。だが、鴻上さんも先頭に相応《ふさわ》しい刑事《デカ》だった」

野元は再び視線を警戒モードに戻した。「決めたのは組対五課長だ。二ヶ月、内偵に動いたのは俺たちで、先頭は当然俺だと思っていたさ。悔しいが花形は本部が持っていく」

当時の組対五課長は、蛎崎清吾——十年前は新宿署組対課長代理。

『必要な情報は提供します。鑑識もコントロールできます』

『毒をもって毒を制すのです』

『ウッテ頂けませんか。誰でもいいです。立件はしません。乱戦の中、不幸な事故ということで』

十年前に録音されたこの声は、蛎崎の声だった。声紋も一致していた。

『売って』なのか『打って』なのか『撃って』なのか。

「十年前の父の任務が、五年前の殉職に繋がったと疑っています」

初めて、他人に言った。

「根拠は」

野元は声を低め、聞いてきた。

「具体的には言えませんが、父自身が証拠を摑んでいます」

その音声が録音されたのは、シェンウーが燐虎の拠点を襲う数日前だった。

音声の意味が『撃って』なら、蛎崎が何者かに、銃撃を依頼したとも取れる。

そして、歌舞伎町の外れにある燐虎の拠点が、シェンウーに襲撃され、抗争当事者のほかに父と一般市民が撃たれ、一般市民のほうは死亡した。

結果的に警察は、世論の批判に晒《さら》されたが、それ故強硬手段を執ることができた――

蛎崎の依頼が『撃って』なら、殺人の依頼だ。現役警察キャリアによる――

だから送死人の捜査と称して、父は事あるごとに反社構成員と会い、〝声〟を収集した。

誰に依頼したのか、慎重に、周囲に気づかれることなく、証拠を固めるために。

実直で真面目《まじめ》だけが取り柄の父の、一世一代の大芝居。

だが、それを果たせぬまま死んだ。大規模な摘発に紛れて。

「父は謀殺されたと思っています」

「下らん。お前もあんな目に遭って、疲れているだろう。もう帰れ、邪魔だ」

4　七月二十三日　火曜　――三砂瑛太

朝方二時間ほど寝ただけだったが、眠気はなかった。コーヒーを淹《い》れつつ、外出の準備をする。

鴻上綾を協力者に選んだのは、間違いではなかったようだ。

『鴻上匡警部補は裏切り者』

大きな情報だった。彼女の父に不名誉な過去がある可能性があり、それは彼女自身の心を切り刻むことになりかねない。しかし告げてきた。

これで鴻上匡警部補が、意図的に消された可能性が浮上した。

五年前、尾瀬稔は『第二イケガミビル』三階の一室、そのクローゼットに潜んでいた。もし尾瀬が鴻上匡警部補の殺害を目論《もくろ》んでいたのなら、事前に鴻上匡警部補が先頭で踏み込んでくること、そして顔を知っていたことになる。

シェンウー側は尾瀬を緑水幇側の通訳と思い込み、黄皓然は尾瀬をシェンウーの通訳と思い込んでいた。この時点で周到に仕立て上げられたスパイのような存在だとわかる。

この尾瀬は、誰と繋がっていたのか——十年前は燐虎と緑水幇の仲介をし、新宿戦争後はシェンウーと緑水幇の仲介に乗り換えた。ドライな仲介屋。燐虎にもシェンウーにも思い入れはないはずだ。しかし、母親を盾に脅迫され、操られていた可能性があった。

一方で摘発側は、中心となって動いていたのが、組対五課薬銃＝薬物と銃器の対策班だ。阿久根はその捜査員として、新宿戦争に臨んでいた。

その本部組対五課と連携していたのが、新宿署組織犯罪対策課。鍵山と鴻上匡が所属し、やはり新宿戦争の最前線にいた。

資料を当たると、新宿署薬対の実質的な指揮を執っていたのが課長代理の蛎崎清吾。

そう言えば五年前、テレビで鴻上匡警部補の死に対し、芝居がかった哀悼を示していた。

五年前は組対五課長。今は警視庁組織犯罪対策部長。

今回も、今の警察側の主要なメンツは変わっていない。

そして揺さぶりにいち早く反応したのは、警察だった。

孟会長の容態急変。その誤情報を流す提案をしたのは三砂だった。

情報の流れを確認するためだった。誰が敵で誰が内通者なのか。

重病人、しかも会長を罠に使うことに辻先は表情を渋くはしたが、協力はしてくれた。無論、孟会長の諒解《りようかい》を得た上で。

はっきりと危篤と伝えたわけではない。孟会長が咳《せ》き込んだところで、いつもはしないナースコールをして、医師や看護師が駆けつけ、病室前で少し慌ただしい雰囲気を作っただけだ。孟会長も心得たもので、多少の呼吸困難を演じて見せた。日頃冷静沈着な世話役の女性も、さすがに慌てていたという。

それを見た警備の捜査員が、勝手に容態急変と判断したのだ。孟会長が衰弱した状態にもかかわらず、楽しんで演技をしてくれたのがせめてもの救いだった。

そして、その結果が、西池袋公園の襲撃だった。

警備の配置転換は、それなりの権力を持たないとできない。そして転換のタイミングを、宮木は知っていた。

午前九時半、三砂は池袋の駅ビル内にあるカフェで、希美と会った。

「佐古聖という人物ですが、サコ・セイ、サコ・ショウ、サコ・ヒジリ、サコ・キヨシ、サコ・マサシ、サコ・タカシなど、ＳＮＳで何人かヒットしましたが、地域や年齢などから、どの人も宗田さんとの関連は薄そうな気がしました」

彼女はタブレット端末を前に、熱っぽい口調で報告した。

「薄いと判断した根拠は？」

三砂は聞いた。

「宗田さんのスマホをのぞき見した同僚の方に、再度取材したんです」

その人物は社内の簡単なゴシップとして、宗田がメッセージを送る相手について、幾人かに話したという。「それで、佐古なる人物に電話をしている場面を見た人がいまして」

希美はページを送る。話した人間のイニシャルが書かれていた。

「宗田さん、スマホ持ったまま頭を下げて、ありがとうございますって。それで、保護観察官、保護司を調べてみました」

感謝の言葉と出所後一年という部分を結び付けたのは、いい判断だった。「でも、関東地区の保護観察官、保護司に佐古という方は見つけられませんでした」

ただ、希美は宗田を支援している誰かと考え、若年の人物を候補から削除したという。

「もう少し時間が必要か」

「そうですね」

希美はタブレットを閉じると思いきや、さらにメモページを進めた。「次に宗田さんが関わった事件に着目したんですけど」

まだ続く——ただ、三砂は五年前、事件関係者と宗田の周辺を徹底して調べたが『佐古』、あるいは『聖』という名の人物はいなかった。

「関係者に小野聖《おのひじり》という女性がいました」

知らない名だった。

「本当に事件関係者？」

「はい、シェンウーの関連ワードで検索をかけて出てきました。あまりマスコミの取材を受けない人のようでした。どうも被害者の親族のようで、事件のことは語りたくないとか、そんな感じで紹介されていました」

「被害者って、なんの」

五年前、明確な被害者と言えるのは、殉職した鴻上匡警部補くらいだ。

「新宿の抗争事件です」

新宿戦争——！　希美は年代を区切らず、単純にシェンウーの関連だけに絞ったようだ。

「ただ、聖という名前が一致しただけですので、一応確認しました。結婚して姓が変わった可能性もあるので」

希美は新聞の縮刷版を漁《あさ》り、同時に須賀の人脈を使い、新宿戦争の取材をした記者、ジャーナリストを探ってもらったという。

そして、判明した。

「小野聖さんは、流れ弾に当たって亡くなった小野加寿子《かずこ》さんの娘さんでした」

新宿戦争終結後一年経《た》っての回顧インタビューで、一度だけ新聞に名が載り、彼女を取材したことがある記者が見つかったという。

「阿久根さんに話を聞くのが一番早いと思ったんですが、警察を辞めた経緯を知ったので」

いい判断だ——この事件的にも。「小野加寿子さんは、阿久根さんのミスのあとに起こった銃撃戦で、亡くなった方ですよね」

警察のミスで市民に犠牲者が出た。当時そんな疑惑が一部で持ち上がったという。

「新宿抗争事件の時点で小野聖さんは大学生でした」

小野聖は独力で大学卒業後に就職、三年前に勤務先の同僚と結婚、佐古姓になった。

まさか、希美が中一日でここまで調べ上げるとは思ってもいなかった。しかも積極的に人を巻き込んで。

「できるだけ早く、佐古聖に会おう」

「居住地や勤務地は割り出せていないですけど」

「ここまでわかれば、僕にも人脈はあってね」

結局のところ、辻先弦なのだが。

佐古聖の居所が判明し、連絡が取れたのは昼前だった。

「それでなに、今頃」

佐古聖は指先で挟んだ名刺に目を落とす。油で汚れたオーバーオールに、レーシングチームのキャップ。

『サコ・モータース』

それが佐古聖の勤務先であり、彼女は大型自動車、小型自動車それぞれで一級資格を持つ自動車整備士だった。現在三十一歳。夫はここの社長だった。結婚後に独立したという。

北区赤羽南の一角に、倉庫型の整備作業場があった。車が三台並び、それで満杯になっている規模だが、中では数人がまだ作業中だ。

「十年前のことなんかもう忘れたし、思い出したくもないし」

佐古は小さくため息をつき、タバコを灰皿の縁で潰した。

「今、池袋で反社の抗争が起ころうとしています」

十年前の新宿戦争が関係していて、その背景と原因を調べることで、間接的にでも社会的危険が伴う抗争を未然に防ぐ一助になりたい。そのために当事者だった人に話を聞きたい。三砂は適当に話を創《つく》ったが、希美はそれを本気にしていた。

「偶然、佐古さんにお電話をしている同僚の方を見つけて」

希美も不躾《ぶしつけ》、不作法であることを謝罪の上、真摯《しんし》に宗田の線から佐古聖に辿り着いたことを語った。

「その組織がどうなろうと知ったこっちゃないし、自業自得だと思うけど、人は巻き込んで欲しくないよね」

希美が見つけた記事によると、小野加寿子は、十年前新宿で活動していた中国遼寧省系反社組織『燐虎』が拠点としていた雑居ビルの一階で、小さなスナックを経営していた。歌舞伎町の外れだった。

そこを襲撃したのが、シェンウーの一部隊だった。

「宗田さんも五年前、麻薬の摘発事件に関連して、反社の襲撃を受けました。何か交流があるのでしょうか」

佐古聖は、作業場の壁時計を見た。午後一時五分。

「これから昼休みなんだけど、その間でいいなら」

「ありがとうございます！」

希美が勢いよく頭を下げると、佐古聖は苦笑し――

「まるみ屋のうなぎ弁当で手を打つ。従業員分含めて」

「僕が行ってこよう」

赤羽では有名な老舗《しにせ》居酒屋だ。作業場には三十代とおぼしき男性が三人。

「並でいいよ。戻ったところから一時間、昼休みにする」

佐古聖は親指を立てた。

駅前の店舗には行列ができていた。必要な分を購入し、戻ったのは二十分後だった。

男性従業員は作業場脇の事務所で休憩をとり、三砂と希美、佐古聖は作業場すみのドラム缶を改造したテーブルで、うなぎ弁当とノンアルコールビールの缶を囲んだ。

「宗田君には毎月お金を送ってる。彼がちゃんと仕事してんなら、わたしがやってることは無駄じゃないってことね」

佐古聖は言った。「ただし、送ってるのはわたしの金じゃない。人に頼まれてね」

元々、佐古聖自身が犯罪被害者の基金から、援助を受けていたという。

「今は、ナカノという基金の管理者から、わたしが引き継いでいるの。先方の要望で」

個人が私財で設立した基金だという。

十年前の新宿事件後、ナカノ氏の基金から佐古聖は支援を受けた。それも就職とともに断ったが――

「自分に何かあったら、自分のところにいる若い衆の面倒を見てくれと言われてね。常連の一人だったんだけど、母さんの大事な人っぽかったから、引き受けたんだけど」

基金の管理を頼まれ、今度は宗田に金を送っていたという。

「では、十年前のことを話して頂けますか」

小野加寿子が経営していたスナックは大久保通りに近い、歌舞伎町二丁目の一角にあった。カウンターだけのこぢんまりとした店舗だったという。五階建てのペンシルビルの一階裏手で、そのビルの三階に、燐虎が拠点としていた雀荘《ジャンそう》があった。

「母が撃たれた日はわたしも店を手伝ってて、まだ開店準備中で、ちょうど店の前を掃除する時間だったんだけど……」

電話があり、母親が取り、相手と短い会話を交わしたという。

「電話を切ったあと、店から出るなって言われてね。言った本人は店を出て、帰ってこなかったんだから、ほんとばか」

小野母娘《おやこ》は、毎日決まった時間に掃除、看板出しを行っていた。

そして、小野加寿子が被弾した状況は、複数の新聞、メディアが伝えていた。

午後五時過ぎ、小野加寿子が外の様子を見に出たところで、階段から燐虎の構成員三人が降りてきた。そこへシェンウーのヒットマン五人が現れ、遭遇戦となった。

直角に交わらない変則的な十字路。わずか一分弱の撃ち合いで合わせて四十二発の弾丸が飛び交った。

この撃ち合いで燐虎の構成員三人全員が死に、シェンウー構成員二人が重傷を負い、警戒中だった新宿署員＝鴻上匡が通行人の女性の盾になるように三発被弾。そして小野加津子は、左胸を銃弾で貫かれていた。

「辛《つら》いことを聞いてしまいました」

希美は頭を下げた。「ごめんなさい」

「いや、取材やら聴取で二百回くらい話しているから、もう手慣れたものでさ」

佐古聖はサバサバとした調子で言った。

「電話はナカノさんから?」

三砂は聞いた。

「だと思う」と佐古聖は応える。「はっきり聞いたわけじゃないけど、話し方がナカノさんに対する話し方だったし、基金作ったのも責任感じたからだと思うし」

「電話のこと、警察には？」

「もちろん言ったけど、特にリアクションはなかったな」

「お母さんは、同じビルに反社組織の拠点があったことは知っていましたか」

「もちろん。何度か警察が来て、付き合うな金払うな何かあったらすぐ通報って何度も釘《くぎ》を刺されていたし」

佐古聖は「ちょっと待ってて」と一度事務所に戻り、ガラケーを持って戻ってきた。

「十年前に撮った写メなんだけど、役に立つかな」

画像データを呼び出し、ディスプレイに表示させる。

カウンターの中に四十代半ばに見える美しい女性が写っていた。小野加寿子だ。

そして、客席に男が二人。男はサラリーマン風で、シャツにネクタイ姿だった。三人とも会話に夢中のようで、カメラに気づいた様子はなかった。

「実はこっそり撮った。母さんにつく悪い虫かもと、あの時は思ってて」

手前の男は、尾瀬稔だった。その奥にいるもう一人だが、尾瀬と重なっていて、顔まで確認できなかった。見えるのは肩から、グラスを持つ手まで。

「手前がナカノさん、奥がカワイさん。時々一緒に来てた」

尾瀬は、ナカノという偽名を使っていたようだ。当時の尾瀬は周郷治と組み、周に燐虎の内部情報を売っていた。燐虎と緑水幇をつないでおきながらの、あからさまな裏切り行為だが、損得勘定なのか、このときすでに母親を質に取られていたのか。

自然と視線が小野加寿子に吸い寄せられた。彼女がナカノ＝尾瀬と深い仲になり、情報を流していた可能性は？　情報の重要度は低くて構わない。今日は雀荘に何人来ているのか、誰が来ているのか、それだけでも襲撃には十分だ。

「宗田恭介の面倒を見るよう頼まれたのは、いつのことですか」

「五年前の四月か、五月か」

五年前、一斉摘発に向けて、警察の捜査が加速した時期だ。その時点で尾瀬はすでに身の危険を感じていたのかもしれない。

「託されたのは一千万円と少しかな。一応就労支援基金を開設してそこに寄付をするという形で、わたしは寄金の運営者の一人になった。お金の管理はほとんど代理の弁護士がやってるから、ネコババはできないけど」

佐古聖は舌を出した。彼女は尾瀬の収監後、月十万円ずつ宗田に送る承認をしていた。

「ほかの誰かに送金したことは？」

「少なくとも、この基金からはない」

「奥のカワイさんはどんな関係？」

「ナカノさんの同僚で、事件のあとは一度も見ていないかな。お葬式にも来なかった」

共同運営ではあるが、カワイとは会っていないという。

「カワイさんの顔が映っている写真は？」

「わたしは持っていない」

早急にカワイの正体を探る必要があった。

知らないのならこちらからサンプルを提供するべきだろう。燐虎が拠点としているビルに来ても、警戒されない人物だ。つまり、周郷治ではあり得ない。そして当時の警察の動きも加味すればーー
数時間後、幾つか準備をして、三砂は再び佐古聖を訪れた。

今度は一人で。

簡単な確認事項だった。三砂は佐古聖に、複数の男の写真を見せた。

「この中にカワイさんはいますか」

佐古聖は眉根《まゆね》を寄せ、写真を見比べたあと、その中の一人を指さした。

「この人。スマートで優しそうな人だった」

想定の範囲内だった。彼について、少し調べる必要があった。

5　同日夜　ーー宮木涼成

巨体で怪力のイエンが破城槌《はじょうつい》を振り回してドアを破壊、控えていたソウが阿吽《あうん》の呼吸でボルトカッターを突っ込みチェーンを切断、宮木はドアを蹴破《けやぶ》ると、内部に侵入した。

ヤクザやギャングの臭《にお》いのないオフィス街のビル。防御設備は無きに等しく、情報の漏洩《ろうえい》はイコール陥落を意味した。

神威が指示した手順、ルートで警察の警戒網に引っかかることなく、ビルへの侵入を果たしていた。あとは時間との勝負だった。タイムリミットを三分と設定していた。

無人の事務所を抜け、居住区域に入ったところで、鈍い発砲音とともにソウがはじき飛ばされた。胸に直撃を喰《く》らっていた。廊下の奥に影。宮木とイエンが冷静に身を低くし反撃、ジャージ姿の若い男を撃ち倒した。額に穴が開いた男の顔を確認する。

常田が錬成している若者だ。まだ訓練を始めたばかりらしく、動きが読みやすかった。

リビングに侵入したところで、再び銃撃に遭った。キッチンカウンターを盾に、女が撃ってきていた。常田の情婦兼護衛と聞いていた。多少手強《てごわ》いとも。

「Move over!」

盾を持ち出したイエンが宮木の前に出ると、巨体を縮こまらせて前進する。宮木はその背後から、援護射撃をした。

度重なる失敗にもかかわらず、神威はさらに二人の友人を紹介してくれた。生贄も用意してくれた。

『常田の主力は北斗苑だ。お前は雲隠れしている常田本人を殺せ』

鄭の補佐ではあるが、規律委員として一票を持っていて、殺す価値は高いと聞かされていたが、宮木にはどうでも良かった。要は神威の役に立てればいいのだ。

ここにいるのは、顔が割れていない訓練途上の新顔ばかり。警察、久和組の目を欺くためだが、それが仇《あだ》になったようだ。

接近したイエンが、カウンターの向こう側に閃光弾《せんこう》を投げ込んだ。すぐに爆音と閃光が、周囲を包み、悲鳴と銃声が交錯した。

「Dead」

イエンが言い、奥にある寝室へと進んだ。カウンターの陰で、若い女が身を折り曲げていた。胸と頭に二発ずつ撃ち込まれていた。

イエンは躊躇《ちゆうちよ》なく寝室のドアに盾ごと体当たりした。しかし、ドアが破れると同時に、その巨大な背中が連続する発砲音とともに躍った。イエンの脇の下の隙間《すきま》から、短機関銃を構える常田和将の姿が見えた。

宮木は一時後退と判断したが、イエンは低い唸《うな》り声を上げながら突進した。放たれた銃弾は全て、イエンが吸い込んでくれた。その上、常田を短機関銃ごと抱き締めると、ベッドに押し倒してくれた。

イエンのプロ意識と情熱に応えねばならなかった。

「ありがとう！」

宮木はイエンの背中に跳び乗り、身動きが取れない常田の頭に銃を突きつけた。

『常田を殺せば、鄭は情報分析の要を失う。それは鄭自身を妄動させないための冷却装置の喪失を意味する』

鄭グループの構成員、高岡派の規律委員を襲ったところで、組織の中が暴発しなかったのは、高岡自身と、常田の情報分析能力が高かったからだ。

『成功すればこれまでの失敗も帳消しにできるぞ』

神威自身も常田の情報を摑んだのが、三時間前だった。

「俺が死んだところで、何も変わらん。無駄足だったな」

常田は嘲笑《ちょうしょう》した。「お前がここに来たってことは、お前の雇い主のケツに火がついているってことだ」

「どうでもいい」

宮木が応えると、常田は「憐れなやつだ」と呟《つぶや》き、口角をつり上げた。

宮木はその眉間《みけん》に二発撃ち込むと、廊下に準備していた〝生贄〟を連れ込み、死んだ女が持っていた銃で改めて撃った。

第九章　守護者の矜持

1　七月二十三日　火曜深夜　――鴻上綾

東池袋二丁目のオフィスビルとマンションが建ち並ぶ、夜は静かな一帯だったが、五階の通路から見下ろすと、通りを警察車輛《しゃりょう》が埋め尽くし、赤色灯が狂騒的に乱舞していた。

預かったスマホは沈黙したままだった。

殺伐とした雰囲気の中、進む初動捜査と現場検証。見慣れない捜査員の姿もあった。ＳＳＢＣ＝捜査支援分析センターの捜査班だろう。本部も防犯カメラ追跡の専門部隊を投入、本腰入れて襲撃者を追うつもりだ。

一階の玄関の壁にバイクが衝突していた。エントランスの鍵《かぎ》は解除されていて、エントランス奥では警備員が手足を結束バンドで縛られ、転がされていた。警備会社の常駐警備員だった。賊はバイクを衝突させ、警備員をおびき出したところでスタンガンで失神させ侵入、管理事務所で電子ロックを解除し、五階の『サンロイヤル電子』の事務所を襲った。

銃声のあと、男が一人、ビルから逃げ出すのを複数の通行人が目撃していた。

中にあった死体は男性五人と女性一人。一人は顔面の損傷が激しかったが、シェンウーの常田和将だった。もう一人は孫久文《そんひさふみ》。高岡の下にいる中堅構成員だった。

鴻上はその場で確認し、駆けつけた池袋署員に告げた。

本部組対、池袋署、目白署、機捜、そして機動隊に緊急招集がかかっていた。

おそらくここは常田の偽装拠点。『サンロイヤル電子』は、電子部品輸入業者だが、シェンウーの息がかかった会社と見ていいだろう。

彼が死んだことで、箍《たが》が外れる。

鄭正興が、高岡良介がどんなに冷静だろうと、荒ぶる構成員たちは抑えきれないだろう。

だが、この一大事に、なぜ送死人は連絡してこない――

本部に詰めている鍵山に連絡する。

「死体の中に常田和将と孫久文」

状況は孫が手勢を引き連れて侵入、警備員とボディガードもろとも常田を殺したように見える。

鴻上はその事実のみを報告した。

しかし逃げた男が誰《だれ》なのか、それで状況は変わる。宮木涼成なら。

「鄭と高岡は」

『それぞれの事務所にいるはずだ。外に出たという報告はない』

「構成員たちの動きは」

『順次探っている。君はいつでも動けるよう分駐所で待機していてくれ。状況によって君の班に人員を補充する』

鴻上は「はい」と応《こた》え、電話を切った。状況によって、か。鍵山は自分に人員を与えないだろう——予測はしていたが、現実になって欲しくはなかった。

手駒《てごま》を与えられないのなら、周囲を巻き込み、終わらせる。それしかなかった。鴻上は現場に戻り、強引に死んだ男女の顔写真を撮ると、提供されたスマホから〝送死人〟に死人たちの画像と、雑司ケ谷霊園で負傷していた男、府中で撃ち倒した男の画像を合わせて送った。向こうが電源を入れれば受信するだろう。

一階の管理事務所に降りると、拘束を解かれた警備員が池袋署員から事情聴取を受けていた。タイミングを計って宮木の画像を見せると、警備員はすぐに首を横に振った。

「あなたを襲った人の中に、この男は？」

「わかりません」

侵入者はキャップにサングラス、マスクを着用していたという。

鴻上は池袋署員に一礼すると、今度は管理用パソコンに取り付き、防犯カメラの映像を調べているＳＳＢＣ捜査員に声をかけた。

「侵入者は映っていますか」

「それ以前の問題だね」

捜査員は渋い表情だ。「作動していなかったんでね」

カメラを止めた上で襲撃したようだ。

「周辺で、この男が映っていないか確認して欲しいんです」

宮木の写真をＳＳＢＣに提供した。「襲撃者の可能性があります」

「わかった。別の班が街頭カメラと周辺ビルを当たっているから、送る」

「よろしく」

鴻上は目白署捜査本部と自身のアドレスをSSBC捜査員に転送した。

次に動かすのは——川越街道に出て、タクシーを拾い、滝野川警察署と告げた。


「また情報提供か。歓迎するぞ」

山中は捜査本部に残っていた。深夜にもかかわらず、精気がみなぎった顔だ。「池袋《ブクロ》は偉いことになっているな」

「だから早く終わらせる必要があります」

池袋本町の公園で甲斐がMDMAを売っていたこと、櫻木凜奈がそこでMDMAを買っていた可能性から捜査を進めていたが、現状櫻木凜奈居住のマンション、『トライデント2』周辺に、甲斐の影がないことまでは確認されていた。

「確認させて下さい。甲斐の関係する場所で、MDMAは出ていますか」

「ヤサからは出ていないが、つい六時間前、やつが偽名で契約していたトランクルームから出てきた」

「宮木のヤサからもMDMAが出てきています。それと、甲斐は尾瀬稔を通じて宮木と繋《つな》がっているという情報を得ました」

山中は一瞬黙考すると、目を見開いた。「お前の親父《おやじ》さんを殺した尾瀬か」

「組成を照合して同じとなれば、宮木からMDMAを仕入れていたという筋も浮かびます」

「もうひとつ強い手が欲しいな」

目白署の捜査本部に照合を承諾させる材料だ。

「それと宮木の部屋から見つかったメモの中に、甲斐の名が書かれていました。処刑リストのような意味合いで」

「聞いていないぞ」

山中の視線がわずかに揺らいだ。目白署捜査本部の情報だが、他班との出し抜き合戦は捜査一課の常だ。

「それと宮木は外国人と見られる複数の男を使っています。甲斐の周辺にその連中がいないか、調べて欲しいんです。特に遺棄現場周辺で」

鴻上は雑司ケ谷霊園に倒れていた二人、府中で撃ち倒した男、そして常田の隠れ家で死んでいた二人の画像を、山中らと共有した。最後の二人に関しては死に顔だったが。

「まずはこれまで集めた映像の中を確認しよう。それで見つかれば――」

「宮木を全力で追う理由ができます」

「いいだろう、利用されてやる」

目白署の捜査本部も、深夜にもかかわらず多くの捜査員が集合し、殺気立ち、苛立《いらだ》っていた。現場は池袋署と警視庁本部の領分。苛立たしげに情報を吟味する者、独自の伝《つて》を辿《たど》っているのか次々と電話連絡する者、警戒チームに毒づく者、ただ腕を組み瞑目《めいもく》する者。足早に入ってきた鴻上に気づく者はごくわずかだった。

鴻上は最後列の席で時を待った。

そして、時計が午前二時を回ったところで、鴻上のスマホが着信音を奏でた。

同時に――「SSBCから映像が届いた。鴻上宛《あて》だ！」

デスクトップ端末前にいる情報収集担当が声を上げると、一気に静まりかえった。

「常田殺害現場周辺の防犯カメラの映像です」

鴻上は言いながら、情報担当の背後に陣取って、ディスプレイを覗《のぞ》き込んだ。ほかの捜査員たちもわらわらと集まり、情報デスクを囲む。

現場ビルの向かいにあるオフィスビル、JRの線路脇《わき》にある北大塚三丁目のコインパーキング、同二丁目コンビニに同じ男が映っていた。分析官を帯同しているSSBCは、男が逃げる方向から、戦略的に大塚、巣鴨方面を先行して調べていた。

横顔、身のこなしともに間違えようがなかった。

「宮木涼成です」

断言すると視線が集まった。

「確かか」と誰かが問う。

「確かです」

巨漢の下敷きになった常田和将は、額を二発撃たれていた。撃ったのは明らかに巨漢ではなく第三者だった。冷静沈着で目的以外のことをしない宮木。

「しかしあの警戒の中、道具持って襲撃などできるのか」

「彼の嗅覚《きゅうかく》は舐《な》めてかからないほうがいい」

鴻上はあえて言葉を選んだ。現場周辺の警戒網を熟知していなければ、銃器を持った複数の人間が、その穴をかいくぐり襲撃などできようはずもない。

誰かが誘導したのだ。

一つ明確になったことは、この襲撃は諸刃《もろは》の剣。つまり、敵側にとってもリスクが高い犯行だ。

それは、思い通りに事態が動かないことへの焦りでもある。西池袋公園での強盗未遂——送死人が目論見《もくろみ》を潰《つぶ》していることへの苛立ちも含めて、なりふり構わず仕掛けてきたようだ。

「宮木が関《かか》わっているのなら、ここでぼうっとしている暇なんてないでしょ？」

鴻上は言い捨て、捜査本部を出た。

——わかっとるわ小娘が！

背中に響き、一気に空気が動き出した。滝野川と目白、二つの捜査本部が宮木包囲網を敷く。

その中で鴻上が狙《ねら》うのは、絵図面を描き宮木を操る中枢だった。

2　七月二十四日　水曜未明　——三砂瑛太

「死んだのは常田です」

三砂はベッドの孟武雄に告げた。まだ老人と言える年齢ではなかったが、肌は乾き、紫色に変色していた。

ベージュを基調とした、落ち着いた部屋だった。汗と糞尿《ふんにょう》と消臭剤の臭《にお》いが入り混じった空気。バイタルセンサーのモニターが仄《ほの》かに明るく、容態の安定を示すように小さな電子音が一定の間隔で鳴っていた。

「鄭君からは孫の姿が見えないと報告が来ている」

脇に立つ辻先が告げた。

「孫がやったのか」

問いかけてくる孟の声は、穏やかだが冷厳さに満ち、眼光にはまだ強靱《きょうじん》な意志と生命力がたたえられていた。

「警察は専任の班を投入して、防犯カメラを調べています。おそらく誰かが逃げています」

三砂は応えた。一通り現場取材と情報収集は終えていた。

常田襲撃を受け、東方は病院をあとにし、入れ替わりに明華食堂の事務スタッフたちが病院に集結していた。

「獅子《しし》身中の虫がいるな」

辻先は言った。

「それも宿命だ」

孟は驚くことなく、応えた。「それで、お前の答えは」

そして、その視線が三砂に向けられた。

「東方清彦」

雑司が谷の待ち伏せは豊中、宮木とともに送死人の正体を知らなかった。ただ、あの作戦は送死人の特性を知らなければ、立案は不可能だ。そのちぐはぐさが判断の決め手だった。

孟と辻先を除けば、送死人の正体を知っているのは、鄭、高岡、常田のみ。

孟も辻先も東方に含みがあったから、病室周りの護衛は辻先の手勢が行ったのだ。

「俺《おれ》からの最後の依頼だ……」

「いや、死ぬのはお前の責任で最後まで事態を収拾してからにしてくれ」

辻先が無造作に遮った。「それが依頼を受ける条件だ」

「だったら良介にやらせる」

「動いた途端に逮捕されるぞ。それに彼がやると、組織が割れる」

鄭と高岡の拠点は、それぞれ数十人の警察官が固めていた。

「こんな時に、なんだお前は」

孟は歯がゆそうに言う。

「とにかく責任を取って、選挙までは見届けろ、武雄」

孟武雄はむっつりと口を結ぶと、しばらく黙考した。そして。

「わかった。もう少し生きてやる。やり方は任せる。正興と良介のケンカを防げ」

「承りました」

三砂は深々と一礼すると、病室を出た。悠長にしている時間はなかった。

『記事と動画は受け取った。こっちで速報する』

須賀は応えた。東池袋の取材動画、画像、現場で得た情報は『News Cargo』編集部にはすでに送っていた。

『今どこにいる』

「北斗苑です。ここで待機して、何かあったらすぐ動けるようにします」

劇場通りから数十メートル先の北斗苑ビルを眺めていた。見たところ機動隊一個小隊、制服の警官が十人以上、ビルを取り囲むように配置されていた。

時折、外国人風が物珍しげに北斗苑ビルに近づき、警官に追い返されていた。

『阿久根さんも取材に出ている』

須賀の声は弾んでいた。『香椎も合流したいと言っている』

「すみません、それは少し待ってもらえますか」

目の前に阿久根がいた。

『もうそっちに向かったぞ』

希美も仕事熱心はいいが、殺し屋の都合も汲《く》んで欲しい——三砂は電話を切った。

「須賀君は高揚しているな」

ここで遭ったのは、おそらく偶然ではない。

「原稿を書くにあたって、一つ確認していいですか」

今日はポロシャツとラフな姿だ。一応肩には取材用のバッグをかけている。

「なんなりと」

「今も警察の狗《いぬ》ですか」

阿久根は敵なのか味方なのか。それがまず一つだ。

値踏みするような乾いた視線が向けられた。

「質問の意味がわからない、と応えるつもりだったが、なぜそう思ったのか聞かせてくれ」

「佐古聖という女性に会いました。ご存じですか」

「当然だ」

「阿久根さんは十年前の新宿戦争で、シェンウーの監視をしていたんですよね」

「そうだな」

その辺りは著書にも書かれている。

「鍵山さんは？」

「燐虎の情報を収集していた」

「尾瀬稔と？」

阿久根は三砂の言葉を、表情も変えずに受け止めた。

カワイの正体は、鍵山勇司《ゆうじ》だった。

「鍵山さんはカワイの名で、尾瀬稔も、小野さんにはナカノの名で接していたようです。一種の潜入捜査ですね」

「だいたい方向性は合っている」

「当時の鴻上さんの役割は」

「おれの相棒だった」

鴻上もシェンウーを監視していたのだ。著書には書かれていない事実だ。

「監視対象は」

「常田和将と、常田配下の実働部隊の動きを探っていた」

「周郷治ですね。僕が得た情報では、周も尾瀬を使って、燐虎の情報を探っていたようです。二重スパイなのか、警察もその状態を知った上で尾瀬と組んでいたのか」

深読みすれば、警察とシェンウーは、燐虎の情報を共有していたことになる。

「その辺は今も機密だ。民間人になっても守秘義務はあってね」

「それで、小野加寿子さん、鴻上さんが撃たれた時、誰と連絡を取っていたんですか」

失態と、依願退職の原因。「僕は鍵山さんだと思っています」

阿久根と鴻上匡は、燐虎の拠点を狙う常田のグループの動きを察知し、鍵山に伝えた。

「鍵山さんに連絡したにもかかわらず、警備チームは動かなかった」

結果、民間人＝小野加寿子を巻き込む銃撃戦が発生した。「それで、なぜかはわからないですが、連絡が遅れたことになった」

阿久根が作りだした警戒網の隙《すき》を衝《つ》いて襲撃を成功させ、名を上げた常田。

警察はそれで批判もされたが、強権の使用に踏み切る切っ掛けにもなった。

「鴻上さんだけは連絡に反応して、現場に駆けつけたようですが、間に合わなかった」

「あってはならないことだ」

阿久根にしては、具体性のない言葉だった。

「そう、民間人の犠牲はあってはならないことですね。でも、尾瀬稔が襲撃の直前に小野加寿子さんに電話をしています。外に出るなと。そのお陰で娘の聖さんは難を逃れた。ちょうど、開店前に店の前を掃除する時間だったようです」

ここでようやく、表情にわずかなくもりが生じた。知らなかったのだ。

「鍵山さんは、なぜ危険を見過ごしたのでしょう。上からの命令と言えばそれまでですけど、答えは簡単です。シェンウーに歌舞伎町を掃除してもらうためにです」

結果的に歌舞伎町の外国人組織の大半が駆逐された。シェンウーが新たな主として棲《す》みついたが、警察は、監視と警戒をシェンウーに集約することができるようになった。

「それが事実なら、由々しきことだな」

「誤魔化さないでください」

「いや、本気でそう思ったから、おれは警察を辞めた」

「事実なんですね」

「証拠は何もない」

三秒は阿久根を疑っていた。まだ、鍵山と連携しているのかと。

五年前の一斉摘発、阿久根の誘導で警察と連携するに至った。

今回の一連の事件も、警察とシェンウーの中にいる「S」と連携しなければ、遂行できない。

「そう考えてしまうのも無理はないな。五年前、薬物の密売ルートを摑《つか》んだ君と警察をつなげたんだからな。だがそれはおれの良心に従った行動だ。信じろとは言わないが、あの時はあれがベストな選択だと思った」

信じるか信じないかは、現状五分五分――三砂はそう判断した。

「ところで鴻上は……親父のほうはなぜ送死人などという殺し屋を追い始めたと思う？　変人扱いされてまで」

今は娘である鴻上綾が引き継いでいるが――

「意思表示ですか。もう違法な捜査には与《くみ》しないという」

「それもあるが、違うかもしれないな」

今ある情報で筋を読むなら、五年前の池袋一斉摘発は、警察が主導し、新宿戦争で巨大化させてしまったシェンウーの弱体化を目論んだもの。その方法は、かつての新宿戦争のように、久和組との抗争の誘発。そして抗争を盾にした摘発。

新宿戦争との共通点は、まず警察官と一般市民が犠牲となり、世論を誘導すること。そして一気に強権を使い、池袋からシェンウーを一掃する。

では、鴻上匡が〝裏切り者〟だったという示唆。誰を、何を裏切ったのか。おそらく鍵山を中心とした工作グループへの参加を拒んだ。或《あ》いは告発の構えを見せたのかも知れない。そんな状況の中、一斉摘発は始まり、鴻上匡は先陣を任された。そして、尾瀬稔によって射殺された。

「自分なりに自由に取材したまえ。締め切りまではまだ一週間以上ある。今回の連載、意義深いものにしよう、お互いに。おれも決着を付けたいから、須賀に連載を頼んだんだ」

阿久根は静かに言うと、「ここの取材は任せておけ」と、北斗苑へと向かった。

三砂はポケットに入れていたスマホの録音機能を切ると、鴻上との連絡専用のスマホの電源を入れた。メールと画像を受信した。

雑司が谷で三砂を、府中で黄皓然を襲い、負傷した男たちの写真だ。最後の二枚は、デスマスクだった。

《常田を襲った連中》と注釈されていた。

すぐに黄皓然に電話した。繫がるまで電話した。

『なにごと、こんなに遅くに』

「あなたの依頼に応えるために、この時間でも仕事をしています」

『そうだったね。なんでも手伝うよ』

「これから送る人たちが何者なのか知りたい」

一度電話を切り、受信したばかりの画像を送った。

『どぎつい写真が混じってますね』

常田を襲撃した連中のことだ。

「宮木の仲間だと思われます」

『わかったよ。任せてよ』

手を打ち、高岡の事務所に向かいかけたところで、アラートが鳴った。

睦美の家に設置した警報装置のアラートだ。

それが、中途半端なところで途切れた。

電話は繋がらなかった。

——おきて、すぐにかくれて、けいさつに電話しなさい。

心美のスマホにメッセージを送った。次にメールに切り替えて、同じ文面を送信してみたが、圏外で送信不可のメッセージが表示された。

襲撃と仮定するなら、敵は携帯電話の電波を遮断するジャマーを使用している可能性があった。有線電話を持っていない睦美、或いは心美は外への連絡手段を断たれた状態にあると考えていい。プロなら、周囲を固めた上で、電波遮断したはず。

辻先に借りた警戒要員は一人。詳細は確認していないが、辻先は睦美のアパートが見える場所に拠点を築いているはずだ。だが、複数の襲撃者が相手なら、阻止は期待できない。

——要警戒、状況知らせ。

警戒要員にメッセージを送ると、自ら一一〇番した。

小学生の姪《めい》が、外から侵入しようとしている人を見て怖がっている。インターホンを鳴らし、様子を見てもらいたいと、睦美の家の住所とともに告げた。次に一一九番をした。母親が倒れたと姪が連絡してきたと、救急車も呼んだ。

そして、三砂は一度自宅に戻り、ナイフとスタンガンを身につけると、一階ガレージに置かれた『明華商店』のロゴ入りのスーパーカブを駆り、出立した。

やはり金城は拉致《らち》され、三砂の情報を漏らしたのだ。

身内を襲い、人質に取ることで、送死人を誘い出し殺す。意図は単純だ。

ベストの選択は睦美と心美を見殺しにし、自分の仕事を全うすることだ。

だが西へ向け、バイクの速度を上げているのが三砂の解答だった。

五分おきに車上からメッセージを送ったが、圏外のままだった。

西東京から新所沢街道に入ったところで、メールの送信ができた。つまり、ジャマーは解除された。

意識して呼吸を一定にした。周辺が住宅街となり、路地に入る。睦美のアパートに近づいても、警察や救急車輛の気配はなかった。

アパートの前にバイクを停《と》めた。車輛はいなかったが、排気ガスの残滓《ざんし》、騒然とした空気の残滓だけが漂っていた。一度ここには来たようだ。

一階に三部屋、二階に三部屋。一〇二号室と二〇二号室は空室であることは確認済みだ。そして、一〇一号室と二〇一号室の明かりは点《とも》っていたが、睦美と心美が入居している一〇三号室は明かりが点《つ》いていなかった。

襲撃者は警察と救急を追い返す策を用意していたのだ。

一〇三号室のノブに手を掛けたが、施錠されていた。インターホンを鳴らしても、応答はなかった。

スタンガンを手にし、合鍵でドアを開けた。膝《ひざ》から力が抜けかけた。血の臭いだ。

明かりを点けた。ダイニングは、テーブルとイスの位置がわずかに乱れていた。寝室の引き戸を開け、素早く明かりを点けた。

「睦美、心美」

六畳間。乱れた二人分の布団。あらゆる場所に飛び散った鮮血。

正面の押し入れの前で、薄手の毛布とからまるように、短パン姿の男が俯《うつぶ》せに倒れていた。その男の先、押し入れの襖《ふすま》に、腰を落とした睦美が背を預けていた。

まるで男から襖を守るかのように、両手で裁ちバサミをしっかりと握りしめ、目を見開いたまま。

睦美は首を真一文字に切られていた。正確で、確実に絶命させるに足る深さの創傷面。声帯も切られ、大量に出血し、声も出せなかっただろう。パジャマは深紅に染まり、両手には複数の防御創があり、胸や腹部にも大小の裂傷が刻まれていた。

戦ったのだ。母として、我が娘を守るために。

投げ出した足の膝の上に、スマホが置かれていた。明らかに、全《すべ》てが終わったあと、第三者によって置かれたものだ。

手に取ると、ディスプレイが点灯した。

宮木の顔が大写しになっていた。背景はこの部屋。自撮りしたようだ。

気がつくと、無意識に呻《うめ》いていた。わけのわからない言葉が無秩序に垂れ流されていた。何度も深呼吸し、破裂しそうな激情を渾身《こんしん》の理性で抑え込んだ。

仕事は無理してでも冷静沈着に――辻先に叩《たた》き込まれていた。

睦美のスマホをポケットに入れ、男を裏返した。

わずかだが、まだ息があった。おそらく外国人。年齢は三十ほどか。浅いが胸と脇腹に刺創があった。脇腹のほうは酷《ひど》く雑に抉《えぐ》られていた。睦美は仲間が見捨てて逃げるほどのダメージを負わせたのだ。

左手で男の髪を摑み、強引に顔を上げ、顔を撮影した。

そして、右手で睦美と一緒に裁ちバサミを握り、その刃先を剝《む》き出しになった男の首に突き入れ、抉った。

低い呻きとともに、血の泡を吐き、男の目が裏返った。

男に毛布を被《かぶ》せ、襖を見遣《みや》った。開けられた形跡はなかった。

「まったく、わかりやすすぎるんだよ」

襖の前に立ちふさがるなんて、そこに心美が隠れていることが丸わかりだ。だが、睦美は全身全霊で時間を稼ぎ、心美を守りきった。

三砂は睦美の骸《むくろ》をそっと脇にずらし、ゆっくりと襖を開けた。

衣類の収納ケースや掃除機など生活用品が整然と並び、布団が収納されていたであろう上段のスペースだけがぽっかりと空いていた。

「心美。もう大丈夫だよ」

声を掛けると、押し入れの天板が開いて、心美が顔を覗《のぞ》かせた。

「とにかくもう安心だから」

心美を抱き、天板から押し入れの上段に下ろした。

「お母さんは」

恐怖より、母親への心配が彼女を支配していた。

「それが……」

それ以上言葉が出てこなかった。心美の視線が、三砂の肩越しに部屋の惨状をとらえた。

「お母さん……」

心美は三砂の脇をするりと抜け、部屋に降り立った。この期に及んでどんな顔をしていいのか、どんな反応をしていいのかわからないことに気づいた。

心美の日常を壊してしまった——自責自責自責。

心美は三砂の手から離れると、愕然《がくぜん》と睦美の前に膝をついた。

口が何かを呟《つぶや》いているが、聞こえない。視点が定まらないようだが、それが徐々に睦美の顔に集中してゆく。

そして、心美は睦美の胸に顔を埋《うず》めて、泣き始めた。

「なんで……」

心美の嗚咽《おえつ》が、三砂の罪悪感をかきむしったが、まず送死人としての現状把握を優先した。

部屋を横断し、裏手の窓を見た。クレセント錠が開いていた。布団の乱れ、踏みつけたあとを見ると、部屋に侵入したのは二人から三人。睦美の反撃後、窓から逃走したようだ。窓の外に人の気配はなく、裏手の住居も明かりが消えていた。

正面側のカーテンをわずかに開け、窓から外を見る。二十メートルほど離れた場所にガス会社のワンボックスが停まり、作業服を着た男女が立っていることに気づいた。

女性は見覚えがあった。明華商店の事務員だ。

「すぐに戻るから」

心美の背中に言って外にでると、歩み寄り、事務員の胸倉を摑んだ。

「何があった」

「おい」と男のほうが、三砂の腕を摑んだ。三砂はその手を振り払うと、胸倉を摑む手を放した。

「すまない」

事務員は視線を落とした。「相手は予想以上に早く、用意周到だった」

「警察は来たんだろう」

「こちらが準備している間に帰った」

この二人も部屋の惨状は把握しているだろう。だが立場上第一発見者になることは許されなかった。それに、この二人が警察、救急と時間差で来たお陰で、宮木はこの男を見捨て逃げざるを得なくなった。それで心美は助かったのだ。

それに、そもそもここが襲撃された原因を作ったのは三砂自身だ。

「悪かった。心美を助けてくれてありがとう。あとはこっちでやる」

三砂は部屋に戻った。

社会的には襲撃も睦美の死も覚知されていないが、隠蔽《いんぺい》や工作をしたところで、いずれ露見し警察の捜査が入る。血縁関係も明らかになる。

ならば、改めて警察に連絡するしかない。宮木が狙っているのなら、心美を警察の警護に委《ゆだ》ねるのも手だった。

「来たのは何人？」

三砂は心を押し殺し、尋ねた。

「二人か三人いたと思う……」

取り乱すことなく、問いかけるような視線を三砂に向けていた。

「電話は通じなかったんだね」

心美はうなずき、三砂が与えたスマホを見せた。メールとメッセージ合わせて十数件が、十分ほど前に一気に受信されていた。

「救急車と警察は？」

「サイレンは聞こえたけど、五分くらいで帰った」

やはり、敵は外にも人員を配して、対処したのだ。

「そのあと呼び鈴が鳴って、静かになった……」

ガス会社の二人が鳴らしたのだろう。

「瑛太が呼んだんだよね」

「そうだけど、役に立たなかったな」

この状況でそこまで気づく心美に驚きながらも、応えた。

「これは僕を困らせるために、起きたことなんだ」

口が勝手に喋《しゃべ》っていた。「ごめんな、心美」

体が勝手に膝をついた。そして床に頭を付けた。

「ごめんな、姉さん」

涙は流れなかった。全ては自分がまいた種。自分が背負う十字架。理性は冷え切っていた。


住宅街が、捜査車輌で埋め尽くされていた。

「……ええ、警報の通知で」

三砂は田無署の捜査員に、状況を説明した。九割方事実を話した。「女性だけの世帯ですので、僕が姉に勧めたんです」

冷静さを保ったまま狼狽《ろうばい》を演じるスキルは身につけていた。

「心美は押し入れの天井裏に隠れていました」

心美はパトカーの中で、女性警官に事情を聞かれている。

「……ええ、最初の通報は僕がしました。胸騒ぎがしたので」

聞けば、警察と救急車は通報後すぐにここに来たという。

「来てみるとスクーターが単独事故を起こしていてね」

捜査員は言った。「乗っていた男性が一時パニックになって、電話を借りようとアパートの呼び鈴を押してしまって、お嬢さんを怯《おび》えさせて申し訳なかったと」

宮木らも筋書きを用意していたようだ。

「それですぐに帰ったんですか」

「一応、出動した者が住人の方の安全確認を行ったんですが」

母親が応対に出て、娘が過剰に反応してこちらこそ申し訳なかったと応えたという。明らかに、睦美ではなかった。睦美なら、深夜の警察の訪問だけでパニックになっていたはずだ。

スクーターの男性もかすり傷程度で、警察も救急も、すぐに引き揚げたという。

見張り兼対処役が二人、襲撃が二人。組織的だった。

「襲われる心当たりは？」

捜査員は聞いてきた。

「あります」

三砂は表情に不安と恐怖を滲《にじ》ませた。「ずっと反社の取材をしていて、時々犯罪を暴露しています。どこかで恨みを買っていてもおかしくはないと思います」

「家族はそのことを知っていたんですか」

「仕事については理解していましたが、ここまで危険であることは……」

一通り聴取が終わり、後日署で改めて事情を聞くと含められ、現場検証を眺めていると、一台の中型バイクが視界の隅に現れた。

降りてきたのは女性。ヘルメットを取ると、やはり鴻上綾だった。

捜査員の一人が誰何《すいか》したが、鴻上はバッジを見せ、姓名と役職を名乗ると、真《ま》っ直《す》ぐ三砂の元へ歩み寄ってきた。

三砂は三砂として、頭を下げた。

「誰の仕業？」

「わかりません」

睦美の死体は十五分ほど前に搬出されていた。そのまま司法解剖だろう。

「事情は聞いた。お母さんが守り切ったのね」

「僕にとっては少し面倒な姉でしたが、強くて優しい母親でした」

三砂として応えた。

「誰かを殺しそうな目をしているけど、相手に心当たりがあるのね」

感情を殺しているつもりだったが——

「そりゃほぼ反社専門で取材していますからね。五年前は死にかけましたし」

「お悔やみを」

鴻上は静かに瞑目し、改めて三砂に向き直った。「また狙われる可能性は？」

「姪に関しては警察に保護を願い出ました」

「わたしに連絡したのはあなたたね」

提供したスマホのことだろうが——

「すみません、わかりません」

脳の奥まで射貫《いぬ》くような視線が飛んできたが、三砂は心乱さず受け止めた。

「中で男が一人死んでいたようね」

鴻上は視線を外す。

「姉が心美を守ったんです。褒めてやりたいです」

「あなたの情報、実を結んだから」

鴻上はアパートを見たまま言った。「府中でわたしが撃った男と、常田を襲った男が、甲斐達彦の遺棄現場周辺でうろついていたことがわかった。遺棄されたとおぼしき時間帯にね」

防犯カメラの映像か。敵としては、仕事のあとすぐに出国させ、痕跡《こんせき》を残さない計画だったのだろうが、三砂が雑司が谷で、鴻上が府中で襲撃者を負傷させたことで、計画は全《まっと》うできなかった。

「問題は宮木の上に誰がいるかですね」

「それも、誰かがついた嘘《うそ》のお陰で、目星はついた」

孟会長容態急変の情報。

「心美は警察の警護を受けることになりますが、内部の敵からも守れますか」

「心配しないで」

「では、参考になるかもしれない音声データがあります。アドレスを教えて頂けますか」

三砂は三砂として聞き、アドレスを交換すると、鴻上のスマホに音声データを送った。

3　同日同時刻　――鴻上綾

音声データは、三砂と阿久根との会話だった。その内容と三砂の見立ては、自分の推測とも矛盾しなかった。

「阿久根さんが絡んでいる可能性は？」

鴻上は聞いた。

「僕は五分五分だと思っています。今回の連載の相棒に僕を選んでくれた理由にもよりますけど」

「好意なのか、利用するためか？」

「五年前、アドバイスしてくれたのが好意なら、今回も好意なんでしょうけど」

三砂は応えたが、そこに関心の焦点はないように見えた。

「あの、少し不躾《ぶしつけ》かもしれませんが」

そして、唐突に問いかけてきた。「今の会話、録音していますか？」

わずかな逡巡《しゅんじゅん》が表情に出たのだろう、三砂が乾いた笑みを浮かべる。

「録音せずとも、レコーダーは常に持ち歩いているというわけですね」

思い当たるのは、鳥谷との面会だった。彼の声を拾うために不自然な体勢を取ってしまった。

「仕事柄だけど。メモが嫌いだから」

「久和組の鳥谷さんのところに押しかけたのも、声を録音するためですよね」

やはり、見抜かれていた。

「習性みたいなもの」

鴻上はそう応えたが、三砂は録音すること自体に意味があることに気づいているようだ。

「少し飛躍しているかもしれませんが、あなたの父、鴻上匡さんは十年前、シェンウーの監視をしている時に、重要ななにかを摑んだのではないでしょうか」

音声データの中にあった阿久根の言葉。

『親父のほうはなぜ送死人などという殺し屋を追い始めたと思う？　変人扱いされてまで』

三砂はそれで行き着いたのだ。

「鴻上さんは、確かな証拠を摑むために一人、動いた。殺し屋の捜査はいわばカムフラージュ。目的は捜査を盾に、多くのヤクザ、反社構成員に会うことじゃなかったのかなと」

三砂の視線が刺さる。言いたいことはわかっている――「だけど、あなたの父は道半ばで謀殺された。だから、あなたが引き継いだ」

関係者の音声収集。父娘《おやこ》二代続けての『大芝居』で。

「反社との交際禁止とか、息苦しくなりましたからね、警察も」

冷えた視線。姉と姪が襲撃された直後の混乱も悔恨もなかった。そこにあるのは、見定めた獲物に静かに飛翔し、接近する猛禽《もうきん》の目だ。

「あなたが襲われたのは、おそらく僕と同じタイミングで、敵があなたの目的を見抜いたからじゃないですか？　例えば鳥谷さんも鴻上さんの動きに、不自然さを嗅《か》ぎ取ったのかもしれません」

シェンウーの中に警察の協力者がいるのは確実だった。そこに鳥谷もからんでいる公算が強くなったと感じていた。

「果たせはしませんでしたけど、あなたを拷問《ごうもん》してでもその存在を確認したかったでしょうね。つまり、あなたが持っているデータがどのようなものかは、向こうもわからない。ただ、シェンウーの監視をしていた鴻上さんが入手したものである可能性は考えたでしょうね」

そう推理推測できる者は、新宿戦争以降のシェンウーの拡大と、父の動きを知っていることになる。でなければ、自分を襲撃することに思い至ることはない。

「鴻上匡警視を撃って、秘密を守れたと思っていたところに、何らかの証拠があり、娘に引き継がれている可能性が出てきた。鴻上さん自身も気をつけたほうがいいかと」

「その言葉そっくりそのまま返してあげる」

「それと、鴻上匡さんを撃った尾瀬稔ですけど、母親を人質に取られていた可能性があります。今は高崎の特養にいるらしいですけど、その辺りを探れば誰が尾瀬を操っていたのか、わかるかもしれません。僕にはハードルが高いんで、そちらにお渡しします」

淡々とした物言いが、彼のより深い怒りを感じさせた。

第十章　指先の声

1　七月二十四日　水曜　6:17　――宮木涼成

古いエアコンが、騒々しい音を立て、十分ではない冷気を吐き出している。

「よくやった」

神威はそう言ってくれた。「最後は送死人だ」

「今度は必ず仕留めます」

宮木は応《こた》えた。

池袋本町の古い家屋が密集した一角にある、日当たりの悪い１Ｋ。宮木にあてがわれた潜伏場所だ。部屋の隅にはインスタント食品と水のペットボトルが無造作に置かれていた。

待ち伏せの場所が伝えられた。

「意味がわかりません」

それは宮木が思いもよらない場所だった。「そんなところに来るはずが……」

「間違いなく来る。送死人は必ず上層階から侵入する。空を伝って」

その言葉は低く太く冷厳で、自信と覚悟を感じさせた。

「彼は仕事の前に周到な準備をする。その兆候が見えたら確定する。あまり焦るな」

宮木はうなずき、深呼吸した。焦る必要はない。雑司が谷でも、来襲の場所、時間帯、方法まで全《すべ》て神威の予測通りだった。

神威との出会いは五年前だった。宗田恭介を付け狙《ねら》い、殺す寸前、神威に察知された。

『人を付け狙うなら殺意は隠せ。思いだけでは人は殺せん』

簡単に取り押さえられ、組み伏せられた。『邪魔するようなら殺す』

声から明確な殺意が伝わってきた。恐怖で声も出なくなった。

あの時はただ、凜奈を穢《けが》した男を殺す。凜奈の無念を晴らせれば死んでもいいと思っていた。

しかし、勘違いだった。圧倒的な力の差に恐怖し、死を恐れた。

今の自分に復讐《ふくしゆう》の資格はないと思い直した。

人の殺し方を教えてくれ――何日も池袋を彷徨《さまよ》い、見つけた神威に頼み込んだ。

凜奈の仇《かたき》を討つに相応《ふさわ》しい心と技術を身につけたかった。相応しい男になりたかった。まだ、暴力団にMDMAを卸した中国人が残っていた。彼女を陵辱した宗田は、最後の最後、ゆっくりと後悔させた上で殺すことにした。

神威は受け入れてくれた。そして、全てを教えてくれた。ナイフの使い方、選び方、銃の構造、組み立て方、撃ち方。長い時間をかけて、厳しく、優しく。それは宮木にとって生きる意味、生きる術《すべ》となった。

信じていればいい。

「今回お前には、サポートは付けられない」

神威は宮木に紙袋を差し出した。口折の隙間《すきま》から、拳銃《けんじゅう》とサプレッサーが見えた。使うのは街中で、人が近くにいる可能性がある場所が想定されているということだ。

「大丈夫です」

宮木は両手で受け取った。

「俺《おれ》は今日という日を十年待った。これが終われば俺は自由になる。お前も事が済んで生きていたら、自由だ」

神威は去り際にそう言った。

2　同日　8:41　——三砂瑛太

結局一時間ほど浅い眠りと覚醒《かくせい》を繰り返しただけだった。体は疲労の極致だが、神経が昂《たか》ぶったままだった。すべきことと標的が脳内をぐるぐると回り、それを実行する夢を数パターン見た。

睡眠を諦《あきら》め、ベッドから起き、スマホでメールとメッセージを確認し、テレビを付けた。

朝の情報番組が放送中で、機動隊と警官で固められたシェンウーの各拠点が映っていた。

『機動隊出動　緊迫の池袋』

『中国系マフィア内紛勃発《ぼっぱつ》　池袋が戦場に？』

各局そんなタイトルが並んでいた。

そして、鄭の事務所や高岡の事務所に踏み込んでいく警官たちの姿。楊文勇襲撃、雑司が谷の銃撃戦と豊中殺し、常田和将殺害を受けての家宅捜索だ。

そして、雑司が谷での豊中明夫殺し、黄皓然＝名は公表されず、テレビでは中国国籍の男性と表記＝を襲撃した容疑者として、宮木涼成が全国に指名手配されたことが伝えられた。

『警察は中国系マフィア、シェンウーが宮木を雇った可能性があるとみて……』

シャワーを浴びて戻ると、黄皓然から着信があった。

『わかったよ』

黄皓然は開口一番言った。『大きい方は割と有名人だね』

常田に覆い被《かぶ》さっていた巨漢だ。

「どこで有名なんでしょう」

『大連ね。リュウフカイの用心棒だよ』

龍斧会《りゅうふかい》。中国遼寧省、大連市を拠点とする黒社会＝反社会組織だという。

「その龍斧会からヒットマンを呼んだということですね」

『そうだね。荒っぽくて愉快な連中だよ』

「スポンサーはわかりますか」

『今はわからないけど、燐虎と付き合いがあったね』

黄もまた愉快げだった。『誰《だれ》かがスポンサーを引き継いだのかな』

「では、あなたは龍斧会に狙われたことになりますね」

『ことはそんなに単純じゃないだろう？　彼らは何も知らされずに金で動いただけ。龍斧会が私を殺すはずがない。自殺行為だね』

緑水幇を敵に回すことになる、か。

「では引き続き調査します」

電話を切り、明華食堂に電話を入れた。

『弦さん、帰ってきているわよ』

打って変わって明石頼子の声が妙に神妙で、おかしかった。『眠れる時はちゃんと眠っておきなさい』

「そうします。今は大丈夫ですよ」

そう応え、外出の準備をして階下に降りた。

開店前の明華食堂のいつもの席で、辻先と向かい合った。

「昼には病院に戻る。会長は狙ってこないとは思うがな」

「状況はどうですか」

報道を見る限りは、事態は動いていないが――

「朝から境町の事務所にカチ込みがあった。事務所の中が破壊されて、高岡のところの若者が二人搬送された」

川崎市川崎区境町。虎舞羅王の支配地域だ。「今のところそれくらいか」

辻先に動揺はない。まだ序の口のようだが、報復はさらなる報復を呼ぶ。

仕事は急ぐ必要があったが、この局面、慎重さも必要だった。

「黄皓然から連絡がありました」

三砂は黄から仕入れた情報を告げた。

「龍斧会か。なるほど、東方が呼んだ可能性が高いな」

燐虎時代の伝《つて》か。「それなりの金を動かせる立場ではあるな」

「少なくとも彼がシェンウー側の内通者ですね」

シェンウーを内側から崩すためにあえて仲間となり、上を目指した。そこで警察と利害が一致したのか。

「警察側のキーマンは鍵山か」

「二人揃《そろ》って騙《だま》されていましたね」

「相手が鄭か高岡だったら、お前の策は見破っていただろうな」

「幸運でした」と言うほかなかった。

「鍵山が黒であるとして……」

「問題はその上ですね」

「蛎崎清吾だな」

辻先は応えた。新宿戦争時は新宿署組対課長代理、池袋一斉摘発の時は組対五課長。そして今は、警視庁の組対全てを束ねる、警視庁組織犯罪対策部長。

「おそらく全ての工作に関《かか》わっている」

「証拠が必要ですね」

「それをやっているのが、鴻上親子じゃないのか？」

それが一番理にかなった考えだ。「現場に犠牲と汚れ仕事を強いて、自分は順調に出世している。真っ当な警察官がそれに疑問を抱くのは当然のことだ」

「危ない橋ですけど」

露見すれば出世どころではない。

「それは彼の経歴がヒントになるんじゃないか？」

組織犯罪畑一筋に見える。「昇りつめたいなら警備部、公安のキャリアは必須だ」

警視総監、警察庁長官のポストは、警備部や公安で実績を残した者が大半を占めている。しかし、彼にはそれがない——

「だから、外国人犯罪の壊滅という、大きくて明確な実績が欲しいんだ、保守党のお眼鏡にかなうためには」

その象徴が、歌舞伎町にいた外国人犯罪組織であり、巨大化したシェンウーなのだ。

いつか見たテレビでの印象は、虚栄心の塊だった。その虚栄心が、マッチポンプによる実績に走らせたのか？

「我々が評しても詮《せん》ないことだけどな」

その言葉で、昂ぶりかけた感情が冷え切る。我々も道を外れた者——

「それで殺すのは」

辻先は数秒間考えたあと、その名を告げた。

千代田区内神田にあるビジネスホテルへと向かった。しばらく心美が滞在することになっていた。

神田橋に近く見通しがよかった。エントランスとフロア付近に、私服警官と思われる姿が数人配置され、警備に隙《すき》がなかった。部屋には警視庁警備部、警護課の女性警官が交代で詰めることになっていた。

襖《ふすま》のわずかの隙間越しながら、襲撃者＝宮木の顔を見た心美は、事件が解決するまで、警護付で暮らすことになる。

フロントで来意を伝えた。警護課員のボディチェックを受け、部屋で心美と二人きりになれた。

彼女は一人、ベッドサイドのテーブルで勉強をしていた。日当たりのいい、静かな部屋だった。

「当面のお金。着替えとかはこのお金で、買ってきてもらってな。それと何かあったら、ここに電話して。僕の大家さんだから」

現金の入った封筒と、明石頼子の名刺をテーブルの隅に置いた。

「それと、お葬式は少し後になる」

心美は黙ってうなずいた。

「あとのことは僕が何とかする」

何をどう何とかするのか、一切説明できなかったが。

「同じ感じの目だよ」

心美が見上げてくる。真っ直ぐな瞳《ひとみ》。

「なに」

「部屋に入ってきた人と」

宮木のことだ。

「どういうこと？　よくわからないよ」

「瑛太も悔しくて悲しい気持ちになってる。それで仕返ししたいと思ってる」

いくら取り繕おうと、聡明《そうめい》で感受性の強い心美は、三秒の心の奥底を見抜いているのかもしれない。

「心美はどうして欲しい？」

自然にそんな言葉が出た。心美は少し考えたあと――

「そんなことより、ママのようなお母さんになりたい」

復讐を選択しないところに、母親としての睦美の確かさを、今さらながらに感じた。心美はしっかりと生きることを選んだ。心美がしっかり生きるためには、叔父が犯罪者であってはならなかった。少なくとも表向きは。難しい問題だった。

スマホが振動した。着信通知だ。

「お仕事？」

「みたいだけど」

「あぶないの？」

「どうして?」

心美は一瞬、明石頼子の名刺に視線を落とした。

「いなくならない?」

「ならないよ。大丈夫だよ。僕も警察に守ってもらっているから」

おそらく心美は、全てではないだろうが、何かを察している。「心配かけて悪いね。警察には目一杯わがままを言って大丈夫だから」

「わかった、そうする!」

心美は笑顔を作ったが語尾は震えていた。まだ子供なのに、自分より母親を支え、考えることが日常になっていた。今は、三砂にまで気を遣っていた。

彼女は幸せにならなければならない――外道が言うことではないが。

「また来るよ、すぐに」

後顧の憂いはない。

ホテルを出て、メッセージを確認した。毒島からだった。

《事務所に高岡がいない》

想定の範囲内。鄭の側近、常田が死んだ。裏にどんな策謀があるにせよ、それを鄭自身が見抜いていようと、鄭は報復に動かなければならない。でなければ組織の中の求心力を失う。罠《わな》であろうと、乗る以外の選択肢がない。そして高岡もまたそれを理解し、抗しなければならない。

警察の監視の中、鄭も高岡も何ら具体的な指示は出さないだろう。だが、沈黙がゴーサインだ。

毒島に電話を入れた。

「メッセージ聞きました」

三砂は、心当たりを幾つか告げたが、そこに本命は含めなかった。

「川崎でカチ込みがあったみたいですね」

『だから鄭と高岡の聴取にゴーが出た』

明確な証拠がないため、任意での聴取になるという。

「鄭は北斗苑ですよね」

『ああ、鄭は応じるそうだ』

今はそれが一番安全だろう。

「聴取は池袋署ですか」

『いや、組特隊本部で行う』

無用の混乱を避けるため鄭、高岡の聴取は組特隊本部と池袋署に分かれて行うという。『問題は高岡なんだな』

「何かわかったら連絡します」


池袋に戻り、シェンウーが拠点とする池袋駅北口から線路を挟んだ反対側、東池袋の盛り場にあるライブハウスを訪れた。以前東方に紹介された、高岡の隠れ家だ。シェンウーの勢力圏外で、警察の警戒網も厳しくはない。

薄暗い階段を下り、木製の扉をノックした。脇《わき》に設置されたレターボックスに貼《は》られた木製のステッカーの一部が、ピンホールカメラになっていた。誰が来たのか確認できたのだろう。若い茶髪の店員が扉を開け、中に入れてくれた。

高岡は以前と同じ格好でカウンターの隅に腰掛けていた。

もしやとは思ったが、いて欲しくなかった。事務所ではなく、警察の目を盗みここにいる時点で、何らかの行動を起こす気なのだ。

フロアのスタンディング用のテーブルには側近と思われる男が三人、十台を超えるスマートフォンを忙《せわ》しなく持ち替えながら、ひっきりなしにどこかと連絡を取り合っていた。時折視線が向けられるが、彼らは三砂を辻先の部下で、高岡と仲のいい記者としか認識していない。

「お取り込み中に申し訳ありません」

会釈し、高岡のとなりに浅く腰掛けた。

「何も言うな。わかってるよ」

「こちらで処理します」

「もう無理だ。川崎で始まった」

——突っ込ませろ。窓に何発か撃ち込んでこい。

背後からそんな声が聞こえてきた。境町の報復か。

「任同がかかっていますよ」

鄭が応じたことを告げた。

「俺は何も聞いていない」

「でしたらしばらくは動かないで頂けますか。仕事の邪魔をして欲しくありません」

「弦さんの言づてか？　だがな三砂、ここまで来ればもう秩序も均衡も保てない。我々も無傷ではいられない。ならばどうするか」

「だからその傷を浅く済ませるために、僕が……」

「浅い、深いじゃない」

どうせ深傷《ふかで》を負うなら、グループを束ねる者として、野心を示すというのか。

「せめて一日……いや十二時間待てませんか」

「状況が許せばそうしてやりたいがな」

「東方さんの居場所はわかりますか」

三砂が問うと、高岡は薄く笑った。

「連絡が取れない。探させている」

「だとしたら、ここも危険じゃないですか？」

「邪魔だ、帰れ……」

高岡が言いかけたところで、側近の一人がスマホを手に静かに、しかし切羽詰まったように歩み寄ってきた。

「鄭の兄貴が撃たれました」

「誰に」

「東方です」

高岡は厳しい表情のまま、口を結んだ。これで、高岡は戻れなくなった。

3　同日　11:07　――鴻上綾

北斗苑を取り囲む警官隊、そしてマスコミの中に阿久根の姿もあった。目白署で一緒だった新人記者も傍らにいた。

鄭正興が聴取に応じた。

その情報は、もうマスコミの中にも広がっていた。

『聴取は誰の判断？』

野元に聞くと、本部の上の方と応えた。

『川崎でドンパチが始まったしな、賢明な判断だ』

動くには十分な大義名分だが、裏を返せば、それで鄭を要塞《ようさい》の中から引きずり出すことができる。

『聴取の場所は？』

『鍵山んとこだ』

組特隊本部――事態が動くと確信した。

そして、標的を阿久根に絞っていた。三砂は五分五分といっていたが、今も鍵山と連携しているのなら、何らかのアクションを起こすはずだ。

正午に近づくにつれ、人々の往来が増え始めたタイミングだった。機動隊員が隊形を変え、道路周辺の整理を始めた。同時にマスコミがさざ波のように動き出した。

警官たちは裏手にある通用口を重点的に固めるよう、配置を換えた。そこへシェンウーの若手構成員がブルーシートを手に出てきて、通用口を覆うように広げた。

カメラのフラッシュが各所で瞬き、各テレビ局、通信社のカメラクルーも、通用口に群がっていった。

場所の取り合いと、警備する警察官の中で、怒号が飛び交った。

やがて、スモークガラスの乗用車が路地から現れ、通用口前に横付けされた。複数の構成員が車をガードするように黒い防弾カバンを掲げ、ブルーシートを広げた構成員が車の後部を隠す中、誰かが乗り込む気配。近づこうとするマスコミを、警官たちが押し返す。

車がゆっくりと走り出すと、窓の中を撮ろうと、複数のカメラマンが群がるようにあとを追った。通行人を巻き込んだ狂騒の中、車は劇場通りに出ると右折、前後を別の乗用車が挟んだ。

だが、阿久根は動かなかった。おそらく、あの車は襲撃を想定したダミーだ。

案の定、数分後、別の乗用車が現れ、通用口に横付けされた。裏を掻《か》かれたと悟ったマスコミが、右往左往を始める。戻れ戻れ！　と叫ぶ声が交錯し、ランダムに動く人の波。混沌《こんとん》の中、また同じ手順で誰かが乗り込んだ。

そこで阿久根が動いた。群がる記者達の流れに巻き込まれるように北斗苑に接近した。だが、その動きは右に左に追尾者の目を散らすように巧みに計算されていた。女性記者は完全に阿久根の姿を見失った。だが鴻上の目は、阿久根の背を捕らえたままだ。

阿久根は群れからそっと離れると、北斗苑ビルを過ぎ、隣接ビルの裏手に回った。鴻上は人の群れを縫いながら追った。やがて、小さな沖縄料理店の前に出た。

阿久根が物陰から様子をうかがっているのが見えた。

店の前には精肉店のロゴが入ったミニバンが停《と》まっていた。配達のように見えるが、沖縄料理店からサングラス姿の男が出て、ミニバンに乗り込むのが見えた。一瞬ではあったが、それが鄭正興であることは確認できた。沖縄料理店は緊急避難路のようだ。

阿久根は鄭の乗車を見届けると、ゆっくりと劇場通りに向かい歩き出した。事前に緊急避難経路を知っていたようだ。そして、阿久根がスマホを取り出した。

鄭の出発と位置を誰かに告げるのだろう——やはり阿久根は鍵山と繋《つな》がっていた。

鄭は襲撃されると思った瞬間、スマホが振動した。見覚えのない番号だった。

『阿久根だ。鄭を守って欲しい、場所は……』

阿久根——

「あんたごと視界にとらえている」

『最初に君に連絡して正解だったようだ。銃は持っているかね』

「切ります。信頼できる人に応援を頼みます」

警備の連中は鄭が乗った車を把握しているのか——毒島に電話した。

「鄭の車はミニバン、そっちは把握してる？」

『センチュリーじゃないのか』

鴻上は車種と精肉店名、そして現在位置を告げた。

「できるだけ早く追わないと、鄭が襲われる」

『できる限り手配する』

「お願い！」

とは言え、ここからなら組特隊本部まで数分で着いてしまう。

劇場通りに出たところで阿久根に追いついた。

「おれを見張っていたか」

「一分前まで、敵と思っていました」

「三秒も判断しかねていたようだがな」

道路は車輛《しゃりょう》で埋まり、歩道も往来が激しくなっている。夏休みで子供の姿も多かった。

やがて、路地の一つからミニバンが出てきた。周囲を固める警察官の姿はなかった。

ミニバンは左折し、混み合った劇場通りを川越街道方面に向かった。渋滞と信号で、徒歩でも十分追えたが、中央分離帯に植えられた街路樹の列が視界を遮っていた。

阿久根も同行してきた。

「危険です」

「これでも元警察官だ。丸腰でもなにかできるさ」

信号が青になり、ミニバンが動きだし、交差点を通過した。横断歩道の先に、若い制服警官が立っていた。

「組特の鴻上」

鴻上はバッジを見せながら、制服警官に声をかけた。「わたしに付いてきて。この先でシェンウーの襲撃がある可能性がある」

「いえ、しかし……」

「いいから来て」

鴻上が制服警官の腕を摑《つか》もうとした瞬間、数十メートル先でけたたましいブレーキ音と衝突音が連鎖し、車の流れが止まった。

鴻上は走り出していた。呆然《ぼうぜん》と足を止める通行人の間を縫い、車道に出ると、四方から浴びせられるクラクションの中、停車した車の間を猛然と抜けてゆく。見えてきたのは、トラックと重なり合うように中央分離帯に乗り上げたミニバンと、路地から湧《わ》きでてきて、ミニバンに迫る複数の黒い人影。トラックからも銃を持ったシルエットが二人。

制服警官は、すぐ後ろに付いてきていた。

「応援、至急！」

白昼堂々こんな街中で——見える範囲で、賊は五人。鴻上は身を低くしながら、ホルスターの拳銃に手をかけた。

すぐに、最初の破裂音が響いた。

ミニバンのドアが開き、運転席と助手席から男が二人、転がるように降りてきて、拳銃を構えるのが見えた。鄭の護衛か。

——死ねや！

——来いやゴルァ！

罵声《ばせい》と怒声と悲鳴と発砲炎と発砲音が交錯した。悲鳴。怒号。道路を埋めた車から次々と人が降り、逃げてゆく。鴻上はその動きを冷静に見つつ、拳銃を抜いた。

「警察だ、銃を下ろせ！」

声を張り上げた時には、ミニバンの運転手が地面に倒れるところだった。

空に一発放ち、「警察だ、銃を下ろせ！」と再度警告した。だが銃声は止《や》まない。

鴻上は車の陰を伝いながらミニバンに接近した。応射する男の足もとには、撃たれた運転手が肩を押さえ、苦悶《くもん》の呻《うめ》きを上げていた。後部座席には鄭の影。

「警察が保護する！」

「できるもんならやってみろ、クソが！」

残った護衛は応射しつつ毒づいた。

ミニバンに向けられた発砲炎は二カ所、トラックの陰と歩道からだ。ミニバンには何発か着弾しているが、防弾仕様なのか、リアウィンドウもサイドウィンドウもわずかに傷が付いただけだ。

護衛の背後を守るようにミニバンの陰に隠れると、まずトラックに向け二発放った。それでトラックからの銃撃が止んだ。そこで運転席のドアを開けた。

「出ろ鄭！」

「ここのほうが安全だ」

鄭はシートに凭《もた》れたまま、泰然と応えた。「それに、お前らの呼び出しで危険な路上に出されたんだ。責任取れよ」

言っている間も、ミニバンのボディに火花が散り、着弾音が鼓膜を衝《つ》いた。胸部に衝撃を感じたが、構わず撃ち返した。

背後で呻き声が上がり、残った一人も倒れた。トラックからの銃撃も再び始まった。

鴻上はそのまま運転席に乗り込むと、ギアをバックにし、アクセルを踏み込んだ。強烈なGの中、周囲の車を押しのけ路肩までバックすると、ギアを戻し、またアクセルを踏み込んだ。

急激な制動で瞬時後輪がスタックするなか、軽トラが割り込んできて、前進した途端に衝突した。二台はもつれ合ったまま歩道に乗り上げ、停まった。

軽トラのドアが開き男が出てきた。

拳銃を手にした東方清彦だった。鴻上はギアをチェンジしながらアクセルを踏んだが前にも後ろにも動かなかった。

助手席側のドアが壊れ、立て籠《こ》もることは不可能だった。

鴻上は助手席側のドアから外に出ると、開けたドアをそのまま盾として、銃口を向ける東方とにらみ合った。互いの距離は十メートル。

「銃を捨てろ」

声を上げたが、東方は怯《ひる》みも動きもしなかった。

横目に、車道からミニバンににじり寄ってくる襲撃者たちが映っていた。視界に入っただけでも四人。ここで背後の襲撃者に対応したところで、東方に距離を詰められてしまう。何もしなければ、背を撃たれてしまう。府中で見せた無造作な殺意。彼らは躊躇《ちゅうちょ》しないだろう。サイレンが近づきつつあった。だが、駆けてくる制服の姿はまだ豆粒のようだった。あと数十秒——しかし、そんな余裕はなさそうだ。

「進退窮まったな」

鄭がまるで他人事《ひとごと》のように声をかけてきた。言い返す余裕もない。壊れたドアを信じ、まず後ろから——決心が固まったところで、車輛の間から黒い影が飛び出し、東方に体当たりした。

阿久根だった。

鴻上は躊躇なく振り返り、銃弾を放った。一人がもんどり打って倒れ、ほかの三人は撃ち返しながら、放置された車輛の陰に身を隠した。

そして、歩道側からも銃声が響いた。

「阿久根さん！」

振り返った途端、車道から銃弾が飛んできて、ミニバンとその周辺に着弾の火花が散った。見事としか言いようのない連携だ。

姿勢を低くすると、軽トラの脇に阿久根が倒れていた。その向こうでは東方がビル陰に向かって逃走にかかっていた。口許《くちもと》に笑みを浮かべ、二発、三発と鴻上に向け撃ってきた。身動きが掣《せい》肘《ちゅう》される中、車道の襲撃者はこの期に及んでも、ミニバンに接近しようとしていた。

鴻上は車道にダイブして受け身をとると、片膝《ひざ》をついて二発。

命中はしなかったが、動きを止めることはできた。

そこでようやく、警官たちが現場に到着した。

残った襲撃者二人は、潮が引くように引き揚げていった。

今は東方より負傷者だった。鄭が乗ったミニバンの周囲も、警官たちが固めた。そこに毒島の姿もあった。

「大失態だな警視庁！」

鄭が面白おかしそうにわめいた。

「救急を！　歩道に一人、車道に四人！」

鴻上は指示を出すと、意に反してからだから力が抜け、片膝をついた。

「お前もだ」

毒島が体を支えてくれた。「胸を見てみろ」

ジャケットの下に着ていた防弾ベスト。その左胸の部分に、潰《つぶ》れた弾丸がめり込み、ブラウスには血の染みが広がっていた。跳弾のようだ。

「気づきませんでした」

「よく頑張ったぞ、鴻上」

強く肩を握られた。胸が痛んだが——

「それより、阿久根さんが」

「大丈夫だ」

阿久根の声が聞こえてきた。「きついものだな、撃たれるってのは」

「この襲撃に高岡は関《かか》わっていない」

車内の鄭に言った。「部下を抑えろ」

「無理だと思うがな」

鄭が車外に出てきた。たちまち捜査員たちに囲まれた。「まあ、努力はするが、そっちも抑えるべき人間がいないか？」


午後一時半、病院の処置室で応急処置を終え、新しい下着を着けたところで、東方出頭の報を受けた。

鍵山を名指しで、組特隊本部にやって来たという。

安全圏で、高みの見物か——東方清彦。

4　同日　14:18　三砂瑛太

東方清彦の身柄は、組特隊本部。

標的の居場所は定まり、時間は残されていない。

東方は自分が送死人の標的になることを承知で、あえて出頭したのだ。

《取り調べは鍵山管理官が行う》

《鄭の聴取は一度中止し、東方の取り調べに集中する》

次々と情報が集まってきた。まるで誘っているかのように。

「警察の庁舎とは正気を疑うが……」

双眼鏡で外を見ているヤマダが言った。組特隊本部から、川越街道とその上を走る首都高速五号線を挟んだ斜向《はす》かいにあるホテルの最上階だった。

「僕も自分の正気を疑っていますけど、命令なんで」

そう、命令なのだ。

請われればどこにでも行って、殺す。それが送死人の送死人たるゆえんだ。

だが、組特隊本部の周辺は、防犯カメラの巣だ。もし東方が餌《えさ》なら、地上からの接近はリアルタイムで捕捉《ほそく》されるだろう。

櫻木凜奈殺害に協力してくれたサイトウは、すでに姿を消していた。ヤマダと連絡が取れたのは奇跡と言ってよかった。

——サイトウは用心深いからな。半年もしたら別の名前と顔で戻ってくるさ。

ヤマダは言っていた。

「攻めどころのイメージは」

ポイントは首都高速五号線だ。

「五号線上から」

条件を告げると、ヤマダは双眼鏡を細かく左右に動かした。

組特隊本部がある池袋第二分庁舎は川越街道沿いにあった。東側はＪＲと東武東上線の線路をまたぐ巨大な陸橋。西に行けば、熊野町交差点がある。

「ビルの前に非常階段と歩道橋があるな」

組特隊本部からおよそ三十メートルほど東側＝陸橋側に首都高の高架から地上に降りる非常階段が設置されていた。逆に本部から十数メートル西側には歩道橋があった。

歩道橋は川越街道をまたいではいるが、首都高の高架の下を潜《くぐ》る形で設置されていた。

「使うとしたら歩道橋か？」

ヤマダの問いに、三砂は「ですね」と応える。

組特隊本部には西、東、北側にマンションとオフィスビルが隣接していた。そして、歩道橋の上からは、本部ビルの西に隣接するビルに飛び移ることが可能だった。だが、地上から歩道橋に上がるのは、行動を察知される危険性が高い。

「問題は歩道橋へのアプローチだな」

歩道から渡るのでは足取りを追跡される。「首都高か。なら故障か、軽い接触事故程度を装うことになるな」

首都高から歩道橋へ降下。

ヤマダはすでに三砂が考える方法を察知したようだ。

「故障でお願いします」

三砂は応えた。

「了解した」

ヤマダはベッドサイドのテーブルに双眼鏡を置いた。

「あとは脱出用のロープの設置を」

櫻木凜奈の時と同様、上空の作業はドローンを使うことになる。

「組特の本部にか」

「いえ、北に隣接するマンションに」

「賢明だな。なら車輌は二台で、運転手がもう一人いるな。決行はいつだ」

「たぶん今夜」

「狂ってるな、お前」

ヤマダが正気かと疑うのなら、組特隊も必要以上の警戒はしていないはずだ。

「あとは内部の様子を」

組特隊本部の内部構造だ。ヤマダ、サイトウが所属するグループが内装、運送業者、警察ＯＢ、連行経験のある者から得た情報で、安くはないはずだが。

「あるよ。毎度あり」

今回のミッションは東方を殺すだけでは意味がない。鍵山の〝自供〟が必要だった。

そのために必要な〝証拠〟を、鴻上綾に提出してもらう必要があった。

そんなものが存在するのなら。

5　同日　20:11　――宮木涼成

劇場通りを埋め尽くしていた車輛も全て取り除かれ、ヘッドライトが動き出していた。午後八時をもって、封鎖が解かれたのだ。

神威の一隊がシェンウーの幹部を襲ったと聞いていたが、成否は聞こえてこない。だが今は、自分の仕事だけを考えていればいい。

眼下に広がる光の海。蒸し暑い夜の空気。

屋上は通気用ダクトと、防音壁に囲まれたエアコンの大型室外機が点在し、低い唸りを上げていた。

宮木は深呼吸をして、心を落ち着けた。振り返ると、首都高速五号線が見下ろせた。特に渋滞はしていない。

そして隣接するビルは、警視庁池袋第二分庁舎だ。助走して飛べば、届きそうな距離。都営アパートと組特隊本部が同居しているという。

『送死人は必ずここに来る』

神威はまた予測していた。『その前に、首都高で異変が起こるはずだ。それを確認したら非常階段か歩道橋を注意しろ』

説明は具体的だった。

『そこで待てば、必ず来る』

宮木は指定されたマンションの屋上に来た。現場まで宅配便に偽装された車輛で送り届けられ、マンション裏手の非常階段の鍵《かぎ》は開けられていた。神威らしい周到さだった。

じっと、首都高を見下ろし続ける。そして一台の軽トラックがゆらゆらと速度を落とし、第二分庁舎付近で停まった。運転手が降りてきて、発煙筒を焚いた。同時に車輛後部から、フラッシュライトのようなものが点滅し始めた。途端に闇《やみ》の部分が見えづらくなった。

これは、異変だ。

また、神威の予測通りになった。

6　同日　20:47　――三砂瑛太

無事、ビルの二階と三階の中間部に飛び移ることができた。装備は道具の入った小さなリュックと、ハーネスにカラビナ。だがまずはフリークライミングだ。

外付けの非常階段の外枠と、壁面の接合部にあるわずかな構《クラック》に指を入れ、鉄柵《てつさく》の外側わずか数ミリのスペースに爪先《つまさき》をかけ、一歩一歩登る。指の感覚はいつも通り。骨、関節、筋肉の調和もいつも通り。一歩でも非常階段に足を踏み入れれば、たちまち防犯カメラにその身をさらすことになる。

だがこれはまだ第一段階。組特隊本部が入る都営アパートのビルは、となりだ。

雑念を払う。

希美からは断続的にメッセージが入っていた。

《阿久根さんが撃たれました》
《病院に向かっています》
《腰を撃たれていますが、命に別状ありません》
――シェンウー幹部の動きを密着取材中、今は動けない。
そう返信しておいた。
そして、鴻上から一件。
《鄭は無事》
指先と足先、筋肉の動きに集中し続け、屋上まで上りきった。
呼吸を整え、隣接する壁を見た。距離五メートル。
――頼む。
ヤマダにメッセージを送った。
五分ほどで、モーター音が近づいてきて、三秒の頭上を過ぎてゆく。直径一メートル未満、積載三キロ程度の小型の産業用ドローンだ。携えているのは、フック付のロープ。できうる限りの静音設計で、ロボットアームと操縦用のカメラが装着され、細やかな作業が可能になる。
櫻木凜奈の時は、ＭＤＭＡを十七階のベランダまで運んだ。
《ベランダまでＭＤＭＡを運ぶ。それを手に取った時点で、取引成立とする》
櫻木凜奈は薬物の誘惑に負け、自らベランダの窓を開け、ドローンに積載されたＭＤＭＡを受け取った。

これが殺害の条件だった。ベランダに送死人＝三砂の姿を認めた櫻木凛奈は、観念した表情で、三砂を部屋に迎え入れた。

彼女からしたら、自殺だ。自身に負けた罰としての死。彼女にそう思わせるため、精神的に追い込んだのは、おそらく常田だ。

全ては組織の損害を最小限に抑えるため。映画をお蔵入りさせないため。

だが、それが何者かに踊らされた結果なら？

常田なら命を奪うだろう。シェンウーには、窮地を救う殺し屋がいる。

クスリを断ち切ろうとしていた櫻木凛奈を、再び薬物の快楽に誘引させたのは誰だ？ 誰が甲斐の存在を教え、接近させた？

使われた麻薬はフェロー、つまり久和組系のもの。

送死人の存在を知る者は、実際に送死人による被害を被った久和組。

そして、警察は芸能界の薬物ルート解明に、力を入れている。捜査方針としてはあさってを向いているが、マスコミ受けは良かった。人を蝕《むしば》み、自殺にまで追いやった麻薬。

新任の組織犯罪対策部長の栄えある第一歩。

だが、ただそれだけのために、彼女は犠牲になった？

加えて新たな殺人マシン、宮木を誕生させ、彼に送死人を殺す使命を与えた。

俯瞰《ふかん》してみれば、敵は明らかだ。

ドローンはビルの谷間を越え、灯《ひ》の消えている部屋のベランダに接近すると、ロボットアームで鉄柵にフックを引っかけ、三砂の元へと戻ってきた。

手を伸ばし、ロープを手に取った。そのロープを、眼前の鉄柵に結び付けた。そして、カラビナにロープを固定すると、空中に身を躍らせた。

今は、ただ前へ。淡々と渡りきり、降り立ったのは、一般住居棟の部屋だ。

そのまま外壁を伝い、下降しつつ警察庁舎区画へと向かった。

四階まで降り、事前に定めた窓の前で内部の無人を確認し、ガラスを破って解錠し、侵入した。女子更衣室だった。そこでマスクを被《かぶ》り、必要なものをポケットに収納し、廊下に出た。

人の姿はなく、気配も少なかった。取調室は三階。

組特は病院で孟会長の警護、そして、大半の人員が池袋各地に散っていた。

足早に進み、途中二人の捜査員をスタンガンで行動不能にし、拘束した。

進む先は、捜査第一班から第十班までがデスクを並べるフロアだ。取調室はそこに隣接している。

三砂は給湯室に身を隠し、幾つか周辺に仕掛けを施すと、ゴーグルと防毒マスクを装着した。タイマーは一分。

階段を下り、踊り場で呼吸を整えた。複数の捜査員、職員が電話や通信機器に向かい、声を張り上げていた。

残り五十秒。三砂は階段を下り、フロアに立った。素早く取調室の扉を確認した。使用中のランプが点《とも》っているのは一つ。

三砂は手早くリュックから発煙弾を取り出すと、複数箇所に投げつけ、続けて催涙弾を同数ばらまいた。立て続けに破裂音が響き、フロア全体が煙で覆われ始めた時には、三砂はすでにランプが点った取調室の扉に取り付き、催涙弾を投げ込みつつ、侵入を果たしていた。

人影は三人。鍵山管理官と記録係の捜査員、そして、東方。

残り四十秒。

三砂はテーザー銃で記録係を行動不能にすると、咳《せ》き込む鍵山をスタンガンで制圧した。

しかしその直後、側頭部に強い衝撃を喰《く》らい、床に転がった。考える前に横に転がって半身になると、身構えた。

煙の奥に、東方がパイプイスを手に仁王立ちしていた。

「送死……人か」

東方は目を閉じ、咳き込みながら言った。「無傷……なのか」

やはり、罠が仕掛けられていたようだ。

東方はイスを構え、右に左に体勢を変え、三砂の気配を探っていた。

残り三十秒。

記録係のデスクに、ボールペンが置かれていた。持参した道具は使わなくて済んだ——次の瞬間、ボールペンを東方の喉《のど》に突き入れ、口を押さえながら、円を描くように抉《えぐ》った。頸動脈《けいどうみゃく》に穴を開けた感触が伝わり、そのまま東方を蹴り倒した。

彼としては自分を餌に、雑司が谷のマンションのようにギミックを使いやすい立地条件にあり、かつ大半の捜査員が出払った組特隊本部を使って、送死人を誘引し始末したかったようだが、ヤマダと段取った首都高速を使った仕掛けは、ダミーだった。

雑司が谷と同じ手は喰わない。

もし待ち構えているのが宮木なら、今頃《いまごろ》は首都高と歩道橋に隣接する北側のマンションの屋上で、待ちぼうけを食らっているのだろう。三砂自身は、西側のオフィスビルからアプローチした。徐行する四トン車の上に張り付き、地上部分の防犯カメラに映ることなく、ビルの壁面に飛び移ることができた。

ヤマダは首都高で故障を装って停まった車中からドローンを操縦、侵入の段取りを整えてくれた。

三砂は結束バンドを使い、鍵山と記録員の両手首を、後ろ手で拘束した。

残り十秒。

鍵山の頬《ほお》を張り、覚醒させた。

「何が……」

口を開いた瞬間、頬を殴りつけた。

「騒げば殺します」

呻き声を上げ、体を捩《よじ》った記録員の頭にスタンガンを押し当て、最大の電圧を放った。

記録員が再び失神し、鍵山の胸倉を摑み上げたところで、残り時間がゼロになった。

階上で破裂音が二つ響いた。

安価な小型爆弾で、多少火が燃え広がる程度だが、人の注意を引き、消火に人員を割いてくれる。

扉が激しくノックされた。

「大丈夫ですか管理官！」

「ここは大丈夫だ、今東方を押さえている、状況の把握に努めろ」

三砂は鍵山の口調と声色を真似《まね》、返答した。それで、気配が消えた。

そして、鍵山の耳元で、スマホの音声を聞かせた。

『必要な情報は提供します。鑑識もコントロールできます。毒をもって毒を制すのです』

『ウッテ頂けませんか。誰でもいいです。立件はしません。乱戦の中、不幸な事故ということで』

『ええ、わかりました』

『道具はその場に捨てて下さい』

『それでいつ？』

『二、三日中に。これも日本を浄化するためです』

鍵山の顔色が変わり、上半身の筋肉が緊張するのがわかった。

「わかりますね。二〇XX年、七月十日、西池袋一丁目のクラブで録音されたものです。野元刑事がよく飲食に使っていて、反社の饗応《きょうおう》を受けていないか心配した同僚が盗聴器を仕掛けておいたんですが、とんでもないものが録れたようです」

十年前の七月十日。燐虎がシェンウーの襲撃を受け、巻き添えを食って小野加津子が命を落とした日の、二日前だ。

「これが、なんなんだ」

鍵山は絞り出すように言った。

「私には殺しの依頼に聞こえますが、声の主は蛎崎清吾と鳥谷正二郎です。当時の新宿署組対課長代理と、久和組の若頭ですね。科捜研で声紋分析は済んでいるようですよ」

「だから、なんだ……」

「最近は機材も発達したようで、雑音と思われる無数の会話の中に、なぜかよくわかりませんがあなたの声も新たに発見しまして」

鍵山が視線を落とした。

「孟会長危篤なんて、誤報にまんまと踊らされて、あなたの関与は明白になりました。今回の事件が警察による……いや、警察の一部不良分子によるマッチポンプであることは、極めて近い未来に証明されると思います」

三砂はスマホを懐に仕舞った。

腕にかかる重みが増した。鍵山が脱力したのだ。

「……会話の内容まではわからなかった」

「そのあとに起こったことを見れば、簡単に想像できますよね」

「民間人が撃たれるなど」

「抗争している当事者を撃ったところで意味はありません。会話の時点で標的は身内の警察官か民間人以外に考えられません。外道ですね。人のことは言えませんが」

これで〝自白〟は録音でき、音声を提供してくれた鴻上への義理は果たせた。

三砂は再び鍵山を失神させ、東方の絶命を確認すると、拘束を解き取調室を出た。

フロアはまだ白煙が覆い、動けなくなった数人が床にへばりついていた。怒号が飛び交い、混乱はまだ収まっていなかった。

三砂は近くのデスクの書類に火を付けて回ると、反対側の階段から四階へと上り、女子更衣室の窓から脱出した。

朝までにロープを撤去しなければならないが、その前に個人的な用事を済ませるつもりだった。

7　同日　20:56　──宮木涼成

随分と待たされた上、予測とは違う方向から送死人は現れた。どう考えても、警察の庁舎から飛び移ってきたようだが、現れたことに変わりはない。姿を確認した時点で、宮木は躊躇なく発砲した。

送死人は反応よく身を低くし、サイドステップした。その動きは想定より速く、巧みな体さばきで障害物を越え、銃弾はことごとく外れた。

宮木も距離を詰めようとするが、ダクトや室外機が邪魔で、思うように動けない。何発かは、室外機とダクトに穴を開けた。

逃げる送死人からはまるで殺気が感じられなかったが、慌てている様子もなかった。

「やる気あんの⁉」

声を張り上げ、空になったマガジンを交換した。

「君こそなんでそんなにやる気満々なの」

返答があるなんて、思ってもいなかった。うれしさがこみ上げてきた。

「あんたが凛奈を殺したからさ」

「彼女は自殺した」

「彼女は自殺しない」

お互い激しく動きながら、牽制《けんせい》し合った。

送死人の動きは独特かつ不規則で、モグラ叩《たた》きのモグラのように、遮蔽《しゃへい》物の陰に身を隠し、別の場所から頭を覗《のぞ》かせた。距離は十メートル程度だったが、当たる気配すらなかった。だが、限られた空間。いずれ集中力が途切れ、弾丸が送死人の肉体を貫く時が来る。

「あんたはビルをよじ登って、凛奈の部屋に侵入して、殺した。自殺に見えるのは、それがあんたの手口だからだろう?」

「知らないよ」

「だったらどうやってここに来たんだよ」

引鉄《ひきがね》を絞り続ける。先に尽きるのは送死人の集中力か、弾丸か。「それ以前に、なぜここに来た」

「帰り道だからさ」

送死人は息を切らす気配もない。

「違うだろう、不細工な姉ちゃんを殺されたからだろう」

「は？」

「あの姉ちゃんの顔じゃ、あんたも相当不細工なんだろうな。だから顔隠してんだろ」

「櫻木凜奈も整形前はそれなりの顔だったと思うが」

気がつくと闇雲に連射して、マガジンを空にしてしまった。

「彼女は自分を偽ることに疲れて自殺したんじゃないのか？　世の中君ほどナイーブな人間ばかりじゃないからな」

「お前に何がわかる！」

マガジンを交換し、また連射した。「汚い大人達の犠牲者なんだ！」

「君は君自身の中の矛盾に気づいていない」

「黙れ！」

障害物に当たろうが阻まれようが、強引に距離を詰めた。身をかわされた。気がつくとダクトの下から手が伸びていて、スタンガンの電極が眼前にあった。上半身をスウェーバックさせながら引鉄を絞り、後方に飛んだ。後頭部が室外機を覆う壁に当たり、派手に音を立てた。

なるほど逆上させて、隙を作らせる魂胆か。雑司が谷の時も思ったが、送死人は、近接格闘が不得手のようだった。だから逃げ続け、一瞬の隙を狙うしかないのだ。

だが、至近距離で放った一発が命中していた。

送死人は、胸を押さえ、鉄柵を背にうずくまった。低い呻き声とともに肩が二度、三度と痙攣《けいれん》した。防弾ベストを着ているのだろう。だが、この隙に頭を撃てば終わる。

「僕には凜奈がついている。凜奈はお前を許さない」

歩み寄る。送死人は覆面に隠された顔を上げた。痛みで歪《ゆが》んだ口許《くちもと》と、白く濁った目。そう、汚い大人達と同じ目。

距離二メートル半。構える。外しようがない。

「待ってくれ！　お前ほどの腕なら僕のスポンサーに高く雇ってもらえる！」

ようやく、命乞い。「僕を殺したら、死ぬまでシェンウーに追い込まれるぞ」

映画やドラマなら、余裕かましてダラダラと会話をしているうちに、逆転の一手を打たれる。すぐ撃てよ馬鹿、といつも思う。

送死人にくれてやる時間などなかった。

引鉄に掛けた指に力を込めた瞬間——いや、力が入らなかった。指は動くことなく、膝から、肩から、腰から力が抜けた。

天地が逆転し、頭に強い衝撃を受け、視界の夜空が霞んだ。そして、羽虫のような音とともに、何かが頭上を通り過ぎていった。

8　同日　21:01　——三砂瑛太

片膝をつき身を起こした。防弾ベストは致命傷を防ぐだけで、強烈な衝撃と痛みを肉体にもたらした。二発喰らっていたら、おそらく意識が飛んでいた。

這《は》いながら宮木に近づき、スタンガンの追い打ちを掛け、意識を完全に奪った。

宮木は純真だった。少し煽《あお》っただけで意識を自分に向けてくれた——三砂は宮木を俯《うつぶ》せにし、背中に刺さった電極を抜いた。電極から伸びる通電ワイヤーは、すぐ上で滞空しているドローンの下部に取り付けられたテーザー銃と繋がっていた。

宮木は三砂一人でどうにかなる相手ではなかった。それは雑司が谷で身に染みてわかっていた。それと、鴻上に〝自白〟を届ける必要もあった。

「ありがとう、荷物は受け取るよ」

三砂はカメラに向かって言った。小さなマイクが音声を拾っているはずだ。

テーザー銃の後ろには、ロープが積まれていた。三砂がロープとテーザー銃を取り外すと、ドローンはビルの谷間へと消えていった。

三砂はロープの先に輪を作り、宮本の首に通すと、締めた。そして、一方を鉄柵にくくりつけた。あとは宮木の体を、鉄柵の向こうに——

「動かないで！」

背中でその声を聞き、ため息が漏れた。どうせ銃を構えている——三砂はロープを手放すと、振り返った。

案の定、銃口が向けられていた。距離は十メートル程度。

「宮木は殺さないで」

声は出さないつもりだったが、鍵山の自白と一緒に自分の声も録音されていた。声色は変えてはあるが、科捜研の前には無駄な努力だ。

「殺す？　滅相もない。彼にからまっていたロープをほどいていたんですよ」

商売用の声色で応えた。

誰もいなければ殺すつもりだった。だが状況は変わった。今、優先すべきは〝叔父が犯罪者であってはならない〟ということ。心残りではあったが。

「本部はあなたがやったの？」

「何かあったんですか」

「まあいいわ」

東方が死んでいることには、まだ気づいていないようだ。

「頼まれたもの、お渡しするために、右手を懐に入れます」

「変なことは考えないで」

「何事も銃弾で解決ですか？」

個人的な興味から聞いた。五年前も、府中でも、数時間前の白昼の路上でも、躊躇なく銃弾を放った。なにが彼女をそうさせるのか。

「必要があれば撃つ」

言葉通りの信念が、その双眸から発散されていた。

「それだけ？」

「それが父の教え。ほんの一瞬、撃つことを躊躇《ためら》ったから民間人が犠牲になった。自分も撃たれた。それをとても後悔してたから」

新宿戦争の、記録には残っていない一面。

「武器は持っていない。そこは信用してください」

三砂はゆっくりとICレコーダーを取り出すと、アンダーハンドで鴻上の足もとに放《ほう》った。彼女は視線と銃口を三砂に向けたまま片膝をつき、ICレコーダーを拾い上げた。

「一応、三砂瑛太という人物の音声データも入手済みなんだけど」

「誰のことかよくわかりませんが、もしそれが犯罪の証拠に関わるものなんでしたら、正当に手に入れるべきだと、私は思うわけです」

鴻上は銃を下ろすと、深くため息をついた。

「わたしも悪徳警官の仲間入りね」

「じゃ、帰っていいんですね」

五分の取引。一度だけの約束。

「明日からまた追いかけるから」

鴻上は、憤懣《ふんまん》を込めた。

「どこかの殺し屋の捜査はダミーだと、風の噂《うわさ》で聞いたんですが」

「二兎《にと》追って二兎とも仕留めるのがわたしのやり方」

「欲張りな生き方ですね」

降下用のロープの準備はできていた。三砂は鉄柵にカラビナを固定すると、ふわりと鉄柵を越え、一気に下まで降下した。

ENDING

十月十九日　土曜　――三砂瑛太

秋の透明な青空と、川を渡ってきた涼やかな風。

「左足そのまま踏ん張って、右上の小さな出っ張りに届くかな」

辻先の声に、「はい」と、心美が応《こた》える。

東京、青梅市の外れ。緑と巨岩に囲まれた多摩川のほとりだった。

ぎこちない格好だが、心美が高さ二メートルほどの岩を登っていた。初心者用の岩で、ハーネス着用で腰にカラビナを付け、下にマットを敷き万全の態勢だ。

心美は無心に、岩の攻略を楽しんでいた。昔、三砂がそうであったように。

心美の新たな住処《すみか》は、明華商店ビルの四階。つまり、明石頼子の自宅だった。

『ちょうどいい具合に一部屋空いててね』

当初、自分で部屋を借りようと思ったが、頼子の『あんたには無理でしょ』の一言で、ことが決まった。

「心美ちゃんもう少し！」

三砂の脇《わき》で、希美が声を上げた。

希美は明華食堂の常連となり、時々店を手伝う心美と仲良くなった。問題なのは、彼女もハーネスを身につけていることだ。

阿久根の連載は、阿久根の回復まで延期となっていた。

『蛎崎部長の疑惑が確定したら一気に行くぜ』

須賀はそう意気込んでいた。

匿名で警視庁に届けられた音声データ、鍵山管理官の〝自供〟音声。なぜかマスコミ各社にも送られ、警視庁は混乱を極めていた。毒島の情報では、鍵山は全面自供で、久和組にも捜査の手が入っていた。

逮捕された宮木は、甲斐達彦殺害、豊中明夫殺害、黄皓然襲撃、鴻上綾襲撃、二瓶睦美殺害の全《すべ》てを認めた。そして宮木が、殺害された東方を神威と呼び、神威の指示に従って行動していたことがわかった。

その東方が持っていた携帯電話の通話記録から鍵山、宮木の関係が浮かび上がった。

東方殺害の捜査は進展していないが、宮木の犯行である可能性が高いとされた。

鳥谷は新宿戦争時に、久和組構成員が小野加寿子を撃ったことについて、頑として認めなかったが、五年前と今回の一連の事件で、蛎崎に協力したことを認めた。

――蛎崎さんには、シェンウーが退いたあとシマは切り取り放題で、お前たちが仕切っていいから協力しろと言われたんでね。

五年前に関しては、更生中の櫻木凜奈に接近し、再びＭＤＭＡを提供したこと。若い記者にそれとなく情報を流し、シェンウーの麻薬密売ルート壊滅へのきっかけを作ったことを認めた。

——阿久根？　あんなヤクザ嫌いとは付き合う気はない。

それが阿久根に関する鳥谷の答えだった。

今回の事件に関しては、櫻木凜奈に接触し再びＭＤＭＡを始めさせ、空白領域で麻薬を売り、シェンウーを挑発したこと。そして、豊中に復帰の話を持ちかけ、金融に関する新事業のため、黄皓然を迎える準備をして欲しいと、虚偽の指示を出したこと。

——豊中が殺されるとは露ほども思っていなかった。緑水幇とシェンウーをケンカさせるための準備だと聞いたが、その辺は蛎崎に聞いてくれ。

鳥谷はそう供述しているという。

尾瀬に関しては、燐虎時代の東方が密《ひそ》かに背後関係を調べ、母親の所在を見つけ出したと、元燐虎構成員の証言を幾つか得ていた。

すでに警視庁は特別捜査本部を設置、十年前の新宿戦争と、五年前の池袋一斉捜索、そして今回の事件の、蛎崎を中心とした捜査員たちの動きを改めて洗っている。

尾瀬に射殺された鴻上匡警視についても、再捜査が始まっていて、謀殺だったのか否か、いずれ明らかになるだろう。

《履き違えた正義　実績づくりのマッチポンプ》

《世論操作のため犠牲を強要　殺人を指示か》

《中国系マフィア壊滅を手土産に政界進出を画策か》

メディアには連日、そんな見出しが躍った。

蛎崎は疑惑を否定しているが、彼を擁護する声は聞かれず、マスコミは与党議員の強制わいせつ事件、総理と親しい実業家の買春疑惑のもみ消しを計ったことなどを、次々とスクープした。

すでに蛎崎の手足となっていた鍵山は完落ちしていて、疑惑解明は時間の問題とされていた。

警察庁長官、警視総監ともに辞意を表明。

混乱と、警視庁への集中砲火はしばらく続きそうだった。

そして、シェンウーもまた深い傷を負っていた。

宮木の供述で、荒川河川敷に放置されていたドラム缶の中から、コンクリート詰めにされた金城の死体が見つかった。体の五十パーセント以上に火傷《やけど》を負い、両手足全ての指、耳、鼻が欠損しているなど、激しい拷問《ごうもん》の痕跡《こんせき》があった。

彼を責めることはできない。想像を絶するであろう痛みと苦しみの中で睦美と心美のことは漏らしてしまったが、送死人の正体については口を割らないまま逝ったのだ。

孟会長も先月、死んだ。延命治療を始めた矢先だった。

そして、鄭正興、高岡良介両名は、いくつかの発砲事件の容疑で逮捕され、勾留《こうりゅう》中だった。

ただ事件の原因が、蛎崎とその一派が仕組んだものである可能性が高い以上、不起訴か、起訴されても、重い罪状にはならないとみられていた。

規律委員による会長選挙は、二人が戻り次第行われるが、高岡は東方の叛意《はんい》を見抜けなかった責任を取り、総務局長を辞任、会長選挙では鄭に票を入れる意志を示していた。

「ようしいい調子だ。慌てる必要はない。指先の声を聞くんだ」

辻先がアドバイスを送る声で、我に返った。

心美の右手の指先が、岩の最上部にかかっていた。

「そのまま摑《つか》んだら、一気に体を引き揚げろ。考えずに、感じるままに、勢いで一気に！」

「はい」と返事をし、直後に心美は岩を登り切った。

「すごいすごい！　心美ちゃんこっち向いてポーズ！」

希美がカメラを構え、心美も岩の上でポーズを取った。

「体幹の確かさ、バランス感覚ともにお前によく似ていて抜群にいい。これは血筋かもしれないな」

辻先は声を潜め、三秒に言った。

血筋か――睦美にフリークライミングかパルクールの才能があったのかどうか、もう確認のしようはないが、少なくともプロの殺し屋を一人、道連れにできるほどの〝殺し〟の才はあった。

いや、命がけで子を守る才だ。

スマホに着信があった。須賀だ。

「なんでしょう」

『今から希美を連れて取材に出られるか』

「何があったんですか」

『蛎崎清吾が死体で見つかった。自宅で首を吊《つ》ったみたいだ』

蛎崎の住居は二子玉川にある高層マンションだ。

「仕事です」

三砂はスマホをしまいながら、辻先に言った。

しかし辻先は応えず、まるで孫を見るように、期待を滲《にじ》ませるように口許《くちもと》をほころばせて心美を見ていた。

「少し鍛えれば、お前の後継者になれるかもしれないな」

「お断りします」

三砂は言い返した。

本作品はフィクションであり、実在する場所・個人・団体とは無関係であることをお断りいたします。

本作品は「ランティエ」二〇二一年一〇月号〜二〇二二年七月号に掲載された作品を改題し、加筆修正したものです。

著者略歴

長沢 樹〈ながさわ・いつき〉
1969年新潟県生まれ。2011年『消失グラデーション』で第31回横溝正史ミステリ大賞を受賞しデビュー。同作は各種ミステリランキングにランクインするなど、高い評価を受ける。13年『夏服パースペクティヴ』で第13回本格ミステリ大賞候補。17年に上梓した『ダークナンバー』は各紙誌で多くの書評家から絶賛される。他著に『月夜に溺れる』『リップステイン』『龍探特命探偵事務所ドラゴン・リサーチ』『イン・ザ・ダスト』などがある。

Kadokawa Haruki Corporation

長沢 樹

クラックアウト

*

2023年1月18日第一刷発行

発行者 角川春樹
発行所 株式会社 角川春樹事務所
〒102-0074 東京都千代田区九段南2-1-30 イタリア文化会館ビル
電話03-3263-5881（営業） 03-3263-5247（編集）
印刷・製本 中央精版印刷株式会社

ISBN978-4-7584-1435-7 C0093
http://www.kadokawaharuki.co.jp/

湊かなえの本

落日

わたしがまだ時折、自殺願望に取り付かれていた頃、サラちゃんは殺された——新人脚本家の甲斐千尋は、新進気鋭の映画監督長谷部香から、新作の相談を受けた。15年前、引きこもりの男性が高校生の妹を自宅で刺殺後、放火して両親も死に至らしめた『笹塚町一家殺害事件』。笹塚町は千尋の生まれ故郷でもあった。香はこの事件を何故撮りたいのか。千尋はどう向き合うのか。そこには隠された驚愕の「真実」があった……令和最高の衝撃&感動の長篇ミステリー。（解説・瀧井朝世）

ハルキ文庫

佐々木譲の本

笑う警官

札幌市内のアパートで女性の変死体が発見された。遺体は道警本部の水村巡査と判明。容疑者となった交際相手は、同じ本部に所属する津久井巡査部長だった。所轄署の佐伯は津久井の潔白を証明するため、極秘裡に捜査を始める。

警察庁から来た男

道警本部に警察庁から特別監察が入った。監察官は警察庁のキャリアである藤川警視正。藤川は、道警の不正を告発した津久井に協力を要請する。一方、佐伯は部下の新宮とホテルの部屋荒しの事件捜査を進めるが、二つのチームは道警の闇に触れる——。

ハルキ文庫